KB111951

이상의 시, 예술 매체를 노닐다

윤수하

원광대학교 국문과를 졸업하고 같은 대학원에서 석사학위를,
전북대학교에서 〈이상 시의 상호매체성연구〉로 박사학위를 받았다.
시집 《틈》을 냈고, 2015년 세종도서 문학나눔 우수도서로 선정됐다.
현재 전북대학교 국어국문학과 강사로 재직하고 있으며
이상문학회 편집위원이다. 벌판 속에서 거닐듯이 자유로이
이상을 연구한 저자는 1930년대 모더니즘 시인들의
시대정신과 문학성을 재해석하기 위해 몰두하고 있으며
감성을 깨우는 시를 쓰기 위해 노력하고 있다.

이상의 시, 예술 매체를 노닐다

초판 제1쇄 인쇄 2016. 8. 22.
초판 제1쇄 발행 2016. 8. 25.

지은이   윤수하
펴낸이   김경희
펴낸곳   본사 • 경기도 파주시 교하읍 문발리 520-12
          전화 (031)955-4226 · 4227 팩스 (031)955-4228
          서울사무소 • 서울시 종로구 통의동 35-18
          전화 (02)734-1978 팩스 (02)720-7900
          인터넷한글문패 지식산업사
          인터넷영문문패 www.jisik.co.kr
          전자우편 jsp@jisik.co.kr
          등록번호 1-363
          등록날짜 1969. 5. 8.

책값은 뒤표지에 있습니다.

ⓒ 윤수하, 2016
ISBN 978-89-423-9010-6   93810

이 책을 읽고 지은이에게 문의하고자 하는 이는
지식산업사 전자우편으로 연락 바랍니다.

솔벗한국학총서 20

이상의 시, 예술 매체를 노닐다

윤 수 하

지식산업사

'사막보다 정밀한' 이상 시 읽기

이상 시는 많은 사람들에게 절망을 안겨주었다. 시 좀 써봤다거나 읽었다는 사람들이 아무리 들여다보아도 알 수 없는 언어. 영원한 상징 같은 그의 시는 늘 허공에 떠 있었다. 밤새워 끙끙거리며 알아낸 것들은 저마다 다르다. 밤새워 궁리해 쥐어졌나 싶으면 또다시 손아귀에 쥐어진 모래알처럼 스르르 흘러버린다. 마치 풀기만 하면 우주의 원리를 알아낼 수 있을 것 같은 공식이나, 클라인의 병(Klenin's bottle)처럼 그의 시는 입구와 출구를 구분할 수 없다.

그러나 그토록 어려운 그의 시에도 몇 개의 열쇠가 숨어 있으니 반복적으로 등장하는 의미가 그것이다. 그 가운데 하나가 '절망'이다. 먼저 절망이라는 낱말의 사전적 정의는 '희망이 없어져 체념하고 포기하다'지만 철학에서 쓰이는 의미는 '인간이 극한 상황을 맞아 자기의 한계와 허무함을 자각할 때의 정신상태'를 말한다. 절망에는 그래서 한계가 필요하다. 어떤 상황이건 '하늘이 무너져도 솟아날 구멍'이 있지만 아무리 발버둥 쳐도 극복할 수 없는 일이 있으니 그것이 '죽음'이다.

사람은 無에서 와 無로 돌아간다. 누구도 다음 생을 알지 못한다. 텅 빈 방에 들어와서 앉았다 가는 것처럼 눈앞에 스치는 사람, 세월에 따라 변하는 공간, 하늘, 꽃, 구름, 저 멀리 허공을 가르며 나는 새. 모두 부질없다. 내가 눈을 감으면 세상도 눈을 감는다. 그리고 반짝하는 찰나, 세상은 마술처럼 사라진다. 이 방에서 저 방으로 옮겨가면 다른 방에서 무슨 일이 일어나는지 알 수 없듯 저 세상으로 옮겨가면 이 세상일은 사라져 버린다.

난데없이 소멸 속으로 빨려 들어가는 일, 얼마나 허무한가. 흘러가는 시간 속에 속수무책으로 낡아가는 사람의 인생은 햄릿이 읊조렸듯 '죽음인지, 잠인지, 아마도 꿈인지' 모르는 것이다. 죽음 앞에서 인간은 어린아이와 같다. 누군가 프로그래밍 해놓은 매트릭스 안에 있는 것 같다. 다만 대상을 인지하며 존재를 확인하는 세계, 그것이 곧 현세다.

이상은 언어유희를 즐겼다. 그러나 그 유희에는 피 냄새가 났다. 공포와 죽음의 그림자가 드리워져 있었고 유치해 보이는 블랙유머는 저승사자가 뱉어내는 것 같다. 죽어가는 순간에도 좋아하는 과일 향을 맡고 싶다던 여유로움은 대체 뭐란 말인가. 그는 스물여섯 나이에 몸을 설렁설렁 비우고 세상을 떴다.

그 알 수 없는 여유로움은 '절망'에서 비롯되었다. 허무를 허무라고, 절망을 절망이라고 말할 수 있을 때 이미 그것은 허무도 아니고 절망도 아닌 것이다.

1. 零과 空

〈제5원소〉 영화를 보면서 의구심이 생겼다. 팔뚝에 남은 체세포의 기억으로 사람을 만들어내는데 그것이 가능한 일일까. 공상과학 영화나 판타지 소설, 애니메이션의 상상력이 과학자들에게 아이디어를 제공한다는 것은 알려진 사실이지만 과연 가능한 일을 상상한 건지 의심을 떨칠 수가 없다. 체세포나 DNA가 제 형태를 담아 낸 그릇인 몸을 기억해야 하는데 과연 그럴 수 있을까.

이상도 당대 과학자들이 생각해낼 수 없는 기상천외한 가설을 떠올리는데 그것이 '원자가 지닌 기억'이다.

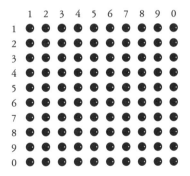

1에서 시작되는 수가 0에서 끝난다. 수의 배열은 시공간 또는 차원이 확대되고 있음을 뜻한다. 내 발끝인 1차원에서 당신을 바라보는 2차원, 당신 너머 보이지 않는 3차원, 상상에서야 가능한 4차원,

5차원, 6차원 확대되던 차원은 결국 10차원으로 가지 않고 0차원으로 끝났다. 0은 이렇게 확대된 공간을 빨아들이는 블랙홀이다. 0 앞에서는 더 이상 큰 수도 작은 수도 없다. 0은 숫자의 종결자다. 0(零)이란 수의 오묘함은 헤아릴 수 없다는 데에 있다. 내가 발붙인 시공간에서 시작해 상상할 수 없는 차원까지 모두 품고 있는 것이 0이다. 그러나 한편 0은 공(空)이기도 하다. 0은 有이지만 無이고 無이지만 有여서 텅 비어있는 것이다.

1에서 0까지 가로세로의 배열 속에 놓인 점들은 1에서 0차원까지의 집점(集點)들로 1차원부터 존재해서 0차원까지 한없는 존재를 유지한 미궁의 존재들이다. 점 하나는 전체이기도 하고 부분이기도 하다. 살아온 시공간만큼 검고 속을 알 수 없이 음흉한 원자. 원자는 세상이 시작된 뒤로 온 세상을 떠돌아다니는 이온(Ion)이다.

이 그림은 원자가 속한 시공을 형상화한 것이다. 원자는 시공을 빨아들인 존재다. 그 누가 원자의 근본을 알 수 있다는 말인가. 모든 시공은 원자에서 시작해 원자로 끝난다. 원자가 있어 내가 있고 네가 있다. 우주의 존재를 알지 못해도 우주는 돌아가듯 원자의 존재를 몰라도 원자는 내 몸 안에서 움직이고 있다. 원자는 우주가 무한하듯 무한하다. 또 우주 공간에 떠있는 별처럼 원자는 무한히 운행한다. 그 운행으로 사람은 살아간다. 별들의 운행으로 우주가 유지되듯.

거대한 우주 속에 모래알 같은 내 몸, 몸속의 세포, 세포보다 미세한 원자, 원자를 이루는 양성자와 중성자……. 창조는 0에 가까운 단위에서 시작되지만 원자의 내부야말로 행성이 운행하는 우주

와 같다. 사람은 신을 믿지만 신의 세계를 접할 수 없어 감히 무어
라 단언할 수 없듯 원자의 속도 인간이 들여다 볼 수 없는 미지의
세계다.

사람은 우주에서 미세한 점에 불과하다. 또 모든 창조는 점에서
시작된다. 점이 모여서 선도 되고 공간도 되며 그렇게 만들어진 공
간은 대상이 되고 존재가 된다. 그래서 점은 한없이 축소되기도 하
고 확대되기도 한다. 존재는 점묘이며 나 또한 점의 집합체이다.

2. Dust in the wind

〈Dust in the wind〉라는 곡을 좋아했었다. 사람은 바람 속에 빨려
들어간 먼지 같다는 생각이 든다. 언제 어떻게 사라지는 줄도 모르
게 커다란 기류 속으로 빨려 들어간다. 나는 어디서 와서 어디로 가
는가, 답은 단순하고 명료하다. 먼지가 된다. 티끌이 된다. 사람은
모두 티끌이 된다. 아무리 생각해도 사람은 티끌이 된다. 그리고 티
끌과 비교할 수도 없이 작고 작은 양성자와 중성자가 만나 입자의
진동이 시작되고 물질이 형성되고 사람의 움직임이 시작된다. 못생
긴 발톱, 발톱 밑의 때도 존재의 떨림이다. 당신을 바라보는 찰나를
위해 얼마나 많은 원자가, 그 속의 양성자와 중성자가 운행되는지,
당신을 만나 사랑하기 위해 얼마나 많은 양성자와 중성자가 준비되
었는지 나도 당신도 모른다.

사람의 존재는 수로 규정된다. 몇 센티, 몇 킬로, 몇 살, 몇 년도
에 태어나서 몇 년도에 죽었나 등등.

사람의 존재를 가늠하고 파악하는 데 쓰이는 것이 수이다. 수의

진행은 살아가고 있음과 같다. 수의 배열이 형성됨으로써 물질은 형성되고 인식된다. 달리 말하자면 원자가 시작되는 것, 더 나아가 원자가 덩어리로 형성됨으로써 존재가 시작되는 것을 의미한다. 원자, 원자는 먼지로 형상화된다.

원자는 무한한 시공간을 품고 있는 슈퍼메모리이자 마이크로코스모스다. 그래서 원자는 내가 겪었던 찰나와 내가 만난 모든 사람을 기억할 것이다. 지구의 길고 긴 역사 어느 한 귀퉁이를 차지한 내 시공간을 기억할 것이다. 또 몸속에 있었던 원자를 따라 내 존재는 영원까지 나아갈 것이다. 나는 이 세상의 티끌에 지나지 않지만 내 몸이라는 입체 속에 담겼던 원자는 영원 속에 남는다.

세상 모든 물질은 공평하고 평등하다. 생명을 지닌 동식물뿐 아니라 세상에 자리 잡은 모든 물질이 그렇다. 삼라만상은 그야말로 한통속이다. 형체를 가진 물질은 원자라는 슈퍼메모리에 입력된다. 세상이 창조된 뒤 형성된 모든 존재는 원자를 공유한다. 내 몸 속에 자리 잡은 원자 알갱이 하나하나가 무엇이었을까를 상상해 그려낸다면 괴물이 되고 말 것이다. 나는 의자이기도 했고 공룡이기도 했다. 나는 꽃잎이기도 했고 주전자이기도 했다. 전생이란 원자가 거쳐 온 과정을 말하는 것이다. 물질은 서로의 아바타(Avatar)다.

이상, 그가 곰곰이 파고든 숙제가 그것이다. 시공간을 이룰 뿐 아니라 찰나에서 영원까지 기억하는 점. 그것이 초월의 세계로 나아가는 최초의 알갱이라는 사실은 시대의 어둠 속에 갇힌 그를 환희에 떨게 했을 것이다. 그가 깨달은 철학적 명제는 사람들이 심각하게 생각하는 속세의 가치들을 무의미하게 만들었다.

과학이 엄청나게 발전해 이상을 기억하는 원자를 만난다면, 그래서 그에게 말을 건넨다면, 멋지게 기억될 수 있도록 그 원자는 자신이 접했던 향기 가운데 가장 아름다웠던, 레몬 향기를 맡겠다고 말하리라. 티끌로 사라지는 마지막 순간에.

아인슈타인의 원자론과 당대에 발표된 양자론 등 소멸에 대한 이상의 깊은 사유를 촉발할 만한 요소는 얼마든지 있었다. 이상 시의 여러 그림은 치밀한 계산이기보다는 원자가 거쳐 온 시공과 차원의 영원함을 디자인한 것이다. 모홀리 나기가 원판에 점을 새겨 공중에 떠 있게 하고 그것을 통과하는 그림자를 일컬어 시공간이라 표현했듯이 그는 원자의 영원함을 자신만의 방식으로 나타냈다.

그는 원자를 가지고 풀 수 있는 숙제도 밝혀냈다. 원자는 시공을 거쳐 살아왔기 때문에 원자에 각인된 기억을 동원하면 태초에 창조가 어찌 시작되었는지 알 수 있을 것이며 두껍고 먼지 풀풀 날리는, 참인지 거짓인지도 알 수 없는 책들을 뒤지지 않아도 과거가 영화 필름이나 파노라마처럼 떠오른다는 가설이다.

速度etc의統制例컨대光線은每秒當三00000키로메-터달아나는것이確實하다면사람의發明은每秒當六00000키로메-터달아날수없다는법은勿論없다. 그것을幾十倍幾百倍幾千倍幾萬倍幾億倍幾兆倍하면사람은數十年數百年數千年數萬年數億年數兆年의太古의事實이보여질것이아닌가, 그것을또끊임없이崩壞하는것이라하는가, 原子는原子이고原子이고原子이다. 生理作用은變移하는것인가, 原子는原子가아니고原子가아니고原子가아니다, 放射는崩壞인가, 사람은永劫인永劫을살수있는것은生命은生도아니고命도아니고光線이라는것이다.

— 〈三次角設計圖 「線에關한覺書 1」〉의 부분

사람이 그렇듯 원자도 어디서 와서 어디로 갈지 모른다. 바람이 불면 바람 따라 가듯 에너지의 흐름에 따라 정처 없이 흘러갈 뿐이다. 그러나 어쨌든 원자에 새겨진 기억을 거슬러 올라가면 과거의 시공을 볼 수 있다. 미래는 어떨는지 모르겠다. 그러나 원자는 어떤 몸이든 어떤 물질이든 어떤 입체든지 간에 생성과 소멸이 진행되는 동안 한 몸이었고 어떤 시간·공간이든 함께 경험했다. 내 몸에 담긴 헤아릴 수 없는 원자의 미래는 결국 초한(超限)으로 가는 것이다. 원자는 미래에 만들어질 생명이나 물질의 일부가 되기 위해 붕괴되기 전까지 형체를 유지하고 있는 몸 안의 우주이자, 태초부터 시작된 붕괴의 현상이다.

3. 내 안의 우주

(宇宙는冪에依하는冪에依한다)
(사람은數字를버리라)
(고요하게나를電子의陽子로하라)
스펙톨

軸X 軸Y 軸Z

— 〈三次角設計圖「線에關한覺書 1」〉의 부분

우주의 크기를 가늠할 수 있을까. 그럴 수 있다는 논리만 있을 뿐 확실한 실체를 알 수 없고 형체를 파악할 수도 없는 우주는 신과 같다. 이상은 광활한 우주의 크기를 멱의 멱이라는 숫자로 (…

$((10^n)^m)^l)\cdots$) 가늠하고 있지만 실제로는 파악할 수 없다. 존재의 미래를 알 수 없는 것과 같다.

인류는 과학뿐 아니라 여러 학문과 종교에 탐닉하며 영원한 생명의 길을 찾고자 했다. 생에 대한 집착은 깊이와 양상이 다양해져 포기하기는 아깝고 이어가자니 부담스러워졌다. 결국 거듭된 실패 뒤 인류는 우주 속에 신과 영원한 생명에 대한 비밀이 있을 거라는 믿음을 갖는다.

하지만 그깟 우주가 또 무엇이란 말인가, 제 아무리 우주라 하더라도 눈을 감으면 사라지는 신기루 같은 것이다. 모든 것은 눈을 감는 순간 빨려 들어가 버린다. 느끼지 않으면 모든 것은 의미가 없다. 스위치를 켜면 환해지고 끄면 어두워지는 방처럼 우주가제 아무리 크다고 해도 눈을 감으면 사라진다. 사람의 느낌만큼 중요한 것은 없다. 하늘도 나무도, 그리고 당신도 내가 느끼기 때문에 존재하는 것이다.

그러므로 인간에게 생보다 중요한 것은 느낌이다. 지금 코를 간질이는 커피 향기와 바라보는 하늘과 당신에게 보내는 사랑의 메시지도 영원히 사라지지 않고 뇌수에 있는 원자에 새겨져 까마득하게 먼 미래, 영원까지 전달되는 것이다. 다시 말하자면 원자에 박혀 있는 기억들은 지구의 역사만큼이나 광대하다. 원자는 어떠한 슈퍼컴퓨터도 기억 못하는 메시지를 품고 있다. 우주가 창조된 뒤의 시공간, 그 어느 곳에서 튀어 나왔을지 모르는 원자가 내 안에 들어 있는 것이다. 붓다나 예수나 공자의 원자가 내 몸에 들어 있는지 모를 일이고 거실 구석에 쪼그리고 앉아 바늘귀를 꿰지 못해 끙끙거리고 있는 어머니의 몸속에 소크라테스의 원자가 있는지도 모른다.

내 몸속에 깃든 원자는 네로 황제의 몸을 받쳤던 의자였을 수도 있고 예수가 밟았던 땅의 흙이었을 수도 있으며 소 혀의 일부였을 수도 있다. 이 세상의 모든 원자는 돌고 돈다. 내가 기억하지 않는 당신이 무슨 의미가 있으리. 내가 기억하지 않는 역사가 무슨 의미가 있으리. 나의 감각을 위해 운행하는 수많은 원자로 말미암아 세상의 모든 순간이 태어난다. 또 나와 당신이라는 입체가 만들어진다.

사람은 무수히 많은 원자로 이루어진 입체이다. 다른 원자들을 흡수해 몸집을 불려나가지만 일정한 시간과 공간이 지나면 바람 빠진 공처럼 쪼그라들고 소멸되어 자연이라는 순환구조 속으로 돌아간다. 그러나 절대적인 소멸은 없다. 내 몸은 미세한 원자로 환원되고 다른 모습으로 태어난다. 내 몸에 있던 원자는 과거에서 비롯되었고 미래로 나아간다. 몸이라는 입체를 유지하려 먹고 마시고 한 일뿐만 아니라 입맞춤, 한숨 등에 관여한 원자도 영원히 지속된다.

불교에서는 이를 인드라 망이라 설명한다. 몸속에 몸을 숨기는 러시아 인형처럼 우주 속, 별 속, 인간 속, 원자 속, 양자 속에서 운행되고 있는 마이크로 코스모스가 부딪히지도, 결합되지 않고도 운행할 수 있는 것은 서로서로 바라보기 때문이라고 한다. 엄밀히 말하면 서로 바라보는 것에서 존재가 시작되는 것이다. 당신이 나를 미워해도 고맙고 내게 욕지거리를 내뱉어도 고마워해야 한다. 그것은 내가 살아있다는 증거이고 내 몸에 담긴 원자가 운행하는 원동력이기 때문이다.

4. 텅 빈 방

원자의 크기는 10^{-18}cm이다. 원자핵은 중성자와 양성자로 이루어지고 그 주변을 전자가 돈다. 행성들의 운행 원리와 '전자와 양자'의 운행 원리는 매우 비슷하다. 이것들이 운행하려면 공통적으로 '빛'이 필요하다. 시공간 또한 빛의 진동에 따라 형성된다. 그와 마찬가지로 인간의 감각을 전달하는 감각 기관의 세포와 세포 내 원자의 활동도 빛의 입자인 광자의 주고받음으로 인한 지각현상에 따라 이루어진다.

정보 전달과 기억도 뇌세포 활동으로 이루어지는데 이 역시 광자의 주고받음으로 이루어진다. 그러므로 사람의 생은 빛에 의해 지속된다고 해도 지나치지 않다. 아인슈타인의 히트작 상대성 이론에 의하면 인간이 시공간을 초월할 수 있는 방법은 빛보다 빠르게 달리는 수단을 발명하는 것이다. 아인슈타인은 엄청난 광자자동차를 고안했지만 이상은 그와 달리 원자가 이끄는 과거로의 여행을 제안한다. '나를고요하게電子의陽子로' 하는 일은 시공을 초월해 과거로의 여행을 가능하게 하는 수단이라고 한다.

　　臭覺의味覺과味覺의臭覺

　　(立體에의絶望에依한誕生)
　　(運動에의絶望에依한誕生)
　　(地球는빈집일境遇封建時代는눈물이나리만큼그리워진다)

　　　　　　— 〈三次角設計圖「線에關한覺書 1」〉의 부분

　사람은 자신을 자극하는 대상을 접하게 되면 거기에서 나오는 분자를 받아들이기 위해 반응한다. 그 반응은 원자 속에서 일어나는데 현미경으로도 관측할 수 없는 양성자와 중성자의 미세한 운행에서부터 시작된다. 빛을 주고받는 운행으로 인해 원자는 분자에 대해 반응하고 그 반응이 뇌수에 전달되어 감각을 일으키게 된다.

　사람은 거대한 가전체에 불과하다. 그리고 스스로 번식할 수 있는 자동기계이다. 그러나 그것을 이루는 입체는 멱의 멱만큼 원자를 품고 있다. 생물학적으로 본다면 사람은 피와 살과 뼈로 이루어져 있지만 엄밀히 따져보면 원자가 지금껏 존재해 온 기억으로 이루어져 있으므로 사람 자체가 역사다. 그렇기에 세상의 모든 존재는 위대하다. 너나 할 것 없이 위대하다.

　생은 감각이다. 감각이 없으면 살아도 사는 것이 아니다. 장자(莊子)는 빈 방을 들여다보며 이렇게 말한다. "저 텅 빈 것을 잘 보아라. 아무 것도 없는 텅 빈 방에 눈부신 햇빛이 비추어 저렇게 환히 밝지 않으냐."(虛室生白, 〈인간세〉의 부분)

　이상은 커피 향기와 과일 향기, 초콜릿의 맛, 또는 향기와 사람에 대한 이미지를 동일시해서 묘사한다. 그의 평등한 감각의 통합은 영원한 생의 열쇠를 쥐어준다. 그는 공기 중에 존재하고 호흡에 내재한다. 내가 숨 쉬는 지금 이 순간 폐 속으로 그가 들어온다. 자연 속에 미세한 감각으로 떠돈다. 생은 죽음과 통해 있고 죽음은 생과 통해 있으며 공(空)인 우리의 그릇은 영원으로 향해가고 있다. 잔은 비워야 다시 채울 수 있는 법이다. 우리의 몸이 자연으로 산화되는 순간, 새로운 대상이 생겨나고 우주가 순환되는 것이다. 그래서 사람은 소중하다. 세상에 태어난 모든 우주를 담고 있으므로.

5. 사막보다도 더 정밀한

熱心으로疾走하고 또 熱心으로疾走하고 또 熱心으로疾走하고 또 熱心으로疾走하는 사람은 熱心으로疾走하는 일들을 停止한다.

沙漠보다도靜謐한絶望은사람을불러세우는無表情한表情의無智한한 대의珊瑚나무의사람의脖頸의背方인前方에相對하는自發的인恐懼로부 터이지만사람의絶望은靜謐한 것을維持하는性格이다.

— 〈建築無限六面各體「且8氏의 出發」〉의 부분

이상의 시가 자꾸 어렵게 꼬이는 것은 시 하나에 상징의 나무가 뿌리내리고 있기 때문이다. 마치 브레인스토밍을 하는 것처럼 끊임 없이 가지를 뻗어 성스러운 나무 한 그루를 만들어내고 있다.

참 이상한 일이다. 그 시대에 하이퍼텍스트를 생각해 내다니. 원 자 하나로도 생각해 낼 수 있는 상징은 수없이 많다. 원자, 元子, 양자, 養子, 원, 아들과 아버지, 영, 더 이상 쪼갤 수 없는 모래, 몸, 입체, 사막, 사막…… 그렇다. 모래알이 모여 사막을 이룬다. 오랜 시간 동안 세상을 떠돌며 깎이고 깎여 더 이상 쪼갤 수 없는 모래알 로 이루어진 사막처럼 사람이라는 입체도 어느 순간 흩어진다. 태 어나는 순간부터 절망이 예측된 입체, 그것이 사람이다. 존재가 생 성되고 소멸되며 느끼게 되는 절망은 사막보다도 정밀하다. 촘촘하

고 방대한 양의 절망이 내 몸 속, 원자 속에 있으며 영원한 시공 속
에 있다. 살아가는 일이야말로 정말 짜릿한 질주다.

윤수하

차 례

제1장. 들어가는 말

1. 연구 목적

이상(李箱)이 태어난 지 100년이 넘었으나 아직도 어렵게 읽히고 있다. 그 이유 가운데 하나가 시에 응용된 수학 공식과 조형 형태 때문이다. 이상 시는 파격적인 구성 때문에 당시 문단에 커다란 반향을 불러일으켰다. 조선중앙일보에 〈烏瞰圖〉를 연재하는 중에 극단적인 비난과 혹평이 쏟아졌다. 대표적으로 김억은 〈시는 機智가 아니다〉[1]라는 글을 통해 이상 시는 시가 아니며 가장 조선말답지 못한 산문이라고 꼬집었다.

그러나 〈烏瞰圖〉 연재를 강행한 이태준이나 구인회 동인들을 비롯한 김기림 · 정지용 등은 이상의 문학을 시대를 앞서가는 가장 모더니즘적인 작품으로 보았으며 특히 김기림은 이상을 "누구보다도 가장 뛰어난 쉬르리얼리즘의 이해자"로 평했다.[2] 이상 시에 대한 극단적인 평가는 사후에도 계속되었다. 이상은 오랫동안 문제적 작가 또는 난해성의 시인이라는 통념에서 자유로울 수 없었다.

그러나 다매체 시대인 현대에 이르러 이상 시를 해석하는 시각은 다양해졌고 여러 측면에서 주목받게 된다. 특히 문학이라는 매체에 한정되지 않고 당대에 유행했던 매체의 흐름을 받아들여 작품에 응

---

1) 김억, 〈시는 機智가 아니다〉,《매일신보》, 1935. 4. 11, 1쪽.
2) 김기림, 〈현대시의 발전〉,《조선일보》, 1934. 7. 12.~1934. 7. 22.

용한 재기발랄함은 그의 천재성과 함께 빛을 발한다. 여러 학문·예술 분야의 장점을 운용해 제작된 이상 시는 시를 종합적인 예술체로 승격시킨 창조적 시도로서 우리 문학사에 독보적 존재이고 큰 의미를 갖는다.

그동안 이상 시에 대한 논의는 다양한 측면에서 진행되었다. 이상 시의 자아 분열적 요소를 개인사적 측면에서 살펴 본 전기적 방법과 당시 유행하던 사조에 초점을 맞춰 다다이즘과 모더니즘, 초현실주의에 연결시켜 해석하는 논의가 있었다. 근래에 이르러 시의 의미 층위에 관심을 둔 수사학적 논의를 비롯해 기호학적인 연구와 상호텍스트성과 연관된 논의 등이 이루어졌다.

또 이상 시에 응용된 수학 기호나 물리학적 사고를 난해한 암호로 취급해 해독하려는 경향도 있었다. 그러나 이상 시에 형상화된 암호 같은 수식은 공식으로 풀 게 아니라 조형적 원리로 해석되어야 한다. 즉 만물의 운행과 존재에 대한 성찰을 표현하려는 형식의 하나로 인식해야 한다. 소재의 특징 때문에 시가 아닌 다른 매체로 규정하고 해석하려 드는 것은 오히려 더욱 난해한 결합물로 판단하게 한다. 본질적 측면에서 이상 시를 고찰하는 것은 우주와 인간에 대해 깊이 성찰하고 그려내려 했던 창작자의 주제의식을 이해하는 데서 시작되어야 한다. 이상은 개인과 실존, 우주와 만물에 대해 숙고했으며 그에 따른 밀도 있는 사유의 결과는 시적 형상화로 표출되었다.

이 글의 목적은 이상 시에 나타난 여러 분야의 매체 결합 양식에 주목해 시에서 비문학 장르를 수용하는 방식을 밝힘으로써 미학적 가치를 매기는 데 있다. 이러한 목적을 이루기 위해 이 글이 파고든 것은 여러 분야 · 매체의 예술적 결합방식이다. 상호매체성은 각각의 매체가 지닌 특징들 사이의 상호 교류 · 전이 · 변용 같은 매체 간 결합방식을 밝히는 데 유용하다.

따라서 지금까지 이루어졌던 이상 시에 대한 다양한 연구 성과를 바탕으로 이상 시의 매체 결합의 미학적 측면을 생각해보고, 이상이 타 예술 매체를 활용해 어떻게 인간 존재에 대한 근원적 성찰을 문학적으로 형상화했는지 살피고자 한다.

2. 연구사 검토

이상과 그의 시에 대한 연구는 여러 관점과 다양한 방법론으로 진행되어 왔다. 이러한 연구 성과는 이상의 전기적 이력과 원전 확정에서 당대에 유행한 사조의 적용 및 수사학적 측면의 검토와 창작 원리에 이르기까지 실로 다양하게 축적되었다. 지금까지 이상과 그의 시에 대한 본격적인 논의는 세 가지 방향으로 전개되었다.

첫째는 이상의 전기적 요소와 텍스트 확정 문제 등 작품 외적 요소에 주목한 연구들이다. 고은[3]과 김윤식[4], 김승희[5]는 이상 평전을 통해 이상의 생애를 살펴보고 그의 발자취에서 드러나는 문학과의 연관성을 고찰했다. 또 최근 발간된 김주현과 김유중의 《그리운 그 이름, 이상》[6]은 이상의 흔적을 세밀하게 검토해 삶 속에 드러난 문학적 감수성과 열정의 근원을 확인해냈다.

이상의 작품을 발굴하고 텍스트를 확정하는 작업 또한 끊임없이 진행되었다. 1956년 임종국의 《이상전집》[7]에 이어 이어령의 《이상시전작집》[8]과 이승훈의 《이상문학전집》[9]이, 2004년에는 김종년

3) 고은, 《이상평전》, 민음사, 1974; 《이상평전》, 향연, 2004.
4) 김윤식, 《이상연구》, 문학사상사, 1987.
5) 김승희, 《이상》, 문학세계사, 1993.
6) 김주현 · 김유중, 《그리운 그 이름, 이상》, 지식산업사, 2004.
7) 임종국, 《이상전집》, 태성사, 1956.

의 《이상전집》이 간행되었다.[10] 2005년에 간행된 김주현의 《정본
이상 문학전집》[11]은 이상의 시를 원전에 가깝게 정리해 기존 작품
편수의 편차를 줄이고 세심한 주해를 달아 이해를 도왔다.

둘째는 다양한 방법으로 작품을 분석한 연구들이다. 이러한 연구
경향은 심리학 또는 정신분석적인 측면의 연구[12]에서 두드러진다.
이상 시의 특징 가운데 하나인 자아분열적인 요소는 시적 자아가

8) 이어령, 《이상시전작집》, 갑인, 1977.

9) 이승훈, 《이상문학전집》, 문학사상사, 1989.

10) 김종년, 《이상전집》, 가람기획, 2004

11) 김주현, 《정본 이상 문학전집》, 소명, 2005.

12) 정귀영, 〈이상 문학의 초의식 심리학〉, 《현대문학》, 1973년 7월~9월; 〈레알리
즘과 쉬르레알리즘〉, 《현대문학》, 1975년 5월; 〈이상 초기작품의 정신분석-〈12
월 12일〉을 중심으로 하여〉, 《신경정신의학》38, 1977. 12; 조두영, 〈이상 초기
시작품의 정신분석〉, 《신경정신의학》42, 1978년 2월; 〈이상 연구-'봉별기'의
정신분석〉, 《서울의대학술지》 19-3, 1978년 9월; 〈이상의 인간사와 정신분석-
초기작품을 중심으로 하여〉, 《문학사상》, 1986년 11월; 〈정신의학에서 바라본
이상-이상 문학의 승화작업, 심리구조분석〉, 권영민 편, 《이상문학연구 60년》,
문학사상사, 1998; 조두영, 《프로이트와 한국문학》, 일조각, 1999; 오규원, 〈거
울 속의 나는 외출중〉, 《이상시전집》, 문장사, 1981; 이규동, 〈이상의 정신세계
와 작품〉, 《월간조선》, 1981년 6월; 이규동, 《위대한 콤플렉스》, 대학문화사,
1985; 한경희, 〈한국 현대시에 나타난 시적 자아의 내면 연구〉, 한국학 대학원
박사, 2002; 고석규, 〈시인의 역설〉, 《문학예술》, 1957년 4월~7월; 김우종, 〈이
상론〉, 《현대문학》, 1958년 5월; 김종은, 〈李箱의 理想과 異常-韓國藝術家에
관한 精神醫學的 追跡〉, 《문학사상》, 1973년 9월; 〈이상의 정신세계〉, 《심상》,
1975년 3월; 〈李箱 문학의 심층심리학적 분석-오감도에 대한 초현실주의적 접
근〉, 《문학과 비평》, 1987년 12월; 박진환, 《精神分析으로 심층해부한 李箱文
學研究》, 조선문학사, 1998; 이어령, 〈나르시스의 학살-이상의 시와 그 난해
성〉, 《신세계》, 1956년 10월; 조연현, 〈근대 정신의 해체〉, 《문예》, 1949년 11
월; 신범순, 〈李箱 문학에 있어서의 분열증적 욕망과 우화〉, 《국어국문학》103,
1990년 5월.

지닌 심층적인 심리를 표상한다. 이승훈과 이윤경의 연구13)는 이상 개인의 정신분석적 측면에서 추출해낸 요소로서 자아분열성을 다루었다. 김승희14)는 이상 시의 자아분열적 정신세계를 보여주는 대표적인 표상 기호로 '거울'을 들고 기호학적 측면에서 분석한다. 김승희는 '거울'이 자아의 내면 심리를 분출해내는 도구라는 것에 초점을 맞춰 '거울'이 의미하는 바를 재해석하고 있다.

이상 시의 내면의식을 실존적 측면에서 검토한 철학적 방법으로 쓰인 논문15)은 시적 자아가 인지하는 시간의 진행과 의식적인 측면에서의 철학적 각성을 다룬다. 이상 시를 미학적인 관점에서 바라본 논의로는 김상태16)의 연구를 들 수 있다. 김상태는 이상 문학에 드러나는 아이러니 또는 패러독스 미학의 기원이 부정의 정신에 있다고 지적한다.

신규호17)는 종교적인 관점에서 이상 시의 실존적 시간 의식과 자아 부정 또는 자아 초극의 의미를 파악한다. 미학적 관점의 연구에서 '시학'이라는 개념을 사용한 논의도 눈에 띈다. 김정은18)은

---

13) 이승훈, 〈이상 시 연구 - 자아의 시적 변용〉, 연세대 박사, 1983; 이윤경, 〈이상 시의 변형세계 연구〉, 국민대 박사, 2004.

14) 김승희, 〈이상시 연구 - 말하는 주체와 기호성의 의미작용을 중심으로〉, 서강대 박사, 1992.

15) 정명환, 〈부정과 생성〉, 《한국인과 문학사상》, 일조각, 1968; 이재선, 〈이상 문학의 시간의식〉, 《한국현대소설사》, 홍성사, 1979; 정덕준, 〈한국 근대소설의 시간구조에 관한 연구〉, 고려대 박사, 1984.

16) 김상태, 〈부정의 미학 - 이상의 문체론〉, 《문학사상》, 1974년 4월.

17) 신규호, 〈자아부정의 미학 - 이상 시에 나타난 바울적 미존관(美存觀)〉, 《논문집(신학편)》15, 성결신학교, 1986년 12월.

〈烏瞰圖「詩第五號」〉를 기호학적 관점에서 분석하고 시적 구성
원리를 시학과 동일한 개념으로 사용한다. 김용직[19]은 이상 시의
특성을 '극렬시학'이라 칭하고 시학적으로 완성된 기법의 양상을
아방가르드의 범주에서 논의했다.

　　1930년대 유행했던 사조인 모더니즘과 결부시켜 연구한 흐름[20]
도 있었다. 이복숙[21]은 현대시의 모더니티의 근거를 불연속성 또는
단절성으로 보고, 이상 시에 나타난 단절성을 가족관계를 비롯한
사회와 자아와의 단절 및 자아 자체의 내적 단절로 구분하여 이상
시의 불연속성에 대해 설명했다. 이복숙은 이상 시의 언어적 단절
양상, 수사학적 단점을 들어 이상 시가 '단절성'이라는 모더니티를
대변하고 있다고 설명했다.

　　김유중[22]은 구인회를 대표하는 시인들 가운데 모더니즘 이론을
가장 잘 실천한 시인으로 김기림과 이상을 꼽고, 이상의 시에 나타
난 공포와 시간성의 문제를 당대 현실에 대한 이상의 이해와 연결

---

18) 김정은, 〈해체와 조합의 시학 - '오감도 시 제5호'〉, 《문학사상》, 1985년 12월.
19) 김용직, 〈극렬 시학의 세계 - 李箱論〉, 《한국현대시사》, 한국문연, 1996.
20) 서준섭, 〈1930년대 한국 모더니즘 문학연구〉, 서울대 박사, 1988; 고명수, 〈한
　　국 모더니즘시의 세계인식 연구; 1930년대를 중심으로〉, 동국대 박사, 1994; 최
　　학출, 〈1930년대 한국 모더니즘 시의 근대성과 주체의 욕망체계에 대한 연구〉,
　　서강대 박사, 1994; 이승철, 〈이상문학에 나타난 모더니즘 연구〉, 《청주대어문
　　론》13, 1997년 12월; 엄성원, 〈한국 모더니즘 시의 근대성과 비유연구〉, 서강대
　　박사, 2002.
21) 이복숙, 〈이상 시의 모더니티 연구 - 단절성과 추상성을 중심으로〉, 경희대 박
　　사, 1988.
22) 김유중, 《한국 모더니즘 문학의 세계관과 역사의식》, 태학사, 1996.

했다. 또한 이상이 근대 자본주의 문화의 성격을 어떻게 이해했고 그 모순점에 대해 어떤 방식으로 접근했는지 이상 시를 통해 분석했다. 그러나 모더니즘의 근대적 인식과 욕망을 이상 시에 대입시킨 모더니즘 연구는 사조의 흐름과 함께 변화되는 개인의 욕망 표출을 단면적으로 관찰하기엔 좋지만 이상 시의 다층적 의미를 사조의 흐름에 부속시켜 버린다는 단점이 있다.

셋째는 이 글에서 주목하는 연구들로 이상 시를 해석하기 위한 학제 간 연구이다. 김윤식[23]은 이상 시를 시에 나온 유클리드 기하학의 숫자와 연관시켜 해석했다. 또 이상의 시간의식을 상대성 이론, 불확정성 이론과 연관시키고 이상이 숫자 또는 광속으로 구성된 새로운 관념 세계를 발견했으며 그 사실 때문에 절망하고 있다고 밝힌다. 그에 따라 소설 창작으로 생에 대한 실존적 물음을 던지고 탈출을 시도했다고 기술한다.

최혜실[24]은 이상 소설의 모더니즘적 특성을 연구하면서 이상 문학이 분리파와 바우하우스 같은 합리파의 건축 요소와 조형예술 측면에서 영향을 받았음을 시사하고 당시의 건축가들이 건축을 시적으로 묘사하는 데 능했음을 밝혔다. 또 이상 시에서 모홀리 나기[25]

---

20) 김윤식, 〈유클리트 기하학과 광속의 범주〉, 《문학사상》, 1991년 9월.

24) 최혜실, 〈1930년대 한국 모더니즘 소설 연구〉, 서울대 박사, 1991.

25) 라슬로 모홀리 나기(László Moholy-Nagy, 1895~1946) : 헝가리 태생의 멀티미디어 아티스트. 시각예술 전반을 아우르는 전방위 예술가이며 독일 바우하우스의 교수를 지냈다. 과학기술 매체를 이용하여 예술의 지평을 넓혔고 인간의 삶과 예술의 유기적 결합을 통해 '총체적 예술'을 지향하였다. "라슬로 모호이너지", doopedia, 2016년 7월 18일.

의 영향과 연관성을 가늠했다. 이를 바탕으로 〈三次角設計圖「線에關한覺書 1~7」〉 등의 시를 과학적 · 수학적 대칭관계로 분석했다. 이는 이상 시에 나타난 바우하우스 건축의 조형적 시각과 세계관을 명징하게 밝힌 최초의 논문이다.

김주현26)은 이상 시의 변형을 통한 재창조성에 중심을 두고 상호텍스트성을 가진 것으로 《파우스트》를 제시한 뒤 이상 시에 나타난 '메피스토펠레스', '황'과의 연관성을 연구하였다. 김주현의 연구는 이상 시의 상호텍스트성을 논의한 최초의 연구로서 〈三次角設計圖「線에關한覺書 5」〉와 소설 〈12월 12일〉 등 여러 편에서 공통적으로 반복되는 메타언어를 분석했다. 이 논문은 이상 시에 묘사된 상상적 세계의 기반이 되는 모티프를 찾아내고 밝히는 데 크게 이바지했다.

기호학적인 측면의 연구로 오정란의 〈「선에관한각서」에 나타난 李箱의 언어 기호관과 그 극복 양상〉27)을 들 수 있다. 오정란은 시각 기호 '凸'의 수렴작용과 '凹'의 방사작용을 메타언어적으로 분석한다.

이상 시에 나온 수학 기호를 수학적 지식으로 해석하고자 한 김용운28)은 이상이 수학적으로 표현한 시적 에스프리가 무기적이고

26) 김주현, 〈이상 시의 상호텍스트적 분석; 특히 '개'의 이미지와 관련된 시를 중심으로〉, 《관악어문연구》 제21집, 서울대, 1996.

27) 오정란, 〈「선에관한각서」에 나타난 李箱의 언어 기호관과 그 극복 양상〉, 《어문논집》 46, 민족어문학회, 2002.

28) 김용운, 〈李箱과 數學〉, 《文化 속의 數學》, 현암사, 1974; 〈파스칼과 李箱〉, 《文化 속의 數學》, 현암사, 1974; 〈자학이냐, 위장이냐〉, 《문학사상》, 1985년 12월.

정적인 것이 아니라 유기적이고 생동하는 변환의 구조이며 위상의 원리를 직관적으로 파악해 시에 활용했다고 추론한다. 또 이상은 수학에서도 모더니스트적인 경향을 보이고 있다고 역설한다.

김태화[29])는 수학 논리 과정의 2분법과 3분법에 대해 설명하고 그것으로 이상 시의 이분법적인 0 : 1과 줌(zoom)의 세계를 해석한다. 또 이상은 2분법에서 3분법으로 가고 싶어 하지만 여전히 2분법의 세계에 갇혀있다고 주장한다. 이상의 〈三次角設計圖〉와 〈三次角設計圖「線에關한覺書 1~3」〉을 분석하며 빅뱅 우주론과 4원소론 등을 들어 점과 두 수식인 1+3, 3+1과 100개의 점의 실체에 대해100개의 점이 천체의 형상이라는 것과 비유클리드 설계 제작에 대해 설명한다. 김태화는 이상 시에 묘사된 형상이 줌인(zoon-in)과 줌아웃(zoom-out)의 원리로 이루어져 있다는 점을 수학적으로 명확하게 설명했다.

이상 시에 나타난 조형예술적 특징에 대한 논의로는 안상수의 〈타이포그래픽의 관점에서 본 이상 시에 대한 연구〉가 처음이다. 이후 몇몇 연구에서 이상 시와 조형예술의 연관성이 논의되었다.[30]) 안상수는 이상 시의 타이포그래픽을 말라르메, 아폴리네르 등의 시각시 및 타이포그래픽과 비교하고 1920년대 한국에서 타이포그래픽을 응용한 시들을 소개했다. 또 이상의 타이포그래픽적 식견과

---

29) 김태화, 〈2분법 사고에서 3분법으로〉, 《이상리뷰》1, 역락, 2001; 《수리철학으로 바라보는 이상의 줌과 이미지》, 교우사, 2002.

30) 권영민, 〈타이포그래피의 공간과 시적 상상력〉, 《세계의 문학》, 민음사, 2008, 4월호; 안상수, 〈이상 시의 타이포그라피 놀이〉, 《이상리뷰》4, 역락, 2005.

모홀리 나기의 영향에 대해서 소개하고 이상 시에 나온 타이포그래픽의 특징을 고찰했다.

김민수[31]는 이상 시가 물리학적 사고 실험의 결과이며 존재와 자아에 대한 시각예술의 텍스트라고 단정한다. 이상 시는 다다시 또는 구체시와 유사한 듯하지만 작업논리 면에서 다르다고 역설한다. 김민수는 이상을 '멀티미디어 인간'이라 명명하고 다소 유연한 논의를 펼쳐냈다. 또한 김용섭[32]은 건축과 시의 공통점을 찾고 이상 시의 건축적 의미와 그에 대한 해석을 바탕으로 언어 건축공간화의 실험 제작 공정을 밝히고 있다.

이상 시의 과학적 인식을 상호텍스트적으로 분석한 논의도 있었다. 장석원의 〈李箱 시의 과학과 多聲性 - 「선에관한각서」연작을 중심으로〉[33]는 〈三次角設計圖 「線에關한覺書 1~7」〉의 과학적 사고를 '多聲性'으로 규정짓고 시 속의 불확정성 이론과 양자물리학, 상대성 이론 등을 상호텍스트적 시각으로 고찰한다. 이 논의는 그동안 이상 시에 쓰인 과학 이론이 시와 무관하다고 바라본 관점과 달리 상호텍스트적 시각으로 논의했다는 것에 의미가 있다.

지금까지의 연구사 검토를 통해 알 수 있듯이, 이상 시에 대한 논의는 다양한 방식과 매체를 매개로 문학적인 부분은 물론이며 비문학적 해석에 이르기까지 치밀하고 정교한 이해와 확장을 도모하였

---

31) 김민수, 《멀티미디어 인간 이상은 이렇게 말했다》, 생각의나무, 1999.
32) 김용섭, 〈이상 시의 건축공간화〉, 《이상리뷰》1, 역락, 2001.
33) 장석원, 〈李箱시의 과학과 多聲性 - 「선에관한각서」 연작을 중심으로〉, 《이상 리뷰》3, 역락, 2004.

다. 그러나 비문학적인 분야에 치중한 해석은 이상 시에 또 다른 난해성을 더한다는 비판에서 자유롭지 못했다.

이러한 문제는 이상 시의 비문학적인 요소들을 논구하면서 작품 내적 또는 시적 맥락과의 구조적 연관성이나 내적 필연성을 잘 분석하지 못한 것에서 비롯된다고 본다. 또한 이상 시와 연관된 비문학적 요소들의 특징이 당대에 유행했던 다른 예술 매체에도 공통적으로 나타났음을 놓친 것도 한 요인이다. 이 글은 지금까지의 연구 성과를 바탕으로 당대에 유행했던 예술 매체의 특성이 어떤 미학적 변용 과정을 거쳐 이상 시에 시적으로 형상화되는지를 고찰하고자 한다.

3. 연구 방법

지금까지의 이상 시 연구는 인문학적인 이해를 중심으로 작품을 해석하는 경우와 시 작품에 적용된 매체의 다양성을 통합적으로 점검하는 경우로 나눌 수 있다. 물론 전자와 후자 모두 이상의 시에 형상화된 시 정신을 밝히는 데 무게를 두었다. 전자는 본격적인 의미에서 이상의 문학세계를 분석하고 문학사적 의의를 규정했지만 이상 시에 내재한 비문학적인 요소들을 해명하거나 난해성을 설명하는 데 일정 부분 제약이 있었다. 따라서 이를 효과적으로 설명하고자 등장한 방식이 후자이다.

후자의 경우, 본격 문학적 분석이 아우르지 못한 비문학적 요소들을 시적 소재로 파악하고 분석의 도구로 사용함으로써 해석의 폭과 깊이를 더한 의의가 크다. 그러나 비문학적 요소를 중심으로 이상의 작품을 설명하는 과정에서 문학적·시적 맥락을 놓치는 경우가 가끔 있었다.

이러한 맥락에서 주목한 것이 상호매체성이다. 상호매체성이 이상 시에 나타난 각 매체의 비문학적 요소가 시적 형상화를 위해 적용된 것임을 본질적으로 해명하는 데 적절한 방법이라고 판단했기 때문이다. 상호매체성은 두 매체 또는 여러 매체가 결합하면서 각 매체에 들어있는 고유한 특성이 어떠한 방식으로 작품에 이바지하는지를 밝히는 이론이다. 따라서 이상 시에 내재한 요소인 다양한 매체와 관련하여 작품을 분석하는 작업은 시적 맥락을 규명하는 또 하나의 시선을 제공할 수 있다. 또한 1920~30년대에 활발히 진행되었던 예술 매체 간의 상호 교류와 이상 시에 운용된 각 매체 간의 전이 및 수용 현상을 밝혀 학제 간 연구의 의의를 확보할 수 있다.

상호매체성(Intermedialität)이라는 용어는 1812년 콜리지(Coleridge)가 사용한 '매개물(Intermedium)'이라는 수사학적 개념에서 유래한다.[34] 당시의 상호매체성은 알레고리 기법을 설명하는 과정에서 쓰였다. 인물과 의인화의 관계를 설명하는 용어로 오늘날 쓰이는 개념과는 차이가 있다. 매체의 기본적인 의미는 사이나 매개 또는 수단이라고 정의할 수 있다.

매체는 기술적인 면에서의 매체와 대중적인 소통양식으로서의 매체, 그리고 예술 형식을 전달하는 수단으로서의 매체로 구분된다. 비교문학 연구에서 적용되는 상호매체성은 문학 텍스트와 형식이 다른 예술 형식이 운용된 경우 또는 여러 가지 예술 형식이 혼용된 것을 말한다.[35] 매체 간의 결합, 간섭, 변형 등을 포함하는 상호작용은 확장된 예술 이론으로서 다양한 예술 영역의 통합을 의미한다.

역사적으로 볼 때 예술 텍스트의 매체 결합은 여러 장르에서 나

---

34) J. E. Müller, Intermedialität als poetologisches und medientheoretisches Konzept, In: Helbig J. *Intermedialität. Theorie und Praxis eines interdisziplinären Forschungsgebiets*, Berlin 1998, 31쪽. 피종호, 〈예술형식의 상호매체성〉, 《독일문학》, 2000, 248쪽에서 재인용.

35) 김무규, 〈매체와 형식의 역동성 관점에서 살펴본 상호매체성 개념〉, 《독일 언어문학》21, 2003, 347~348쪽.

타난다. 예를 들어 소설 속에 운용된 삽화나 그림과 글씨가 어울린 서화는 두 가지 이상의 매체가 결합된 경우라 할 수 있다. 또한 20세기 초 아방가르드 예술에 나타났던 매체 결합의 형태는 상호매체성의 미학적 효과를 극대화시킨 것이다. 상호매체성은 매체 사이의 경계를 허물어뜨리고 상호작용과 재구성하는 예술의 교섭과 다변화를 밝히는 데 쓸모 있다. 이러한 점은 거꾸로, 텍스트를 구성하는 작가의 다중 재능과 종합예술성을 파악하는 기준이 되기도 한다. 상호매체성 이론의 지향점은 작가의 미적 체험과 작품의 형상화 방식 사이의 소통을 극대화시키는 데 있다.

예술 매체 간의 상호매체성은 여러 형태로 나타난다. 매체가 결합되는 것을 비롯해 타 매체의 영향으로 변형된 형태의 작품이 나타나는 것은 물론이며 타 매체의 간섭효과 때문에 기존과 다른 새로운 매체의 양상이 발현되기도 한다. 이는 문학을 포함한 예술 매체의 표현 양상이 그 매체의 표현 도구에 한정되는 것이 아니라 음악, 미술, 영화 등 다른 영역까지 확대될 수 있음을 시사한다. 상호매체성 담론은 그러한 매체의 적용을 실현했던 아방가르드 예술을 비롯해 포스트모더니즘의 영역까지 걸쳐 있는 미학 이론이며 문학과 다양한 예술 매체를 연결하는 미학적 자극이다.

매체 간의 결합이 공존하는 상호매체성의 열린 구조는 푸코의 공간 이론과 연관된다. 푸코의 '헤테로토피아(Heterotopie)'는36) 여러 매체의 다양한 모습을 실현하는 공간이다. 가상공간인 유토피아의

---

36) M. Foucault, Des espaces autres, Dits et écrits 1954~1988, Ⅳ 1980~1988, Gallimard, 1994, 752~762쪽.

반대 개념인 헤테로토피아는 상상 속 유희 공간이지만 현존하는 실재의 공간이기도 하다. 상호매체성과 연관시키면 작품 · 정보 · 문화의 이면 또는 심층에 위치한 무질서하고 불연속적인 공간이라고 규정할 수도 있다.[37]

또 헤테로토피아는 현실과 가상의 대립을 해소하는 재현 공간이자 허구와 실재의 이미지를 그물망처럼 연결시키는 구조를 띤다. 헤테로토피아에는 현실과 상상의 경계가 없기에 다양한 시간과 공간이 병렬되어, 이른바 '꿈의 공간' 또는 '다른 공간'이자 이미지와 이미지 사이의 영역으로 이해되기도 한다.

푸코는 거울을 예로 들어 헤테로토피아의 공간을 설명한다. 거울 속 대상을 응시하는 자아는 자신의 부재를 인식하며 자아로 회귀한다. 가상공간을 근거로 하는 자아로의 회귀는 존재를 재구성하는 계기가 된다. 헤테로토피아는 매체의 특성이 융합 · 간섭 · 변형되는 가상의 공간이자 상상의 경계가 허물어진 현실의 공간이다. 상호매체성은 여러 매체의 우연한 연관성이라는 공간적 특성을 지니기에 헤테로토피아의 공간과 비슷하다.

또, 그런 의미에서 상호매체성은 열린 텍스트 형식인 상호텍스트성과 연결된다. 상호텍스트성의 문화 간 대화 구조는 텍스트의 변형과 상호작용을 중심으로 실현되기 때문에 텍스트 안에 다양한 담

---

37) Jochen Mecke/Volker Roloff: Intermedialität in kino und Literatur der Romania, in: Jochen Mecke (Hg): Kino-/(Ro)maina. *Intermedialität zwischen Film und Literatur*, Tübingen 1999, 7~20쪽. Yvonne Spielmann: Intermedialität. Das System Peter Greenway, München 1998. 김무규, 앞의 논문, 2003, 356쪽에서 재인용.

론이 공존하게 된다. 이것이 상호매체성의 다의성과 비슷한 부분이다. 프로이트의 응축과 치환의 무의식 과정을 인용한 크리스테바(Kristeva)의 상호텍스트 이론은 텍스트 안에서 이루어지는 대화적인 기호 과정의 개방성을 강조한다.[38] 모든 텍스트가 기호 체계의 역동성 속에서 이루어지면서 다른 텍스트로 변형된다는 크리스테바의 주장은 상호매체성의 개방적 특질과 비슷하다. 그러나 상호텍스트성의 경우, 기호체계의 의미전달 요소에 무게를 둔다는 점에서 상호매체성의 텍스트 분석과 다르다.

상호매체성은 다른 매체가 같은 문화를 향유하고 교류하여 통일됨을 뜻한다. 따라서 상호매체성의 흐름을 이해하려면 각 예술 매체의 교류를 설명하는 '예술 상호 해명'이 필요하다. 문학과 다른 예술 매체 사이의 상호 해명 연구는 여러 분야에서 진행되었다. 특히 영화의 몽타주 기법은 공통의 문화를 향유하는 방식을 해명하는데 적용되기도 하였다.

'예술 상호 해명'의 주제에 가장 근접한 연구자는 웨인스테인(Weinstein)이다.[39] 웨인스테인에 따르면 예술 매체의 '교체'나 '전이'는 단순한 기호 재료의 혼합을 넘어 예술 표현기능을 확대시켜왔다. 이와 같은 맥락에서 본다면 아리스토텔레스에서 바그너까지

---

38) J. Kristeva, 김인환 역, 《시적 언어의 혁명》, 동문선, 2000.

39) U. Weinstein, Einleitung, Literatur und bildende Kunst: Geschichte, Systematik, Methoden. In: ders(Hg), *Literatur und bildende Kunst, Ein Handbuch zur Theore und Praxis eines komparatistischen Grenzgebietes.* 11~13쪽; 고위공, 〈비교문예학과 매체비교학: 비교예술방법론 정립의 시도〉, 《미학예술학연구》18, 2003, 20쪽에서 재인용.

이어져 내려온 종합예술품이론도 진화론적으로 이해할 수 있다. 이러한 종합적 매체 예술은 예술의 '미메시스' 기능을 부인하며 기본적인 형식을 파괴하여 예술 형식의 창조적인 해방을 이루어 낸다. 형상과 문학 텍스트 간의 소통을 혁신적으로 이끌 수 있다는 점에서 그 예를 찾을 수 있다.[40] 구체시 같은 형식은 형상과 문학 사이의 소통이 적용된 경우라 할 수 있다.

상호매체성은 단순히 다른 매체의 형식이 인용된 정도나 빈도수를 가지고 논의할 수 없다. 왜냐하면 상호매체성은 매체의 결합이나 교체 등이 텍스트 내에 확연히 드러나야만 적용될 수 있는 이론이기 때문이다. 따라서 상호매체성은 서로 다른 매체의 주제, 기법의 연관성과 매체 간 상호작용, 간섭, 일치성, 보완성을 밝히는 데 필요한 개념이라 할 수 있다.[41] 무엇보다도 한 텍스트의 형태가 다른 매체의 경계를 넘어 다채로운 형식을 띨 때 상호매체성은 해결의 지침이 되며 매체 간의 교체현상을 탐구하는 학제 간 방법으로 중요한 의의를 가지기 때문이다.

라예브스키(Rajewsky)는 『Intermedialität』[42]에서, 예술 작품에 나타난 매체의 변화 현상을 설명한다. 그것은 한 매체가 다른 매체에 흡수되는 동일매체성과 여러 매체의 특성이 동시에 나타남으로써

---

40) K. Dirscherl(Hg.), *Bild und Text in Dialog*, Passau, 1993, 24쪽. 앞의 논문, 20쪽에서 재인용.

41) V. Roloff, Film und Literatur, In : P.v. Zima, *Literatur intermedial*, 269~309쪽. 앞의 논문, 33쪽에서 재인용.

42) I. O. Rajewsky, *Intermedialität*, Tübingen, 2002.

한 매체의 특수성이 보이지 않는 초매체성으로 구분된다. 그러나 근본적으로는 둘 이상의 매체가 결합됨으로써 매체의 경계가 와해되는 현상을 일컫는다. 따라서 상호매체성은 상이한 매체 결합 자체를 기본 원리로 삼는다고 할 수 있다. 라예브스키는 위의 책에서 상호매체성을 '매체결합', '매체교체', '매체 간 관련'으로 구분하고 그 예로 문학과 영화의 상호매체성을 든다.[43]

채플(Chapple, Freda)과 캐튼벨트(Kattenbelt, Chiel)는 『Intermediality in Theatre and Performance』[44]에서 최근 예술과 매체의 이론적 담론에서 중요한 것은 역사적인 발전과 변화 또는 그와 관련된 텍스트 자체의 특성을 연구하는 것이 아니라 예술과 매체 간의 상호관련성과 각 매체의 차이 또는 맥락을 보는 것이라고 논한다. 또 예술에 적용되는 매체의 특성을 여러 가지 매체가 하나의 대상에 나타나는 멀티미디어성, 하나의 매체에서 다른 매체로 변환되는 트랜스미디어성, 매체 간의 상호연관성을 다루는 인터미디어성 등 세 가지로 구분하고 있다. 그리고 이들 모두 서로 배제되는 개념은 아니라고 밝힌다.

상호매체성이 가장 잘 실현된 예로 종합예술작품이론을 들 수 있다. 다양한 매체결합을 목적으로 한 종합예술작품이론은 여러 예술매체와 연관되어 있어서 이에 관련한 연구 가운데 한 분야에 치우친 연구나 해석은 의미가 없다. 여러 예술 매체가 결합되거나 운용된 텍

---

43) 위의 책, 19쪽.
44) Freda Chapple, Chiel Kattenbelt, *Intermediality in Theatre and Performance*, Utrecht, 2006. 1~10쪽.

스트라면 매체 사이의 영향 관계에 대한 해석이 종합적으로 이루어져야 작품의 주제를 읽어내고 그에 따라 전반적인 평가를 할 수 있다. 전위예술 등 20세기 초부터 성행했던 예술은 여러 예술 형식을 혼합하는 특성을 지녔으며 그 자체가 새로운 형식으로 추구되었다.

초현실주의, 다다이즘, 미래주의 등 다양한 예술 사조가 산출된 시대에 창작된 이상 시는 예술 사조만큼이나 다채로운 형태적 변화를 반영한 텍스트이다. 20세기 초에 유행한 예술 사조의 주제 의식은 이성에 대한 도전이었다. 또 기존 작품에 대한 반항이 창작의 목표였다. 그로 인해 기존의 텍스트 양식을 파괴한 새로운 스타일의 창작이 시도되었다. 이상 시는 이런 분위기의 영향을 받는 가운데 창작되었으므로 그에 따라 텍스트에 대한 이해도 그 시대 예술 사조의 흐름을 이해하는 지점에서부터 시작되어야 한다고 본다.

예술 사조 변화 양상과 더불어 이상 시의 난해성을 이루는 요소는 다양한 소재의 결합 형태이다. 첫 번째는 텍스트를 이루는 소재가 문자 말고도 수학 공식, 도형, 타이포그래픽 등이 뒤섞인 형태라는 것이고 두 번째는 표현 수단으로 다양한 예술을 수용한 것이다. 첫 번째 난점인 수학 공식, 도형, 타이포그래픽 등은 표면적으로 드러나 해석하기 쉬워 보이지만 어떤 모티프를 중심으로 결합됐는지 밝히기 어렵다. 하지만 다양한 예술 표현이 어떠한 형태로 시에 적용됐는지 밝힌다면 첫 번째 과제는 손쉽게 해결된다.

이 글은 이상 시에 나타난 다양한 예술 매체 결합의 근거를 종합예술작품이론으로 보았다. 종합예술작품이론은 총합예술, 또는 총체예술로도 불렸으며 이를 바탕으로 여러 분야에서 갖가지 형태의 예술작품이 배출되었다. 특히 바우하우스의 일원이었던 슐레머나 칸딘스키, 모홀리 나기 등에 의해 실현된 종합예술작품 즉 총체적 예술 무대는 이상 시와 접목되는 실마리이다.

또 이상 시의 형식이 파격적이고 독창적일 수밖에 없는 원인이 조형예술, 음악, 무대예술 등 여러 예술 매체와 문학을 혼합하려 시도했기 때문인데 그 결합의 모티프가 종합 예술적 사고에서 비롯되었다고 보았다. 이상 시는 형식적으로 종합예술성, 내용 면에서는 매체 교체적인 감각을 띠고 있으며 몇몇 시들은 무대 상연을 염두에 두고 창작되었기 때문에 기존 시들과 다르다. 현대의 문학은 다매체적이므로 이상 시의 해석이 새로운 양식의 예술 작품을 산출해 내는 데 이바지할 것이라고 본다.

이 글은 이상 시에 나타난 타 예술 매체의 결합을 살펴보는 데 목적이 있다. 상호매체성 이론 가운데 표현 형식 자체에 변화를 일으키는 매체 전이와 각색의 형태를 띠는 매체 교체의 양상에 중심을 두어 논의를 펼칠 것이다. 이 글이 주목하는 매체 전이는 예술 형식이 아닌 과학 이론이나 꿈, 환상 등이 예술 매체로 전이되는 과정이며, 매체 교체는 다른 예술 매체의 텍스트가 문학으로 바뀌는 과정을 의미한다. 이상 시에는 여러 매체의 형태가 공존하고 있어 이 같은 사실을 밝히려면 매체 간의 결합 구조를 이해하는 것에서부터 논의를 시작해야 한다.[45]

---

45) 실용적인 의미의 상호매체성은 둘 이상의 매체가 한 가지 목적을 위해 동시에 사용된 것을 말한다. 그러나 엄밀한 의미에서 이때는 다중매체성이라는 용어를 사용해야 한다. 상호매체(Intermedia)를 단순히 혼합매체(mixed media) 또는 다

이상 시에는 여러 예술 사조와 사상을 비롯해 과학과 수학에 이르기까지 다양하고 폭넓은 매체가 응용되어 있다. 이상 시의 이러한 경향은 이상이 문학적 감각과 소재에 한정되지 않고 이질적인 매체의 이론과 특성을 광범위하게 습득해 문학적 형상화의 질료로 유입했다는 것을 의미한다. 창작에서 타 매체의 속성을 받아들이는 것은 주어진 매체의 한정된 틀에서 벗어나 상상의 범위를 확장하는 일이다. 그러한 예는 당시 유행했던 아방가르드 예술의 창작 논리인 종합적 예술 방식에서 찾아볼 수 있으며 이상 시도 이를 실현한 것이 작품을 통해 드러난다. 따라서 이 글은 이상 시의 헤테로토피아에 공존하는 다양한 매체의 특성이 어떠한 변용을 거쳐 시에 적용되는지를 살펴보고 그에 따른 다중적인 형태를 고찰하고자 한다. 이러한 작업은 난해성의 대명사로 알려진 이상 시에 다가가는 또 다른 시도라는 측면에서 의의가 있다. 이상 시에 나타난 상호매체성을 중심으로 한 이 글에서 따를 연구 절차는 다음과 같다.

먼저 이상 시에 나타난 상호매체성을 적용하는 범위는 당대 아방가르드 예술매체에서 결합과 교체 현상이 활발했던 조형예술, 회화, 연극, 영화로 한정한다. 조형예술의 범위는 건축, 회화, 조각, 공예, 디자인에 이르기까지 광범위하다. 그러나 이 글에서 적용하는 조형예술의 범위는 개념적인 부분으로 조형 형태를 이루는 내적인 질서이다. 회화에서는 바우하우스 미술 교육을 이끌었던 칸딘스키나 클

중매체(multimedia)라 할 수도 있지만 매체의 결합을 통해 각색되거나 변형된 상태의 상호매체성과, 혼합매체 또는 다중매체는 확연히 구분된다. 김무규, 앞의 논문, 348쪽.

레를 비롯한 추상화가들의 영향이 시에 적용된 양상을 검토한다. 바우하우스에서 조형예술과 회화, 공예 등 다양한 양식의 교육을 실행하고 작품화했기 때문에 조형예술과 겹치는 부분이 있을 수 있으나 이 장에서는 회화로 표현된 것에 한정한다. 또 당시 초현실주의 회화의 특성을 이상 시에 적용한다. 연극은 정거장식 기법과 꿈 그림 등 종합예술성을 띤 표현주의 연극에 집중했다. 당시 영화계에서는 제7예술이론 등이 발표됐고 그러한 경향을 비추어 볼 때 영화는 매체 결합적인 면이 강하다. 이 부분에서는 이상 시의 영화적 시각과 매체 결합적 특징을 나타내는 기법을 연관시켜 검토한다.

좀 더 상세히 살펴보자면, 2장에서는 조형적 특성을 띠고 있는 시적 소재를 형상화의 맥락에서 분석하고자 한다. 이를 위해 당시 유행했던 과학 이론 및 발전된 과학적 사고와 이상 시에 나타난 점, 선, 도형 등 비문학 소재 사이의 연관성을 밝히고 조형 언어적 측면에서 의미를 밝힐 것이다. 이로써 이상 시의 조형적 묘사와 언어 표현을 상호 보완적 관계로 규정하고, 언어로 표현되지 않은 조형 표현과 조형으로 표현되지 않은 언어 표현의 관련성과 영향을 규명한다. 또 그로 인해 철학적 의미를 갖게 되는 우주와 시공, 존재의 의미를 밝힌다.

3장에서는 이상 시와 추상회화의 연관성을 분석하고자 한다. 이상 시에 나타난 재현 공간은 시간과 공간이 병렬되는 내면적 풍경을 형상화한 공간이다. 비현실적으로 보이는 추상 공간은 내면의 흐름을 표현하는 회화적 특성을 지녔다. 이상 시에 묘사된 추상적 형상은 현실과 괴리된 시적 화자의 내면 풍경이며 추상회화의 매체적 특성과 일정한 상관성을 갖는다. 이 장에서는 이상 시에서 회화성을 지닌 내면 공간의 묘사에 주목하고 인격을 도형으로 묘사한 부분을 비롯해 추상 감각으로 표현된 내면 풍경의 추상회화적 특질과 내재된 매체 결합의 내재적 요소를 밝힌다.

4장에서는 이상 시의 꿈과 환상적 체험을 연극의 매체적 특성과 연관 지어 분석하고자 한다. 이상 시의 꿈은 '그림'의 형태로 전이되고 다시 극적 상황으로 전개되는 표현주의 연극의 정거장식 기법을 통해 형상화 된다. 당시 유행했던 표현주의 기법 가운데 정거장식 기법과 꿈의 연극 기법은 이상 시에 새롭게 적용되었다. 따라서 이 장에서는 〈鳥瞰圖〉 연작시의 형식에 정거장식 기법의 극적 상황이 적용되었고 그 장점을 살려 시적 자아의 꿈과 현실을 생생하게 표현했음을 밝히고자 한다. 특히 〈鳥瞰圖〉 연작시에 시도된 무대 그림과 극중극(劇中劇)의 기법이 시 형식으로 전이되는 매체전이 · 교체 현상을 고찰할 것이다.

또한 바우하우스의 종합예술작품과 무대상연의 기법과 이상 시의 기법을 비교해본다. 종합예술작품의 의미는 다 매체의 기법을 통합하는데 있다. 당시 바우하우스에서 무대와 전시 등 여러 방법을 동원해 연출했던 종합예술작품을 시에 구현해낸 양상을 밝힌다. 특히 색채와 도형, 빛과 시공간을 운용한 시적 묘사를 분석한다.

5장에서는 이상 시와 영화의 매체교체 현상을 분석하고자 한다. 당시 새로운 매체로 떠오른 영화는 '세계를 바라보는 눈'이 무엇인지 깨닫게 했고 이는 세계관의 변화를 불러일으켰다. 특히 실험영화 분야의 제작자들은 눈과 카메라에 관한 미학적 견해를 제시했으며

영화적 인간의 시각 형태에 대해 고민했다. 이러한 시대적 맥락을
바탕으로 이 장에서 주목하는 것은 이상의 작품 속에 형상화되어 있
는 새로운 형태의 시적 전략이 영화적 상상력과 연관된다는 점이다.
따라서 이상 시와 영화 매체의 특성을 카메라 옵스큐라, 키노 아이,
디오라마적 시각, 몽타주 기법 등을 통해 분석하고자 한다.46)

---

46) 이 글은 이상 시의 분석을 위해 그의 전기와 산문을 활용하여, 시는 《정본이상
문학전집》1(김주현 주해, 소명, 2005)과 소설은 《정본이상문학전집》2, 산문은
《정본이상문학전집》3(김주현 주해, 소명, 2005)을, 전기적 자료는 《이상평전》
(고은, 향연, 2003)과 《그리운 그 이름, 이상》(김주현 · 김유중, 지식산업사,
2004)을 주 텍스트로 삼는다.

제2장. 조형예술과 상대론적 시공간 이론

다양한 매체가 공존하는 현대에 이르러 이상 시는 새롭게 해석되고 있다. 매체의 다양성만큼 시를 포함한 예술작품을 해석하는 시각이 폭넓게 형성되었기 때문이다. 이상 시가 쓰인 시대는 초현실주의, 다다이즘, 미래주의 등 여러 예술 사조가 선보인 시대이다. 그 속에서 산출된 이상 시는 예술 사조의 다양성을 받아들여 이채로운 변형을 시도한 텍스트이다. 시 형태의 혁신적인 변형은 추상성과 난해성을 불러일으켰으며 시구에 대한 해석조차 어려워 주제의식과 철학적 배경이 검토되는 데 어려움이 있었다.

이상 시를 해석하려면 먼저 시 창작과 관련된 철학적 배경은 물론이며 당시 예술 매체와 예술 철학을 형성하는 배경이 되었던 과학적 사고방식을 세밀하게 검토해야 한다. 왜냐하면 바우하우스를 비롯해 이상 시에 적용된 예술 매체의 바탕이 당시 과학적 사고와 직간접적으로 연결되어 있기 때문이다. 양자역학과 상대성 이론을 포함해 당대 물리학자들에 의해 활발히 진행된 과학 이론은 새로운 세계관과 우주관을 형성하는 데 영향을 주었으며 그 여파는 예술과 철학에까지 미쳤다. 데카르트와 하이데거 같은 철학자들의 우주관과 세계관에서 영향을 받은 과학자들은 기존의 뉴턴식 사고체계에서 벗어나 인간 존재에 대한 사고의 틀을 넓혔다. 서양 과학과 철학이 영향을 주고받으며 발전하는 가운데 예술의 상상력 또한 확대되었다.

과학의 발전에 힘입어 당시 예술인들은 N차원과 같이 확대된 차원과 시공간 등의 소재를 응용한 예술작품을 선보였다. 특히 바우하우스의 칸딘스키, 클레, 모홀리 나기 등은 시공간 이론을 형상화한 작품들을 발표했고 그것을 체계화하여 교육했다. 바우하우스의 이론은 건축이나 조형예술을 다루는 세계 여러 나라 교육과정에 도입되었다. 일찍이 전 세계의 이론과 학문을 도입했던 일본이나 이상이 다녔던 경성고등공업학교도 예외는 아니었다.

그러나 당시 조선 예술계는 근대적 예술과 문화를 빠르게 흡수해 실현할 수 없는 상태였다. 식민치하에서 예술 발전은 미미했다. 일본 또는 제삼국을 통해 간접적으로 접할 수 있었던 서양의 전위예술과 초현실적 예술 무대에서나 통할 법한 예술 기법을 당시 유일한 대규모 매체였던 신문 만평으로 전할 수밖에 없었던 한계는 이상 시의 우수함을 축소시키는 결과를 초래했다. 당시 조선의 예술계 상황이 활발했거나 새로운 기법을 실현할 수 있는 무대나 공간이 주어졌다면 이상 시의 행보는 달라졌을 것이다.

이상은 당대 조형 예술 및 건축 분야에 응용되었던 시공간과 우주에 대한 과학철학적 원리를 시에 적용한 것으로 보인다. 특히 점, 선, 면을 비롯한 물질에 대한 물리학적 사고와 이상 시에 적용된 조형적 형상은 여러 면에서 비슷한 성향이 드러난다. 이상은 예술의 다양성을 시에 반영했다. 이상 시의 파격성은 문학과 결합되지 못했던 이질적인 매체의 이론과 특성을 광범위하게 다루고 문학적 형상화의 질료로 유입할 수 있었던 자유로운 창작 정신에서 비롯된다.

1. 기하학적 조형예술의 시적 형상화

이상 시가 난해하게 읽히는 이유 가운데 하나는 시 속에 적용된 기호와 수식들 때문이다. 그것에 대한 연구는 꾸준히 진행되어 왔다. 〈三次角設計圖 「線에關한覺書 1~7」〉을 비롯해 여러 시에 응용된 다양한 수식들은 시적 형상화를 위해 쓰인 것이다. 그러므로 문학과 연관된 논의가 펼쳐져야 마땅하다. 그러나 본질과 달리 수학이나 과학 공식으로 단정 지은 방향으로 논의가 진행되기도 했다. 물론 표면적으로는 시 속에 있는 기호와 수식이 수학 공식의 형태를 띠고 있다. 시구 또한 당시 유행하던 물리학적 특징이 강해 논의는 자연스럽게 그러한 방향으로 흘러갔다. 그러나 그와 같은 논의는 당시 유행하던 예술의 경향을 전체적으로 파악하지 못하고 이루어진 것이다.

조형예술은 20세기에 등장한 입체주의의 영향으로 특정 장르에 구애받지 않는 개념의 예술로 발전하였다.47) 그래서 형태 · 공간 · 색채의 상호관계를 갖는 종합 예술이라 할 수 있다. 조형예술의 형태는 대상 중에 존재하는 내면적인 관계를 표현하며 내부에서 외부로의 움직임을 암시한다. 즉 메타자연적인 형태가 조형예술의 미적 원리이다.48) 또한 물질이 형태로 형성되는 힘의 원리를 표현한

---

47) 현동희, 〈기하학적 형태 −시각적 효과에 관한 연구〉,《조형연구》6, 1998, 23쪽.

다. 그래서 과학적 사고와 물리, 수학 등의 학문과 연관성이 있다.

조형의 원리는 기본적으로 기하학에 근거를 둔다. 기하학은 형체의 치수와 구성 요소들의 상호관계를 측정함으로써 공간적 질서를 탐구하는 학문이다.[49] 공간적 질서는 선과 면, 점에서 공간으로 발전하는 형체의 구도를 형성한다. 인간은 에너지 파동, 상호 비례관계, 선율 등의 감각적 경험으로 인해[50] 물질의 형태와 시공간을 자각하게 된다. 물질을 느끼는 인간의 감각적 경험은 비물질적이고 추상적이며 기하학적인 구조에서 연유하는 것이다. 조형예술은 그러한 힘의 원리를 이용한다.

기하학에서 다루는 조화로운 비례와 규칙적인 운동성은 만물의 형태를 이루는 근원이며 조형예술에서 공통적으로 다뤄지는 부분이다. 조형예술에 응용되는 기하학은 시각의 가변성에 따른 시공간 확대이자 차원의 확대이며 우주와 세계를 바라보는 새로운 철학관을 의미한다.[51]

〈三次角設計圖「線에關한覺書 1~7」〉을 비롯해 이상 시에 쓰인 기하학적 형태는 당시 유행하던 조형예술의 경향과 연관성이 있다. 이상 시의 주제가 원자 개념과 시공간 우주로 확대되면서 기하학적 조형 이미지와 시공간 개념이 원용되었다. 이는 조형예술에서 눈에

---

48) Theo Van Doesbufg, 《새로운 조형예술의 기초개념》, 바우하우스 총서 6, 과학기술, 1995, 77쪽.

49) 로버트 롤러, 박태섭 옮김, 《기하학의 신비》, 안그라픽스, 1997, 6쪽.

50) 위의 책, 5쪽.

51) 현동희, 앞의 책, 29쪽.

보이지 않는 형태를 표현하기 위해 기하학적 원리를 적용한 것과 같다. 또 바우하우스에서 교육한 물질, 빛, 에너지 등 과학적 요소에서 유추된 시공간 개념을 응용한 것으로 보인다.[52]

1) 한국의 조형 이론 도입과 발전

이상은 1926년, 17세의 나이로 경성고등공업학교에 입학해 3년 과정을 마쳤다. 일제의 식민 정치는 3·1운동의 영향으로 무단통치에서 문화통치로 전환되었다. 그로 말미암아 1922년, 경성고등공업학교의 전신인 경성공업전문학교 체제에 중요한 변화가 일어나는데 그것은 교육 연한 및 내용을 일본 국내 수준과 동일하게 한다는 것이었다.

경성공업전문학교는 창립 시 공업전문교육기관임을 명시해 공업전습소와의 차이를 명확히 하였으나 실제 교수진은 동경고공 출신의 교수가 5명이었으며 일본 내 건축학교와 비교해볼 때 수준이 떨어졌다. 하지만 1921년 교수진을 개편하고[53] 1922년 부속 공업전

---

52) 바우하우스는 건축부터 연극, 영화에 이르기까지 조형예술과 관련된 모든 분야를 교육한 국립교육기관이었다. 바우하우스의 교육 목표에 따라 미술 분야뿐 아니라 과학, 기술과의 매체 결합이 불가피했던 만큼, 교육과정에서 과학은 기본 과목이었으며 과학적인 분석방법이 미술에도 적극적으로 적용되었다. 그 결과 작품 구성은 물질, 빛, 에너지 등 과학적인 요소에서 유추되는 경향을 드러냈다. 미술은 단순히 대상의 재현이 아니라 새로운 사실의 의미를 상징하는 물질, 형태, 에너지의 관계로 파악되었다. 송남실, 〈바우하우스와 모더니즘 회화정신 - 바우하우스와 현대 추상미술운동〉, 《현대미술연구소논문집》4, 경희대, 2001, 157쪽.
53) 1921년 개편된 교수진은 이전의 동경고공 출신과 5명의 동경제대 출신의 교수진을 비롯한 7명으로 이뤄졌고 이외에 11명의 강사진 또한 대다수가 동경제대

습소를 분리해 3년제 경성고등공업학교로 개편하면서 명실공히 고
등교육기관으로서의 지위를 확립하게 된다. 그러나 경성고등공업
학교에 입학한 학생들은 국내에 거주한 일본인들이 압도적으로 많
았고 이상이 입학하던 해에 들어온 한국인은 단 2명뿐이었다. 그
가운데 졸업한 학생은 이상이 유일했다.

당시 경성고등공업학교의 교수들은 《朝鮮と建築》에 기고하는
일이 많았다. 일본인 藤島亥治郎과 葛西重男, 野村孝文 등의 글이
실렸는데 경주의 고적을 포함해 조선의 건축물에 대한 내용의 기사
등 기사를 내는 등 다양한 소재로 기고했다. 1931년 7월, 野村孝文
의 〈建築計劃覺書〉라는 글을 보면 당시 건축가들의 관심이 단순히
건축 시공에 그치지 않았으며 차원에 대한 이론과 위상수학의 공식
을 응용해 우주의 운행과 건축을 연계시켰음을 알 수 있다.[54]

당시 유럽과 동시에 일본까지 수입되었던 바우하우스 기법은 우
리나라에 여러 경로를 통해 전해졌다. 이상이 바우하우스 교육 내
용에 호감을 갖고 있었음은 모홀리 나기의 《재료에서 건축으로》[55]

출신으로 이뤄졌다. 京城高等工業學校一覽, 總督府 職員綠, 안창모, 〈건축사
박동진에 관한 연구〉, 서울대 박사, 1997, 18쪽.

54) 〈建築計劃覺書〉는 태양의 위치에 따라 건축의 형식이 달라져야 한다고 주장
하고 바뀌는 태양의 위치를 천정, 북극점, 수평면을 축으로 계산해 그려냈다. 또
태양의 평면투영과 교점에 따른 광선의 출몰을 계산해 태양의 방위각과 투영시
간을 구로 도면화시켰다. 野村孝文, 《朝鮮と建築》, 1932. 5. 1. 12~13쪽.

55) 《朝鮮と建築》에는 곳곳에 바우하우스 조형 이론이 발견되는데 이상의 이니셜
로 알려진 R이 쓴 권두언에서 바우하우스의 교수였던 모홀리 나기의 《재료에서
건축으로》의 내용이 발견된다. 1932년 7월호는 10쪽, 1932년 8월호는 14~15쪽,
32년 10월호는 71~73쪽, 1933년 5월호는 33쪽의 글을 요약해 옮긴 것들이다.

의 한 부분을 인용한 이상의 글을 통해 확인할 수 있다.

《朝鮮と建築》에도 바우하우스 교수들의 조형 이론을 소개하는 글이 여러 편 실렸다. 1932년 8월호에는 바우하우스 교수였던 요하네스 이텐의 글 〈圖案教育の 一報告〉라는 글을 통해 바우하우스 조형 이론을 소개하고 있다. 또 1932년 7월호에는 黑田重太郎의 〈構圖の研究〉라는 조형예술에 대한 글을 官坂勝이 〈ムウヴマンの 感觸〉이라는 글로 요약해 설명하고 있다.56) 이 글들을 볼 때, 1932년에 이미 조형예술과 바우하우스의 중요 이론이 우리나라에 수입돼 있었음을 알 수 있다.

이상은 바우하우스의 조형 이론을 직접 실현해보기도 했는데 1930년과 1932년, 이상이 디자인해서 《朝鮮と建築》에 응모하고 당선되었던 표지도안을 보더라도 바우하우스의 기하학적이고 과학적인 도안기법에 영향을 받았음을 알 수 있다.57)

L. Moholy-nagy, 편집부 옮김, 《재료에서 건축으로》, 바우하우스 총서 14, 과학기술, 1997.

56) 이 글은 회화의 화면에 나타난 동세의 흐름을 파악하고 있다. 그림 〈Miracle de sanmarc〉을 예로 들어 A, B, C, D, E의 동세를 파악하고 보이지 않는 동세가 화면의 감정 강약과 극적인 '凹'과 '凸'을 표현해낸다고 기술하고 있다.

57) 이상은 1930년 《朝鮮と建築》 표지도안 1등, 1930년 《朝鮮と建築》 표지도안 3등, 1932년 《朝鮮と建築》 표지도안 4등으로 당선된다. 김주현은 〈이상과 건축 표지 도안〉, 《이상리뷰 1호》, 역락, 2001, 89쪽에서 이상의 도안, 선과 면으로 이뤄진 회화가 이상 시와 무관하지 않다는 논리를 편다. 이상은 1930년에서 31년까지 도안 작성과 그림 그리기, 시나 소설 쓰기 작업을 동시에 진행해 이중(二重) 재능을 보여준다. 바우하우스의 영향을 엿볼 수 있는 예로 이상의 도안들을 비롯해 소설 《날개》의 삽화를 들 수 있다. 《날개》의 삽화는 클레의 《교육스케치북》 11쪽에 묘사된 스케치와 비슷하다. PaulKlee, 편집부 옮김, 《교육스케치북》,

2) 조형 형태의 삽화 응용

20세기 초, 양자역학과 상대성이론 등 물리학의 발전으로 탄생한 새로운 우주관과 시공간에 대한 인식은 예술인들에게 신선한 충격을 주었고 그들의 창작에 접목되었다. 특히 바우하우스의 과학적 조형 교육 방식은 당대 건축과 미술계에 신선한 충격이 되었다. 바우하우스 교육의 근간이던 우주와 시공간을 이루는 근원적인 에너지와 물리적 원리에 대한 탐구 정신은 이상이 조형적 사고를 형성하는 데 영향을 주었을 것으로 유추된다.[58] 그것은 우주와 시공간 등 형용하기 어려운 소재를 묘사해내는 데 효과적이었으며 특히 언어로 표현할 수 없는 시공간의 무한함과 광대함을 조형적이고 감각적으로 표현해 낼 수 있는 매체였다. 조형과 시를 결합하면서 얻어지는 효과는 시의 내용을 구체적으로 형상화하는 것이다.

현대문학에서 삽화(Illustration)는 스토리 전개상 실감나는 상황 묘사를 위해 쓰였다. 책을 제작하면서 삽화를 넣는 경우는 있지만 창작자가 스스로 문학 작품 속에 삽화를 넣어 창작하는 경우는 드

과학기술, 1995의 스케치 참고.

58) 이상이 바우하우스 조형 교육을 접했을 것이라고 유추할 수 있는 근거는 이상이 편집부 일을 했고 〈이상한 可逆反應〉을 비롯해 여러 편의 시를 게재한 《朝鮮と建築》의 곳곳에 바우하우스의 조형 이론이 발견되기 때문이다. 이상의 이니셜로 알려진 'R'이 쓴 권두언들은 모홀리 나기의 《재료에서 건축으로》의 글을 옮겨놓은 것이며 1932년 8월호에는 바우하우스 교수인 요하네스 이텐의 조형 이론이 실려 있는 것으로 볼 때 당시 우리나라 건축계에도 바우하우스 조형 이론이 소개되었음을 알 수 있다.

물었다. 특히 시의 경우는 더욱 그렇다. 시에 조형적 형상을 넣는 까닭은 창작자가 그것을 시적 언어로 취급하고 운용하기 때문이다. 언어가 실재하지 않는 것을 환기하는 힘을 갖고 있다면 삽화는 현전화하는 위력을 갖고 있다.[59]

글과 그림이 결합되어 있는 작품은 동서양을 막론하고 여러 형태로 제작되었다. 문자와 형상의 결합은 공감각적 재현이 목적이었다. 그러한 결합 형태의 한 예로 유럽 시각문학을 들 수 있는데 그 기원은 3500년 전 이집트 상형문자 운문으로 거슬러 올라간다.[60] 서예는 문자와 조형의 결합이며 중국이나 우리 서화의 경우에도 글과 그림이 한 작품 속에 공존했다. 매체 간 예술의 결합은 고대 이래 있어 온 창작 방법의 하나였다.[61]

시각 시[62]는 공감각적 요소들이 매체결합의 주가 된다. 시각 시를 통해 시, 음악, 조형예술 등 여러 요소를 함께 접할 수 있다. 그러나 매체결합을 응용해 제작된 창작물은 소재가 광범위하고 작가 주도적인 질료 결합으로 만들어지기 때문에 수수께끼 또는 암호와

---

59) J. Hillis Miller, *ILLUSTRATION*, Harvard University Press, 1992, 66쪽.

60) 고위공, 〈복합예술텍스트로서의 구체시 - 그 미학적 한계와 가능성〉,《동서문화연구》10, 미술문화, 2002, 62쪽.

61) 특히 서양예술사에서 문자와 형상이 결합된 고전 문학 형식에는 3세기의 〈윤곽시〉(Umrißgedicht, Entwurfgeicht), 라틴문학의 티투루스(Titulus), 12세기의 십자형 〈격자시〉(Gittergedicht), 우의화(Emblem), 그림 수수께끼, 형상적 악보문 등이 있다. 이런 문학작품의 공통점은 글과 그림 또는 문학과 조형예술의 만남이다. 위의 논문, 59쪽.

62) 독자들의 이해를 돕기 위해 시어의 시각적 반응을 시도한 전위적이고 실험적인 시.

같은 형태를 띠어 작품의 의미를 해석하는 데 어려움이 있다. 그럼에도 이중 텍스트의 요소들은 작품의 의미를 풍부하게 하고 감각적인 감흥을 불러일으키는 장점을 갖고 있다.

매체결합에 따른 이중 텍스트의 장점을 가진 이상 시 또한 삽화의 형식을 갖추고 있다. 이상 시에 결합된 조형적 형상인 삽화는 원자나 우주의 운동 등 실재적으로 그려낼 수 없는 초자연적인 에너지를 묘사한 것이며 그를 위해 수학적 상상력을 동원했다. 그러나 그것을 수 개념으로 단정하고 계산하려 한다면 시적인 의미와는 멀어지게 된다. 이상 시의 삽화는 조형예술 분야에서 자연과 만물이 운행하는 이치와 초자연적인 시공간을 표현하기 위해 광범위한 에너지를 형태화하고 수학적인 상상력으로 표현해내는 것과 같은 원리로 제작되었다.

이상 시의 삽화에는 무한한 차원과 시공간이 형상화돼 있다. 우주 또는 만물을 구성하는 원리에 대한 묘사는 과학적 상상력으로 이루어진 철학적 인식의 결과물이다. 그러한 철학적 인식은 기하학적 공간 형성의 원리에 따라 조형 이미지로 형상화되었고 시 속에 삽화로 쓰였다. 그러한 형식의 시를 창조해 낸 배경에는 이상의 삽화 활동이 큰 몫을 차지하고 있다. 이상은 한동안 동화 삽화 등을 그렸으며 수준 높은 일러스트를 구사했다.[63] 이상 시의 삽화는 주제에 따라 내적 운동성과 의미를 함축한 형상으로 시구와 서로 소통하는 방식으로 쓰였다. 이상 시에서 조형 이미지가 삭제되면 시

---

63) 이상의 동화와 삽화는 박현수, 〈새로 발견된 이상 작품(삽화, 설명문, 번역동화)〉, 《이상리뷰》1, 역락, 2001을 통해 확인할 수 있다.

구의 의미가 감소되고 반대로 시구가 삭제되면 조형 이미지의 의미를 짐작할 수 없다. 이상 시에 구사된 서로 다른 매체의 결합은 난해한 의미 구조를 갖기도 하지만 감각적 감흥을 극대화시키고 텍스트의 내적 의미를 심화시키는 장점을 갖고 있다.

밀러(J. Hillis Miller)에 따르면 언어는 실재하지 않는 것을 환기하는 힘을 갖고 있지만 삽화의 경우에는 현전화하는 위력이 있다.[64] 삽화는 언어 묘사의 한계를 보완하는 특질을 갖고 있다. 이상 시의 삽화는 원자나 우주의 운동 등 언술 묘사가 불가능한 초자연적인 에너지를 현전화한 것이다. 다만 운용된 삽화에 대해 상세한 설명이나 해석 없이 추상적이거나 수학적인 문구가 대입되어 이상 시의 조형적 형상이나 서술이 난해하게 여겨진 것이다.

하지만 이러한 서술은 자연 또는 만물의 생멸과 초자연적인 시공간을 운행하는 광범위한 에너지를 수학적인 상상력으로 표현해 내는 조형예술과 같은 형태이다. 조형예술에서 쓰이는 문자나 숫자 또는 점 등은 원래의 의미가 아닌 새로운 대상성을 갖게 된다. 문자와 숫자를 '추상의 형식요소'로 취급하고 창작함으로써 현실에 대한 모사보다는 작가 임의로 대상에 대한 실재성을 제시하는 수단이 되었음을 알 수 있다.[65]

---

64) J. Hillis Miller, ILLUSTRATION, Harvard University Press, 1992, 66쪽.
65) 고위공, 앞의 논문, 115쪽.

(가) 축소된 시공간, 원자의 형상화

〈線에 關한 覺書 1~7〉의 '覺書'는 '어떤 일에 대한 의견이나 희망사항을 상대편에 전달하거나 서로 확인하고 기억하기 위하여 적어 두는 문서'로 비망록이라는 뜻도 포함된다.[66] '覺書'라는 낱말을 시에 붙인 것은 이 시가 객관적이고 과학적인 태도로 쓰였음을 전제한 것이다.

〈三次角設計圖「線에 關한 覺書 1~7」〉은 시공간 또는 우주와 만물의 이치에 대한 사고를 형태화한 것으로서 영원한 시공간의 한 부분에 존재하는 인간의 생의 가치에 대한 진지한 고찰이 주제이다. 시공간이나 원자, 또는 물리학적인 에너지에 대한 설명과 인간의 생 사이의 연결점은 과학적 사고의 기반이 되었던 칸트를 비롯한 철학자들의 물음에서 찾을 수 있다. 존재에 대한 성찰은 우주와 시공간의 무한함을 느끼면서 그 속에 자리한 보잘 것 없는 존재를 실감할 때 깊이 있게 진행된다.

당시 전 세계에 퍼졌던 아인슈타인의 상대성 이론을 비롯한 우주와 천제에 대한 물리학의 변혁은 과학 뿐 아니라 인문학과 예술 분야까지 영향을 미쳤다. 아인슈타인의 혁신적인 사고는 뉴턴식의 우주와 시공간에 대한 인식을 바꾸는 계기가 되었다. 그 때문에 과학

---

66) '覺書'라는 형식이 쓰인 예로《朝鮮と建築》1931년 7월호에 실린 경성고등공업학교 교수 野村孝文의 〈建築計劃覺書〉라는 글이 있다. 이 글의 내용은 3차원적인 사고와 위상수학의 공식으로 우주의 운행과 건축을 연계시켜 설명한 글이다. 野村孝文,《朝鮮と建築》, 1932. 5. 1, 12~13쪽.

자들은 말할 것도 없고 예술가와 철학자들도 새로운 인식을 갖게
되었다. 바우하우스를 비롯한 여러 예술 단체와 작가들은 상대성과
시공간 이론을 창작에 응용했다. 그것은 시각적 차원의 확장을 의
미했으며 그 덕분에 종전의 시각 체계와 다른 차원의 예술 창작이
이루어졌다.

상대성 이론의 탄생으로 각 매체는 4차원적 공간 개념(space-time
continuum)을 도입했고 지식인들에게 새로운 과학적 인식을 열어
주었다. 공간 개념은 4차원, 또는 N차원의 종합체로 발전하며 시각
예술의 중심적 문제를 구체화하게 된다.[67]

특히 우주와 빛에 대한 물리학적 사고는 생의 소멸과 근원에 대
한 의문을 구체화했다. 이상 시에서는 그러한 갈등의 흔적이 나타
난다. 이상 시에서 숫자는 차원이자 시공간의 진행을 의미하고 그
와 함께 흔적도 없이 사라지는 미약한 존재를 뜻한다.[68]

이상 시에서 우주와 시공간을 표현한 조형예술의 기본은 점·선
·면이다. 〈線에 關한 覺書 1~7〉에 표현된 선은 빛 또는 우주로
향하는 무한한 운동으로 정의된다.[69] 이 시의 점으로 이루어진 조

---

67) 김원갑, 〈현대 건축디자인에 미친 아방가르드이론과 과학패러다임의 배경에
　　관한 연구〉, 홍익대 박사, 1991, 127쪽.
68) 최혜실과 장석원은 이상의 시에 여러 과학 이론이 들어 있음을 논의한 바 있
　　다. 최혜실은 특수 상대성 이론, 기하학과의 연계성을 제시했고 장석원은 불확
　　정성 이론과 양자물리학, 상대성 이론 등 다양한 과학 이론과의 연계성을 제시
　　하며 문학과 과학이 상호 교섭하는 양상에 주목한다. 최혜실, 앞의 논문, 92~93
　　쪽. 장석원, 앞의 논문, 139~149쪽.
69) 클레의 선과 원의 운동 형태에 대한 이론은 그 기능에 대해 명시한다. 클레는
　　'우주의 곡선은 무한한 운동으로서 지구에서 점차로 멀어지며, 그것이 원이나

형 이미지는 몇몇 가설을 산출했다.[70] 그 가운데 프랙털 이론과의 연관성도 제시되었다.[71] 김태화의 글[72]에 제시된 '줌(zoom)'에 대한 논의는 이상 시의 조형 형태를 새로운 시각으로 볼 수 있는 길을 열어주었다. 그러나 대부분의 논거가 이상 시의 점과 숫자를 비롯한 조형 이미지를 개별적이고 독립적인 텍스트로 해석했으며 수학 공식을 응용한 암호화된 상징물로 보았다. 그래서 텍스트를 문학적으로 해석하기보다는 공식을 적용해 가설을 풀어나가는 방식으로 전개하였다. 물론 이상 시의 조형 이미지는 과학과 수학을 응용한 것임이 분명하다. 그러나 그것은 개별적 텍스트가 아니라 시구와 상호 보완하는 시의 일부임을 전제로 하고 논의가 펼쳐져야 한다.

〈線에 關한 覺書 1~7〉을 비롯해 이상 시에 표현된 점이나 숫자 등의 조형 이미지는 일반적인 타이포그래픽 작품과도 구분된다. 타이포그래픽이 시각예술적인 측면의 감각적 요소로 활용되는 데 비해 이상 시의 점이나 숫자는 우주를 비롯해 관념적으로 존재하는

적어도 타원으로 이행될 것이다'는 문구로 우주의 운동을 조형 이론에 대입해 설명한다. Paul Klee, 편집부 옮김, 《교육스케치북》, 바우하우스총서 2, 과학기술, 1995, 46쪽.

70) 이승훈, 〈詩와 數學 - 李箱 詩의 수학적 기호〉, 《문예중앙》, 1984년, 9월; 김용운, 〈자학이냐 위장이냐 (텍스트 분석 : 선에 관한 각서 1번, 2번)〉, 《문학사상》, 1985년, 12월; , 〈이상문학에 있어서의 수학〉, 《이상전집》 4, 문학사상사, 1995; 김명환, 〈이상 시에 나타나는 수학기호와 수식의 의미〉, 《이상문학연구 60년》, 문학사상사, 1998; 김용섭, 앞의 논문.

71) 김태화, 앞의 논문, 2001; , 《수리철학으로 바라보는 이상의 줌과 이미지》, 교우, 2002.

72) 김태화, 위의 책, 2002.

형이상학적 · 시적 제재를 형태로 표현한 것이다. 또 시의 대상물
을 언어로 묘사하지 않고 조형 이미지에 대입해 무한한 시공간 개
념을 구체적으로 명시한 것이다.[73] 이러한 발상은 언어적 묘사가
우주의 무한함을 표현하기에 한계가 있다는 데서 나온 것이다. 점
이나 숫자로 말미암은 추상성과 상상력의 확대는 무한한 우주의 형
태를 강조하는 효과를 거둔다. 조형 이미지는 확인할 수 없는 우주
라는 공간을 객관적으로 구체화시키는 도구이며 언어로 충족되지
못하는 감각을 불러일으키는 상징물이다.

① 원자, 수수께끼의 우주

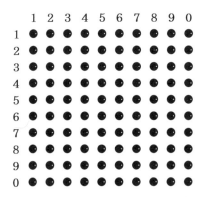

---

73) 신범순은 이상 시에 무한 개념을 대입하여 〈三次角設計圖「線에關한覺書 1」〉
의 조형 형태가 무한대를 뜻하는 좌표라고 역설한다. 신범순,《이상의 무한정원
삼차각나비》, 현암사, 2007, 201~202쪽.

(宇宙는冪에依하는冪에依한다)

(사람은數字를버리라)

(고요하게나를電子의陽子로하라)

스펙톨

軸X 軸Y 軸Z

速度etc의統制例컨대光線은每秒當三00000키로메-터달아나는것이
確實하다면사람의發明은每秒當六00000키로메-터달아날수없다는법은
勿論없다. 그것을幾十倍幾百倍幾千倍幾萬倍幾億倍幾兆倍하면사람은
數十年數百年數千年數萬年數億年數兆年의太古의事實이보여질것이
아닌가, 그것을또끊임없이崩壞하는것이라하는가, 原子는原子이고原子
이고原子이다. 生理作用은變移하는것인가, 原子는原子가아니고原子
가아니고原子가아니다, 放射는崩壞인가, 사람은永劫인永劫을살수있는
것은生命은生도아니고命도아니고光線이라는것이다.

臭覺의味覺과味覺의臭覺

(立體에의絶望에依한誕生)

(運動에의絶望에依한誕生)

(地球는빈집일境遇封建時代는눈물이나리만큼그리워진다)

― 〈三次角設計圖「線에關한覺書 1」〉

이 시는 물질의 근원적 최소 단위인 '原子'라는 미시적 세계 속에 우주 공간이 축소되어 있다는 깨달음을 나타낸 시이다. 또 인간의 몸속에 원초적인 단위의 우주 형태가 존재하고 우주의 운행과 같은 것이 진행되고 있음을 성찰하고 있다. 더불어 상대적 우주관을 시 속에 나타내고 있는 것이다.

이 시의 검고 둥근 점은 점이라기보다는 검은 원에 가깝다. 그러나 형태를 이루고 변형시켜 나가는 에너지의 근원이라는 의미에서 점이라고 정의내릴 수 있다. 점은 외면적으로는 침묵하는 것 같지만 내부에 에너지를 지녀 운동성을 갖는 존재이다.[74] 기하학에서 점은 '0'을 뜻한다. '0'은 대개 '無'로 해석되지만 한편으로 '無限'을 뜻한다. 그래서 '零'인 동시에 '空'이다. 0의 특성에 비추어 보면 1에서 9까지 진행되다가 0으로 종결된 것은 '無'이자 '無限'의 세계로 나아감을 뜻한다. 0의 존재감이 '空'이라면 1에서 9까지 행렬이 0의 세계로 빨려 들어감을 뜻한다. 그래서 검고 둥근 점은 정지된 상태가 아니라 내부로 응축되는 상태이다. 검고 둥근 점이 원의 형태로 표현된 것은 무한한 양의 많은 점과 0이 응축되어 있음을 뜻한다. 0의 응축은 무한한 시간과 공간이 존재하고 있음을 뜻한다.

조형 이론은 기하학과 밀접한 연관성을 갖고 있다. 조형 이론에서 숫자 '0'은 침묵과 고요 속의 미세한 움직임을 의미한다.[75] '0'은

---

74) 기하학적 측면에서 점의 의미는 0차원이며 침묵하고 있으나 움직이는 존재로 규정된다. 이러한 기하학의 해석은 조형 이론의 기본이 된다. Wassily Kandinsky, 《점과 선에서 면으로》, 과학기술출판사, 1997, 19쪽.

75) 기하학적 측면에서 점의 의미는 0차원이며 침묵하고 있으나 움직이는 존재로

영원성과 비어있음이라는 두 가지 의미를 내포하고 있다. '0'은 유 (有)로 측정하자면 광대하고 무한해서 표현할 수 없음을 의미하고 무(無)로는 아무것도 없이 텅 빈 상태를 의미한다. 즉 절대 유와 절 대 무는 통하는데 둘 다 어떤 의미로든지 '셀 수 없음'이라는 뜻을 갖는다.

검고 둥근 원이자 점인 '●'은 단순한 점의 형태가 아닌 단자(單 子, monad)의 형태를 띠고 있다. 단자인 점은 내부에 결집된 개체 들로 이루어진다. 점의 내부에 결집된 개체는 단자를 이루고자 서 로를 당기는 중력의 법칙 또는 운행으로 뭉쳐져 있다. 그것은 지구 또는 행성이 운행되는 이치와도 같으며76) 물질적인 공간이 아니라 형이상학적인 인식으로 형상화된 우주를 의미한다. 이 시의 점은 침묵 속에 있지만 들여다보는 순간 각기 공간을 확보하기 위해 서 로 밀어내고 있는 것 같은 움직임이 느껴진다. 그것은 모듈이 단순 한 타이포그래픽이 아니라 개별적 공간을 확보하는 독자적 공간이 라는 증거다. 하지만 모듈의 개별적인 공간 확보와 시각적 에너지 표현은 서로의 둥글고 검은 점 표현에 의해 유지된다.

우주에 존재하는 행성의 수는 천문학적이며 우주의 시공간은 무

규정된다. 이러한 기하학의 해석은 조형 이론의 기본이 된다. Wassily Kandinsky, 앞의 책, 19쪽.

76) 우주의 형태가 단자의 결합적 형태임을 역설한 이론은 17세기 라이프니츠가 발표하였다. 라이프니츠의 單子論(모나드론, Monadology)은 만유가 비공간적 · 비물질적 무수한 단자로 되어 있다는 이론이다. 라이프니츠는 개개의 단자가 전 우주를 표상하며 단자 간의 조화는 신의 예정에 따른다고 설파했다. 이정우, 《주름, 갈래, 울림》, 거름, 2001.

한하다. 그와 마찬가지로 물질 내부를 형성하는 원자의 수도 무한하다. 억분의 일 센티미터의 현미경적인 원자 세계 안에는 우주 안 행성의 운행과 흡사한 운행이 진행된다.

사각을 이룬 점의 집합은 좌표의 형식과는 달리 가로와 세로로 배열되어 있다. 그것은 같은 숫자의 제곱인 '乘'으로 이루어져 있음을 뜻한다. 점의 개수는 '1^1, 2^2, 3^3……'으로 구성되어 있다. 끝 숫자인 '0'에 이른 '00'은 무한을 의미하는 열린 구조로 마무리되어 있다. 시간과 공간은 필수 불가결하게 공존하는 것이어서 시간이 없는 공간이 있을 수 없으며 그 반대 또한 마찬가지이다. 점들의 공간은 점들이 존재하는 시간을 의미하기도 한다.

우주는 크기를 가늠할 수 없는 무한한 공간이며 시간을 형성하는 유기체이다. 이 시에서 우주의 무한한 시공은 '冪'으로 표현된다. '(宇宙는冪에依하는冪에依한다)'는 '冪'은 일반적으로 冪集合(power set)을 의미한다. 멱집합은 특정 집합의 모든 부분집합을 모은 것이지만 '冪에의하는冪'인 멱집합의 멱집합은 가늠할 수 없는 무한정의 부분집합이다.[77] 점의 무한성은 우주의 광활함을 나타낸다. 그와 같은 선상에서 '電子의 陽子' 또는 '原子' 내부로의 몰입을 강조하는 부분은 이 시의 조형 형상이 우주의 운행과 동일한 원자 내부의 운행을 묘사하고 있음을 암시한다.

숫자로 보자면 '冪'은 무한을 의미하는 수로서 10의 10乘인데 이

---

77) 수학자 김용운은 수학에서 큰 수를 나타내기 위해서 冪을 사용하며 실제로 천문학 용어인 光年은 멱의 멱의 멱, 즉 $(\cdots((10^n)^m)^l)\cdots)$로 표시한다고 밝힌다. 김용운, 《문화 속의 수학》, 한국학술정보, 2001, 67쪽.

시에 묘사된 '冪에의하는冪'은 '10의 10乘에 의하는 10의 10乘'이다. 멱을 수의 집합으로 가정하면 무한대의 축소를 의미하고 반대로 멱이라는 수의 확대로 본다면 무한대로 확대되는 수열을 뜻한다. 이 역시 끝을 알 수 없이 광대한 우주 공간을 묘사한 것이다. 우주의 시공간이 무한히 펼쳐진 형상이라면 그와 반대로 인간의 신체와 물질에 내재되어 있는 세포의 형태는 원자 단위로 축소된다. 우주라는 거대한 형질과 인간의 신체에 들어 있는 현미경적 단위의 세포가 동일시될 수 있는 것은 축소된 우주의 형상이 자연물에 내재되어 있다는 사고에서 출발한다.

눈에 보이는 점의 나열은 1차원적인 것이지만 '軸X 軸Y 軸Z'로 배열되고 확대된다. 가로와 세로의 숫자는 보이지 않는 차원으로 확대되고 있다. '軸X'는 1차원, '軸Y'는 2차원, '軸Z'는 3차원으로 확대되며 단순한 점의 배열이 아닌 보이지 않는 망목의 공간으로 확대된다.

이 시는 과학적 상상력을 통해 형태를 재현하지만 한편으로 '(사람은數字를버리라)'고 주문한다. '數字를버리라'는 것은 광활한 우주는 물론이며 불가사의한 원자의 세계 또한 사람의 공학적 계산으로 측정해 낼 수 없으므로 무한 시공의 세계에 다가가기 위해서는 '數字를버리'는 감각적 상상의 능력을 발휘해야 한다는 것이다.

모든 자연물 내부에 결집되어 있는 원자 형태는 우주가 시공간을 이루는 것과 같은 형태로 물질을 이루고 있다. 물질은 원자와 같은 단자로 결집되어 있으며 우주의 운행과 같은 운행을 원자가 진행한다. 물질은 내부의 중력과 운동성으로 입체를 형성하고 시간과 공간을 점유해 물질을 이루게 된다. 또 그러한 단자 형태의 내부는 행성의 운행과 마찬가지로 서로에 대해 간섭하지 않고 결합되지 않으며 개별적으로 운행한다. 운행을 유지하는 원자와 원자 내부의 물질은 충돌이나 간섭이 없기 때문에 입체 속에 단자의 형태를 띠게 된다. 시공의 근원이 되는 우주의 운행과 마찬가지로 물질 내부를 이루고 개개의 시공간을 차지하고 있는 물질의 최소 단위도 우주 공간과 마찬가지로 시공간을 형성하고 있다는 이치다. 다시 말하자면 시공간과 차원은 물질에 내재한 미시적 세계 속에도 존재하며 그 세계에 대한 몰입이 우주의 이치를 깨닫는 방도라는 것이다.

즉 '(고요하게나를電子의陽子로하라)'는 시공간의 이치를 깨달을 수 있는 미시적 세계로의 몰입을 의미한다. 물질 안에는 원자가 있고 원자 속에는 원자핵과 전자가 있다. 원자핵은 지름이 10^{-15}cm로 그 안에 중성자와 양성자가 있다. 원자핵 주위를 지름 10^{-18}cm의 전자가 돌고 있다. '電子'는 더 이상 나눌 수 없지만 원자핵은 양성자와 중성자로 구성되어 있고 다시 양성자와 중성자는 소립자 쿼크(quark)로 나눌 수 있다. 물질의 최소단위인 소립자는 물질과 다른 성질을 갖는데 소립자의 수준에 이르면 입자가 되기도 하고 파동이 되기도 하는 기묘한 성질을 지닌 양자가 된다. 양자에는 전하, 질량, 회전(스핀)의 세 가지 성질이 있다. 양자는 파동처럼 서로 부딪히면 소멸하기도 하고 파동의 마루가 한 지점에서 만나 진폭이 높아지는 간섭효과가 나타나기도 한다.[78] 우주의 운행 이치는 원자 속

---

78) 竹內薫, 박정용 옮김, 《시간론》, 전나무숲, 2011, 60쪽.

의 '電子'와 '陽子'가 운행하는 이치와 같다. 우주의 운행과 원자의 '電子'와 '陽子'가 운행하는 데에 공통적인 요소는 '빛'이다. 소립자의 운행에서부터 시작되는 물질의 형성을 비롯해 시공간도 빛의 진동에 따라 형성된다. 또한 우주가 운행하는 원리이기도 하다.79) 모든 동력에는 빛이 개입된다.

물질의 확대는 시간과 공간의 확대이다. 존재하고 있음은 시간과 공간 속에 있음을 뜻하고 또한 차원 속에 있음을 뜻한다. 차원은 '1 2 3 4 5 6 7 8 9'로 확대되다가 '10'이 아닌 '0'으로 압축된다. 존재는 '고요하게나를電子의陽子로'함으로써 압축되고 축소된 시공간을 볼 수 있다. 원자 내부에는 원자가 존재했던 역사가 각인되어 있다. 실제로 원자의 역사는 태초에서 시작된다. 그러므로 원자를 내포하고 있는 인간이라는 입체는 우주의 역사를 내포하고 있는 것이다. '1 2 3 4 5 6 7 8 9 0'이라는 숫자는 인간의 세포보다 깊숙한 곳에 자리 잡은 미세한 원자에 우주의 시공간이 압축되어 있음을 표현한 것이다. 원자는 세상의 모든 물질의 일부가 되고 또 원자를 이루는 양성자와 중성자는 '사람'의 생멸과 달리 자연의 순환원리 속에서 영원히 윤회한다. 그것이 이 시에 형상화된 점의 의미이자, '사람'이라는 입체를 이루는 원자의 의미이다.

이 시의 '스펙톨'은 양자역학과 관련된 행렬역학에서 쓰이는 이론이다. 분광학에서 쓰이는 모든 데이터가 행렬역학으로 응용된다. 스

---

79) 원자 내부의 (+)전하를 띤 양성자와 (−)전하를 띤 전자는 서로 잡아당기는 인력이 있는데 그것은 양성자와 전자가 광자를 주고받는 데에서 생기는 전자기의 힘이다. 즉 생물의 가장 중요한 감각인 시각과 자연의 기본 현상인 전자기의 힘은 빛의 입자인 광자(光子)를 주고받는 데서 비롯된다. 위의 논문, 18쪽.

펙톨은 원자가 빛의 입자인 광자를 흡수하거나 방출하는 현상 자체를 의미한다.[80] 이상은 태양광선을 스펙터로 분해하여 형상화하는 작업에 대한 관심을 〈現代美術의 搖籃〉에 쓴 바 있다.[81]

'軸X 軸Y 軸Z' 좌표계는 물질의 운동을 기술하기 위한 것으로서 1차원의 시간과 3차원의 공간을 형성하는 좌표이자 멱집합을 형성하는 과정이다. '軸'은 운동의 접점으로 축의 접점은 멱집합을 기준으로 하며 무한한 운동을 뜻한다. 원형과 원뿔형을 비롯해 접점을 향해 운동하는 형태는 '軸'에서 만나게 된다. 멱집합 형성이 시작되는 지점은 원자조차 없는 상태로 '軸X 軸Y 軸Z'는 무의 상태에서 원자의 집합인 물질로 변환하는 과정이다. 그것은 스펙톨로 발생한 원자의 집합이 조형화되는 것으로 점이자 0차원인 軸X, 점이 모여 선으로 변형되는 1차원인 軸Y, 선이 모여서 입체로 변형되는 3차원인 軸Z로 발전한다. 원자의 스펙톨은 인간이 물질을 지각하기 위해 일으키는 현상이다. 그것은 물질의 내부에서 일어나는 원자의 움직임이므로 육안으로 관측하기 어렵다.

'速度etc의統制例컨대光線은每秒當三00000키로메-터달아나는 것이確實하다면'의 '速度etc'은 원자의 분광현상에서 방출 또는 흡

---

80) 원자가 일으키는 분광(分光)현상.

81) 이상은 모네의 회화 세계에 대한 부분에서 형상과 빛에 대해 서술한다. 모네의 창작관에 대해 "光의分解와光의時間的變化와의兩面에서科學的 硏究態度를固持하면서 唯物的인《테크니크》를完成한" 화가로 평하고 "太陽光線을《스펙터》로分解하야 原色을 찾고…그는 드디여 刹那的인光을그리는畵家"라고 평가한다. 또 형상과 빛에 대해 "形象은光의심볼이다"는 소견을 밝히고 있다. 金海卿, 〈現代美術의 搖籃〉, 《매일신보》, 1935. 3. 14~23일.

수하면서 발산되는 빛의 속도를 의미하며 '速度etc의統制'는 빛의 속도를 조절함을 의미한다. 빛의 속도는 약 300,000㎞/s이다. 상대성 이론에서 추측하는 바로는 빛의 속도로 달리게 되면 시간은 빛보다 느리게 흐른다. 이론상으로 인간이 시공을 초월할 수 있는 방법은 빛보다 빠르게 달릴 수 있는 수단을 발명하는 것이라는 결론에 다다른다. 아인슈타인이 고안한 광자 자동차 또는 타임머신은 빛보다 빨리 달려 시공을 넘나드는 도구다. 그러나 그것은 상상 속에 존재하는 것으로 실현 불가능하다.

이 시에서 거론하는 시간을 초월하는 방법은 사람이 도구를 이용해 빛의 속도로 가는 것이 아니라 신체 내부의 원자가 방출하는 광자의 속도를 통제해 과거 또는 미래의 사실들을 지각하는 것이다. 그러나 그것은 예측일 뿐이어서 '사람의發明은每秒當六00000키로메一터달아날수없다는法은勿論없다'는 설을 펼친다. '사람의發明'은 빛의 속도를 통제해 원자 내부의 광자를 600,000㎞/s로 달리게 하는 것이다. 빛의 속도는 인간이 측정할 수 없이 빠른 속도이다. 그래서 '그것을幾十倍幾百倍幾千倍幾萬倍幾億倍幾兆倍' 빠르게 운행한다면 '사람은數十年數百年數千年數萬年數億年數兆年의太古의事實이보여질것이아닌가,'라고 추측할 수 있다.

'보여질것이'라는 시구에서도 알 수 있듯 '數十年數百年數千年數萬年數億年數兆年의太古의事實'을 체험하는 것은 신체를 지닌 인간 자체가 아니라 시각이다. 그러한 원자 내의 가설은 인간의 신체를 갖춘 인격체의 경험이 아닌 뇌 속의 세포, 그리고 그 세포 속에 존재하는 원자라는 미세한 물질의 지각이다. 그래서 원자의 불안정함이 어느 정도인지 짐작해낼 수 없다. 이 시는 태초의 역사를 보기 위한 수단으로 '그것을幾十倍幾百倍幾千倍幾萬倍幾億倍幾兆倍하면'이라고 표현한다. 또 '사람은數十年數百年數千年數萬年數億年數兆年의太古의事實이보여질것이아닌가'에서 원자가 지닌 역사성에 대해 인식하고 있음을 알 수 있다.

'그것을또끊임없이崩壞하는것이라하는가'는 끊임없이 거듭하는 원자의 붕괴를 의미한다. 가장 미세한 물질이라는 원자도 형태가 붕괴되고 다른 성질의 원자핵으로 끊임없이 변한다. 원자의 붕괴는 원자를 통해 '太古의 事實'을 보려는 소망을 좌절시킨다. 예측할 수 없는 원자의 붕괴는 시공을 초월한 시각에 대한 소망을 불가능하게 만드는 요인이다. 원자의 변이는 무질서하고 예측할 수 없어서 어떤 물질로 바뀌는지 추측할 수 없고 물질에 구속되지 않는다. 그래서 '原子는原子이고原子이고原子'로 나타난다. 원자 안의 양자는 서로 부딪히는 과정에서 붕괴하고 소멸하기도 하고 다른 형질의 원자가 되기도 한다. 그 또한 원자의 성질을 갖기 때문에 원자이다.

인간을 비롯해 생물의 몸 안에서 일어나는 감각적 기능과 세포의 활동은 원자와 분자의 상호작용으로 진행된다.[82] '사람'의 감각은 빛에 의한 것이며 '生理作用은變移하는것'이다. 감각뿐 아니라 정보 전달과 기억도 뇌세포의 활동으로 이루어지는데 이 기능 역시

---

82) 인간이 오감을 느끼는 과정은 대상 물체의 분자와 감각 기관의 분자가 가까워지면서 생겨나는 빛의 주고받음으로 전자기적 힘이 일어나고 체내의 분자가 운동을 일으키며 신경 세포로 전달되는 것이다. 그래서 인간의 감각 또한 광자의 주고받음으로 생겨나는 것이다. 소광섭, 〈상대론적 시공간에 대한 고찰〉, 《과학사상》, 1994, 16쪽.

빛의 주고받음으로 이루어진다. 그러므로 사람의 생은 빛에 의해 지속되는 것임을 알 수 있다. 원자는 붕괴하면서 '放射'한다. 원자의 '放射'는 원자가 붕괴하며 빛을 방출하는 현상이며 끊임없는 형질 변화의 과정이다. 그래서 '原子는原子가아니고原子가아니고原子가' 아니다.

'原子'는 인간이 생각하는 가장 미세한 물질이기도 하지만 내부에 경이로운 세계를 품고 있어서 '原子'라고 칭하기에 거대한 물질이다. 그 근거는 원자가 빛보다 빠른 속도로 달려 과거 또는 미래를 볼 수 있게 하는 매개체라는 추측에서 비롯된다. 그렇게 추측해 본다면 과거 또는 미래를 볼 수 있는 존재는 시각을 지닌 사람이 아니라 '原子'이다.

그래서 '사람은永劫인永劫을살수있는것은生命은生도아니고命도아니고光線인것이라는것이다.' 즉 생명의 지속은 원자와 분자 사이에 주고받는 광자에 의한 것이다. 신체를 지닌 '사람'이 '생명'이라고 칭하는 삶의 형태가 살아감을 뜻하는 '生'과 수명을 뜻하는 '命'이 아닌 '光線'에 의해 진행되는 운행이라는 것이다. '永劫'이라는 영원한 시간 속에서 지속되는 인간 존재의 순환도 빛에 의해 진행된다. 빛이 곧 생명의 지속이며 존재의 지속이기 때문이다. 그러므로 이 시에서 '永劫인永劫을살수있는것은生命은生도아니고命도아니고光線이라는것이다.'는 것으로 영원히 살 수 있는 존재가 인간과 상관없는 광선임을 나타내고 있다. 원자의 입체인 '사람'이 일정한 수명에 이르면 육체를 구성한 입자인 원자도 해체된다. 원자는 입체의 생명을 유지하기 위해 운행하던 일을 멈추고 자연의 일부로 돌아가거나 또 다른 입체의 일부로 환원된다. 그래서 생명 여부가 중요한 것이 아니라 내부에 존재하는 광선 자체가 중요하다는 결론에 다다른다.

인간의 감각을 전달하는 감각 기관의 세포 안에서 일어나는 원자의 활동도 광자의 주고받음을 통한 지각현상에 따라 이루어진다. 그러므로 '고요하게'는 신체 내에서 일어나는 원자의 활동인 빛의 주고받음을 인지할 수 있는 극도의 침잠을 뜻한다. 그것은 인간 상태의 소요를 잊고 고통과 번민이 없는 물질의 상태로 환원해 '나' 자신을 '電子'와 '陽子'로 변화시키는 것이다. 그것은 우주의 '羃에 依하는羃에依한'운행과 동일하게 진행되는 신체 내 시공간의 운행과 연결될 수 있는 통로인 것이다.

'臭覺의味覺과味覺의臭覺'은 신체의 감각으로 원자와 분자가 주고받는 광자의 형성을 뜻한다. 그것은 생의 진행이며 '사람'의 신체 내부에서 운행되고 있는 또 다른 우주의 활동이다. '臭覺'과 '味覺'은 인간의 신체가 접하게 되는 대상의 분자를 체내에 원자화시키는 감각의 활동이다. 또한 인간이 대상물을 흡수하고 체내에서 새로운 원자의 조직을 만들어내는 입체일 뿐임을 증명하는 사례이다.

그래서 '(立體에의絶望에依한誕生)'은 인간의 존재가 원자들의 운행이 이루어지는 입체일 뿐이라는 절망적인 사실과 그것 때문에 또 다른 원자구조가 탄생하는 윤회적인 활동을 의미한다. 그것은 인간이 영혼 또는 정신에 의해 유지되는 존엄한 존재가 아니라 '原子'라는 미세 물질이 밀집해 이루어진 덩어리일 뿐이라는 깨달음을 얻게 된 후 절망하게 되었음을 뜻한다. 이는 인간이라는 이성과 감정을 가진 사고하는 인격체가 명명해 놓은 역사와 지식을 비롯해 사람으로서 사는 것에 대해 회의하게 만드는 자각이다. 그러한 절망을 '誕生'이라고 칭한 이유는 '사람'이 '사람'이 아닌 '原子'의 '立體'로서 운행하고 있음을 자각하면서 '立體'를 새롭게 인식하게 되었기 때문이다. '(運動에의絶望에依한誕生)'의 '運動'은 물질로서 존재하기 위한 '原子'의 운동을 의미하며 이에 따른 '絶望' 또한 마찬가지로 그로 인해 유지되는 '사람'의 삶에 대해 각성하며 느끼는 것이다.

점이 '0'을 의미한다면 선은 '1'을 의미한다. '1'이라는 숫자는 시작을 뜻하며 움직이는 궤적이고 운동적인 비약이다. 선은 방향성을 갖고 있으며 면으로 나아감을 의미한다. 또 차원의 실재이며 존재하고 있음을 나타낸다. 그러한 선을 통해 물질적 또는 시각적으로 인지할 수 있는 대상이 산출된다. 실제로 인간의 존재여부는 점인 상태보다 선으로의 진행이자 빛의 운행인 '1'이 결정한다.

광선은 우주 안에서 시간을 형성하는 초자연적인 에너지다. 또 인간의 내부에서 진행되는 현상이기도 하다. 빛은 원자들의 운행에 따른 결과물이며 생을 유지하는 에너지다. 우주의 운행에 의해 형성되는 빛과 똑같은 빛이 인간 내부에 속해 있다. 이 시의 결론은 빛과 같은 속도로 운행해 시공간을 초월하는 방법이 '사람'의 신체 안에 있으며 원초적이고 근본적인 생명 속에 시공간을 초월한 우주의 현상이 있다는 지점에 다다른다. 결국 시공간을 초월하는 동시성의 가능성은 신체 내부에서 찾을 수 있다는 것이다. 즉 '나를고요하게電子의陽子로' 하는 일은 시공간을 초월할 수 있는 빛으로의 전환을 의미한다. 그것은 광활한 우주로 나아가는 것이 아니라 '나'의 몸에 자리 잡은 원자 내부로 침잠하는 것이다. '나'의 존재를 비롯해 우주 전체도 '나'라는 자각이 없으면 '無'가 된다. 그래서 '나'가 느끼지 않는 '(地球는빈집일境遇封建時代는눈물이나리만큼그리워진다)'는 것이다. 결국 '나'가 존재함으로써 우주와 시공간이 존재한다는 것이다.

그것은 〈三次角設計圖「線에關한覺書 5」〉에 인용된 〈파우스트〉에 나오는 메피스토펠레스와 파우스트의 대화 내용과 비슷하다. 메피스토펠레스의 '너는 無이다' 라는 말에 파우스트는 '나는 내 속에서 우주를 본다.'고 대답한다. 그 문답에서 〈三次角設計圖「線에關한覺書 1~7」〉의 주제를 유추해 볼 수 있다. 광선과 시공간의 연관성이 제시된 시구는 〈三次角設計圖「線에關한覺書 5」〉에도 반복되어 나타난다. '사람은光線보다빠르게달아나면사람은光線을보는가, 사람은光線을본다,'는 말은 사람이 빛보다 빠르게 움직이면 시공간의 이동이 가능하다는 논리를 적용한 것이다. '사람은달아난다, 빠르게달아나서永遠에살고過去를愛撫하고過去로부터다시過去에산다, 童心이여, 童心이여,'는 빛보다 빠른 운행으로 시공을 초월해 경험할 수 있는 상태를 예측한 것이다.

이 시에는 괄호가 있는 시구가 배열되어 있다. 괄호가 없는 시구는 점들의 조형이 무엇을 의미하는지에 대한 설명이고 괄호가 있는 시구는 괄호가 없는 시구에 대한 자신의 사고와 각성을 서술한 것이다. 첫 번째 괄호의 내용은 우주의 무한성을, 두 번째 괄호는 '사람'이 우주를 경험하려면 취해야 할 태도를, 세 번째 괄호는 그 방법을 서술하고 있다. 그리고 괄호가 없는 시구들은 우주의 행성들이 광선으로 운행되듯이 인간 내부도 광선으로 운행된다는 원리를 밝히고 있다. 마지막 연의 네 번째 괄호는 우주 또는 그와 형태가 같은 신체 내부 원자들의 운행 방식을 묘사한 점들의 조형이 입체이며 그를 통해 깨닫게 된 이치가 절망을 주고 있음을 밝히고 있다. 다섯 번째 괄호는 시공간의 흐름과 운행에 대한 깨달음이 절망을 주었음을 밝힌다. 여섯 번째 괄호의 내용은 앞에서 밝힌 우주와 동일한 원자의 입체적 형태와 운동성이 시공간과 관계가 있음을 시사한다.

이 시는 우주의 형태와, 물질을 이루는 가장 원초적이고 미세한 원자의 형태를 동일시하고 미세 구조의 운행 속에서 우주의 섭리를 깨달을 수 있음을 표현하고자 했다. 행성과 원자의 공통적인 특질은 운동성이다. 그것은 인간이 실감할 수 없도록 이루어진다. 그래서 그러한 운동성을 묘사할 수 있는 방식의 조형 언어로 점이 쓰였다.

이 시에서 일정한 간격으로 비치된 둥글고 검은 점은 점과 점 사이에 굴곡이 형성되어 있다. 점들은 서로 결합될 수 없도록 이질적인 위치에 비치되어 있는 상대적 구조를 이루고 있다. 점은 멈추어 있는 것처럼 보이지만 운동성을 창출하고 있고 직시할 수 없도록 시선을 분산시킨다. 또 연결되지 않는 독립적 형태로 분리되어 있다. 둥근 점으로 형성된 좌표 형태의 단순 조형은 여러 형태로 변형될 수 있는 가능성을 보여준다.[83] 이 시의 조형 이미지는 연속적으

---

83) 박규현 . 김정재 편역, 《조형론》, 기문당, 1998, 37쪽.

로 변모하는 우주의 형태를 나타낸다. 그것은 우주와 원자가 지닌 속성이며 이 시에서 나타내고자 한 조형적 특질이다. 이 시의 점이나 숫자는 한 입체에 속에 있으나 각각 개별적 역할을 해내고 개별적 원동력에 따라 융합된 형태를 갖추고 있으므로 모듈러[84]이다. 모듈러 표현은 각기 개별적인 점인 모듈의 독립성과 상호의존성을 바탕으로 제작되는데 이 시의 점은 내적 에너지를 지닌 점으로서 운동하는 선을 포함하고 있는 개별적 존재이다. 이 시의 점은 중력과 인력 등 운동의 법칙에 따라 선 운동을 하고 있는 미세하지만 거대한 덩어리이다.

② 우주의 축소판 원자의 운동

```
    1 2 3
1  ● ● ●
2  ● ● ●
3  ● ● ●


    3 2 1
3  ● ● ●
2  ● ● ●
1  ● ● ●
```

---

84) 모듈(Module)은 분리 또는 병합될 수 있는 단위이다. 르 코르뷔지에(Le Corbusier)는 모듈의 황금 비례에 대한 개념을 디자인과 접목시켜 모듈러 디자인(Moduler Design)이라 명명했다. 모듈러 디자인은 기본적으로 모듈의 독립성과 상호의존성을 이해해 구성해야 한다.

$$\therefore nPn=n(n-1)(n-2)\cdots\cdots(n-n+1)$$

(腦髓는부채와같이圓에까지展開되었다, 그리고完全히廻轉하였다)

− 〈三次角設計圖「線에關한覺書 3」〉

이 시의 조형 이미지는 〈三次角設計圖「線에關한覺書 1」〉의 조형 이미지가 축소된 모양이다. 〈三次角設計圖「線에關한覺書 1」〉의 것이 1에서 시작해 0까지 전개되는 것과 달리 이 시에서는 3에서 1까지이다. 첫 번째 조형 이미지의 숫자는 1에서 3까지 전개되었으며 다음 조형 이미지는 반대로 3에서 1로 전개되었다. 숫자의 반전은 형태의 확대와 축소를 의미한다. 또 〈三次角設計圖「線에關한覺書 1」〉의 조형 이미지에 대한 자기 유사성의 형태이자 축소된 규모를 보여준다. 그 형상은 시간 양자 또는 공간 양자의 스핀(spin)을 보여주는 것으로서 원자 내부의 양자가 시공간의 변화를 일으키는 것에 대한 세세한 설명을 조형적으로 나타낸 것이다.

내재한 점은 서로 대각선의 구도로 변환된다. 즉, (1,1), (1,2), (1,3), (2,1), (2,2), (3,1), (3,2), (3,3)인 개수의 점들이 번갈아 3차 마방진을[85] 구성한다. 즉 9개의 공간 안에서 점들이 번갈아 자리를 바꾸며 회전하게 된다. 이 시의 마방진 형태 안에 숫자가 아닌 점이 있는 것은 〈三次角設計圖「線에關한覺書 1」〉의 점과 마찬가지로 점 속에 무한한 시공간이 들어 있기 때문이다. 그것은 원자 안에 수를 헤아릴 수 없는 양자와 전자가 있는 것과 같다.

---

85) 마방진(魔方陣) 퍼즐, magic square.

또 이 시의 조형 이미지는 〈三次角設計圖「線에關한覺書 1」〉의 조형 이미지와 달리 단순한 차원을 이루고 있는데 인간이 시간의 흐름을 추상화한 과거, 현재, 미래의 뒤바뀌는 순환구조로 순열이 직순열이면 과거에서 미래로 나아가는 경우이고 역순열이면 뒤바뀌게 됨을 의미한다. 이 시의 형상도 시간에 대한 관념을 형상화한 다이어그램이다.

'∴nPn=n(n−1)(n−2)(⋯⋯)(n−n+1)'의 '∴'는 '그러므로'라는 뜻이 있고 이전의 내용을 유도하는 수학 기호다. 순열 'nPn=n(n−1)(n−2)(⋯⋯)(n−n+1)'은 원소를 원형으로 배열하는 원순열이다.[86] 이 순열에서 'n'은 무한을 뜻한다.[87] 그러므로 이 순열의 회전은 무한히 전진하는 회전이다. 또 역으로 아래 형상은 안으로 축소되는 힘의 원리를 표현하고 있다. 또 '(腦髓는부채와같이圓에까지展開되었다, 그리고完全히廻轉하였다)'는 점이 '腦髓'에 속한 원소이며 뇌 속에서 원형으로 펼쳐지고 회전하는 운동을 하고 있다는 것을 의미하며 위 형상과 달리 아래 형상은 역순환되는 원운동을 펼치고 있음을 알 수 있다.

  彈丸이 一圓墻를疾走했다(彈丸이一直線으로疾走했다에있어서의誤謬等의修正)

---

86) 원래 공식은 ∴nPr=n(n−1)(n−2)(⋯⋯)(n−r+1)이다. 홍성대,《기본 수학의 정석 수학Ⅰ》, 성지, 383쪽.

87) 'n'은 Nature number의 약자, 자연수는 음의 정수(−)가 아닌 양의 정수.

正六雪糖(角雪糖을稱함)

瀑筒의海綿質填充 (瀑布의文學的解說)

- 〈三次角設計圖「線에關한覺書 4」〉

〈三次角設計圖「線에關한覺書 3」〉에서 형상화된 힘의 원리는 이 시에서 운동성의 형태로 묘사된다. '彈丸이 一圓壔를疾走했다' 발사했을 때의 원(circle)운동으로서 탄환이 나선형을 그리며 앞으로 전진함을 의미한다. 총을 쏘면 탄환은 직선으로 나가지 않고 원을 그리며 나아간다. 그와 마찬가지로 속도를 내며 앞으로 나아가는 물질은 밀어내는 힘에 의해 발사되어 직선으로 곧장 가지 않고 '一圓壔'의 형태로 전진한다. 원자 내의 원운동 또한 같은 이치다. 원자 내부의 회전 운동은 전자가 수행하는데 그로 인해 원자와 원자의 결합이 이루어진다. 탄환이 발사되는 것과 마찬가지로 원자도 나선형으로 운동한다.

〈三次角設計圖「線에關한覺書 1」〉의 형태를 입체화하면 정육면체의 사각형이 된다. 이상 시 중 일곱 편으로 이루어진 〈建築無限六面角體〉에도 '검은잉크가엎질러진角雪糖'이 형상화되어 있다. 정육면체를 이루는 수인 1, 7, 19, 37을 연결하면 정육각형을 무한대로 만들어낼 수 있다. '육면각체'는 '육면체'와 '육각형'이 결합된 시어로 육면체의 단면은 육각형이 된다. '무한 육면각체'는 무한하게 만들어지는 육면각체의 형태를 이르는 것이다. 눈송이의 중심은 육각형으로 이루어지지만 눈송이 하나의 형태를 이루기 위해서는

무수히 많은 육면각체가 필요하다.[88]

이 시의 '正六雪糖'은 무수히 많은 입자로 이루어진 설탕의 정육각형과 '雪'의 형태를 결합한 것이다. 각설탕을 '正六雪糖'이라고 표현한 것은 그러한 의미를 내포하기 때문이다. 이 시의 각설탕은 〈三次角設計圖「線에關한覺書 1」〉의 우주와 비슷한 형태를 축소한 것으로 단자화된 원자를 조형적으로 형상화한 것이다.

각설탕을 차에 넣거나, 각설탕에 차 또는 그와 유사한 짙은 색상의 액체를 떨어뜨렸을 때 설탕의 정육각형에 액체가 흡수되며 번지는 형태가 드러난다. 그것은 일종의 엔트로피 현상으로 설탕이라는 구조가 미립자로 결합되어 이루어졌기 때문이다. '瀑筒의海綿質塡充(瀑布의文學的解說)'은 각설탕이라는 정육면체 또는 미립자로 이루어진 입체에 외부 물질이 투입되어 물리적인 변화가 일어나고 있음을 의미한다. 설탕 입자와 같은 단자 또는 점의 결정체들은 외부 물질의 분자와 접촉했을 때 입자 내부의 변화를 일으키며 운동하게 된다. '瀑筒'은 외부 물질 분자의 투입에 따라 일어나는 내부의 운동이 원통형으로 진행된다는 뜻이다.

원통형의 운동은 앞의 '彈丸이 一圓壔를疾走했다'는 것과 일맥상통한다. '瀑筒'도 앞에 진행된 탄환의 나선형 운동이나 '一圓壔를疾走'하는 형태와 마찬가지로 원통형의 원운동을 하지만 탄환과 달리 원통에 쏟아지는 폭포 형태로 운동한다. 그것은 외부 물질의 분자로 인한 원자 또는 입체 내 입자들의 운동 형태를 형상화한 것이

---

88) 박교식, 〈프랙탈 도형수에 관한 연구〉, 《과학교육논총》15, 2003, 17쪽.

다. '海綿質塡充'은 입자들의 '瀑筒'이 진행됨에 따라 각설탕 형태의 입체가 해면질89) 내부의 형태로 변화하는 것을 의미한다. 그것은 스펀지 모양의 해면질 내부가 외부 물질의 분자로 가득 차는 것이다.

이 시에서 우주 또는 우주의 축소판인 입체는 두 가지의 조형 이미지로 묘사된다. 하나는 각설탕 형태이고 또 하나는 해면질 형태이다. 이 시에서 각설탕을 이루는 물질의 입자이자 점인 단자는 내부의 운동성 때문에 선을 형성한다. 그 선으로 인해 다시 무한한 점이 형성된다. 그것은 선에 내포된 시간과 공간을 의미하는 흔적이다. 그렇게 이뤄진 선은 일정한 규칙에 따라 형태를 이룬다. 각설탕의 물질적 결합은 무한한 내부의 운동성을 갖는 선의 집합체이자, 각의 집합체이다. '각설탕'은 각을 이루고 있다는 의미의 '角', 눈이라는 의미인 '雪', 감각의 결정을 이룬다는 의미를 지닌 '糖'이라는 시어로 설탕의 사각형 결정체라는 원래의 의미와 눈송이로 각을 이룬 정육면체라는 두 가지 뜻을 가진 동음이의어로서의 언어유희이다. 90)

이 시의 해면질은 유동적인 입체 구조를 가지고 있다. 점의 운동

---

89) 해면은 가장 기본적인 동물. 스펀지 모양으로 근육, 신경, 장기가 존재하지 않는 세포 중심의 덩어리이다. 해면질은 해면동물의 골격인 섬유를 구성하는 단백질이다.

90) 1906년 코흐는 프랙털 이론의 기원이 되는 〈눈송이 이론〉을 발표한다. 그것은 '눈의 결정 곡선'에 대한 이론인데, 정삼각형으로 출발해 단순한 재귀적인 법칙을 무한히 반복해 가면 변위에 있는 임의의 두 점 사이의 거리가 무한대가 되는 눈의 결정 곡선이 만들어진다는 것으로 그것을 '코흐의 눈송이'라 부른다. 〈눈송이 이론〉은 '자연물에는 직선이 없다'는 물질 구조에 대한 이론이다. 이정우, 《접힘과 펼쳐짐》, 거름, 2000, 146쪽.

은 일정한 각을 형성하여 원통형 또는 삼각형의 구조를 갖게 된다. 해면질 내부의 무한한 구멍의 형성은 〈三次角設計圖「線에關한覺書 1」〉에서 표현한 우주의 입체적인 형상을 떠오르게 한다. 또 점의 형태는 외부 물질의 분자를 받아들이며 유입과 반응의 단계를 거치는데 그것은 해면질이 외부 물질을 받아들이고 유출함을 반복하는 것과 비슷하다.[91]

(나) 우주와 초월적 존재에 대한 자각

〈三次角設計圖「線에關한覺書 1~7」〉의 전체를 이루는 것은 시공간과 우주에 대한 철학적 사유이다. 시공간에 대한 과학과 철학에 걸친 광범위한 이론이 근거가 되어 그것을 바탕으로 한 개인적 사유를 시적 소재로 삼았다. 전체를 포함하는 우주와 인간 내부를 구성하는 세포의 형태가 유사함을 시각적으로 보여주려는 방편으로 조형적 형태를 시에 대입하여 구체성을 얻었다. 이상 시의 조형 이미지는 시 내용의 전체적인 윤곽을 설명하는 도구인 동시에 우주와 원자의 유사성을 증명하는 상징적인 형태이다.

---

91) 해면질, 또는 스펀지 이론은 1875년에서 1925년 사이 수학자들의 연구 논문에서 나타났다. 내부에 무한한 도형을 형성하는 이론으로 규칙적으로 점을 대응시켜서 내부의 삼각뿔이나 정육면체를 형성해나간다. 시어펀스키와 멩거의 스펀지가 대표적이다. 박교식, 앞의 논문, 4~7쪽.

어떤患者의容態에關한問題

```
1  2  3  4  5  6  7  8  9  0  ●
1  2  3  4  5  6  7  8  9  ●  0
1  2  3  4  5  6  7  8  ●  9  0
1  2  3  4  5  6  7  ●  8  9  0
1  2  3  4  5  6  ●  7  8  9  0
1  2  3  4  5  ●  6  7  8  9  0
1  2  3  4  ●  5  6  7  8  9  0
1  2  3  ●  4  5  6  7  8  9  0
1  2  ●  3  4  5  6  7  8  9  0
1  ●  2  3  4  5  6  7  8  9  0
●  1  2  3  4  5  6  7  8  9  0
```

診斷 0 : 1

26 · 10 · 1931

以上 責任醫師 李箱

ㅡ〈建築無限六面角體「診斷 0 : 1」〉

患者의容態에關한問題.

```
•234567890
1•34567890
12•4567890
123•567890
1234•67890
12345•7890
123456•890
1234567•90
12345678•0
123456789•
```

診斷 0 · 1

26 · 10 · 1931

以上 責任醫師 李   箱

— 〈烏瞰圖「詩第四號」〉

이 두 시의 조형 이미지는 바로 쓰인 형태와 거울에 비춰진 반전으로 이루어져 있다. 두 시는 모두 진단서 형식으로 쓰였다. 그래서 두 시의 조형 이미지는 질환의 상태를 의미하는 형상이라고 볼 수 있다. 진단의 내용은 '0 : 1'이다. 앞에서 제시한 바와 같이 '0'은 침묵하는 점을 의미하며 '1'은 움직이는 선을 뜻한다.

〈建築無限六面角體「診斷 0 : 1」〉의 진단은 '0 : 1'이고 〈烏瞰圖「詩第四號」〉의 진단은 '0 · 1'이다. '0 : 1'은 0에서부터 1까지

의 숫자를 상대적으로 대응시킨다는 의미를 갖고 있다. 그것은 0에서부터 1까지를 이루는 초한수(transfinite)를 대입시키는 것을 의미한다.[92] 이 두 시의 조형 이미지는 1에서 0까지, 또는 그와 반대로 0에서 1까지의 숫자들이 점으로 이루어진 대각선을 사이에 두고 대립쌍을 이루고 있다.

대각선으로 숫자 사이에 위치한 점의 자리에는 어떠한 수를 대입해도 0과 1 사이의 모든 수를 표시할 수 있는 특질을 갖고 있으며 0에서 1까지의 무한한 개수의 점을 포함하는 것을 의미한다. 점 안에 또 다른 점이 포함되는 것을 점의 농도라고 하는데 숫자의 대립쌍 사이의 점은 무한히 열려진 0으로 인해 우주의 모든 점을 포함할 수 있는 점의 농도를 갖는다.[93] 그래서 0에서 1까지 곡선을 이루게 되는 숫자의 운동은 결국 직선과 일치한다는 대립자의 일치가 성립된다. 그것은 직선성과 원형성의 결합으로 우주를 이루는 실무한(實無限)[94]의 원리이다.[95]

---

92) 초한수는 한계를 넘어간 수, 무한에 관한 수이다. 이것은 끝이 없는 과정이 실현되는 과정이라고 본다. 초한수는 수학자 칸토어(1845~1918)에 의해 도입되었다. 정계섭, 〈초한수(the transfinite)의 형성과 연속체 가설〉, 《과학철학》6, 2003, 90쪽.

93) 칸토어는 무한을 상징하는 초한수를 설명하며 '칸토어의 대각선 이론'을 발표한다. 대각선 이론은 기수와 서수의 연속체가 대립쌍으로 나타나며 그 사이에 무한을 상징하는 대각선의 수가 들어간다는 이론이다. 칸토어는 집합론을 창시했는데 초한수 등의 이론을 기피하는 학계의 몰이해로 비난을 받으며 정신병원에서 생을 마친다. 이진경, 《수학의 몽상》, 푸른숲, 2000, 201쪽.

94) 실무한(實無限) : 게오르그 칸토어가 제시한 '연속체 가설'에서 나오는 개념. 가무한(假無限)에 상대되는 개념으로 제시되었다.

95) 정계섭, 〈쿠자누스의 인식세계〉, 《한국과학사학회지》20, 1998, 239쪽.

이 두 시의 조형 이미지 속에 들어 있는 대각선의 점은 〈三次角設計圖「線에關한覺書 1」〉의 점과 달리 숫자를 포함한 점이다. 또 〈三次角設計圖「線에關한覺書 1」〉에 형상화된 점을 비롯해 우주의 모든 점을 대입시켜도 이 두 시의 조형 이미지 안에 담긴다. 이 두 시의 조형 이미지는 연속체의 성격을 갖는 초한수이기 때문이다. 다시 말하자면 0과 1 사이의 숫자들은 우주의 모든 물질을 상징하고 그것은 연속적인 침묵과 운동으로 이루어지고 있음을 의미한다.96) 〈烏瞰圖「詩第四號」〉의 '0·1'는 '0' 그리고 '1'이라는 뜻이다. 그것은 침묵을 의미하는 점과 운동성을 의미하는 선이 동떨어진 분열의 상태이다. 또 '0·1'의 상태가 현실이 아닌 거울 속 세계라는 것을 의미하는 시어이다. 거울 속 세계는 실재의 나와 내가 바라볼 수 있는 나의 모습이 결합된 상태이다. 내가 생존하고 있는 세상에서 나는 나를 바라볼 수 없다. 나의 모습을 볼 수 있는 세상은 거울 속 세상이다. 한편으로 그것은 육체까지도 관조할 수 있는 시각의 세상을 의미한다.

〈三次角設計圖「線에關한覺書 1」〉이 우주와 원자의 물질적인 변화와 형태를 묘사해 낸 것이라면 이 두 시의 조형 이미지는 숫자로 인식되는 시공간의 차원을 묘사한 것이다. '사람'은 뇌의 정신적

---

96) 수학자 김용운은 〈建築無限六面角體「診斷 0 : 1」〉과 〈烏瞰圖「詩第四號」〉의 두 조형 이미지가 조선시대의 정치가이자 수학자 崔錫鼎의 《九數略》에 나오는 '百子子數陰陽錯綜面'과 '百子母數陰陽錯綜面'과 흡사하다는 설을 펼친다. 두 형태는 숫자의 법칙에 따른 우주의 형태를 나타내는 것으로 위 시의 조형 이미지와 다른 것은 대각선을 가로지르는 점의 부분이 각각 10과 0으로 이루어져 있다는 것이다. 김용운, 앞의 책, 95쪽.

활동을 통해 시공간과 차원의 변화를 자각하게 된다. 뇌수가 인식하는 정신적인 시공간의 형상은 숫자로 이루어진 것이다. 시간과 공간에 대한 개념이 숫자로 형성되어 있고 훈련된 정신은 그것을 인식하기 때문이다. 대각선으로 가로지르는 점은 시간과 공간을 형성하는 물리적인 힘이며 무한을 상징하는 선을 뜻한다.

이상 시에서 거울은 〈거울〉, 〈鳥瞰圖「詩第十五號」〉 등에 나타난다. 거울 속의 대상에게 '나'는 총을 겨눈다. 〈三次角設計圖「線에關한覺書 4」〉의 '一圓壔를 질주하는 彈丸'은 거울의 대상인 '나'의 신체를 가로질러 대각선의 형태로 거울 속에 비춰진다. 이상 시에서 거울은 시간과 공간이 정지된 세계이다. 그래서 거울 속에 비춰진 대상은 자신의 뇌수를 통과해 대각선으로 지나치는 탄환의 직선을 관찰할 수 있다.

거울 속의 대상은 〈鳥瞰圖「詩第十五號」〉에 비춰진 대로 '不死鳥에 가깝다.' 그래서 신체를 상실한 '나'의 시각은 빛이 되고 시간과 공간 속에 우주를 담을 수 있는 점 하나의 입자로 탄생한다. '나'에게 공포의 대상은 신체를 지니고 있는 시간 속에 점차 소멸해가는 '나'라는 생명체이다. 그러나 '나의 視覺'은 광선이 되어 소멸되지 않고 우주와 함께 영속한다.

2. 상대론적 시공간 이론에 대한 철학적 성찰

1) 상대론적 시공간 이론의 철학적 배경

시공간의 실재성은 그것에 대한 인식과 연관된다. 인식하는 실체가 없으면 시공간은 의미가 없다. 그에 대한 인식론적인 관점은 물리학이나 수학뿐 아니라 철학까지 연결시킨다. 인식은 현상을 감지하고 시공간도 그와 마찬가지다. 칸트를 비롯해 시공간의 인식에 대해 연구한 철학자들은 명확한 객관성을 가진 시공간 이론을 확립하기 위해 물리학이나 수학의 객관적인 성과를 검토하게 된다. 유클리드 이론을 넘어 비(非) 유클리드 이론이 물리학에서 아인슈타인의 상대성 이론의 기반을 이루기까지 수학과 물리학, 철학 분야에서는 존재와 존재에 대한 인식, 또는 시공간의 인식에 대해 여러 입장을 내놓았다.

소광섭은 〈상대론적 시공간에 대한 고찰〉[97])에서 시공간에 관한 대표적인 철학적 관점을 다섯 가지로 요약한다. 첫째는 뉴턴, 둘째는 데카르트, 셋째는 라이프니츠, 넷째는 버클리의 관점이다. 그리고 끝으로 이 논문에서 주목하는 이론은 "시공간은 인간 주관으로

---

97) 소광섭, 앞의 논문, 백종현 옮김, 1994, 8~12쪽.

이루어진 직감의 형식이다."라는 칸트의 관점이다. 칸트는《순수이성비판》을 통해 공간을 외적 감각, 시간을 내적 감각으로 표현했다.[98] 칸트에 따르면 공간 표상은 존재하는 관계, 시간 표상은 계기성의 관계를 포함한다. 인간은 물(物)자체를 인식할 수 없으며 시공간은 절대적 현존이 아닌 주관의 직관방식에 의한 것이므로 인간이 시공간에 있는 것은 현상이 아닌 가상이다.[99] 여기서 주목할 것은 그러한 가상 속에 인간이 존재하는 방식이다. 인간은 실재하는 것을 의식하기 위해서 감각이 필요하다. 감각이 존재하지 않으면 인간은 존재할 수 없다. 그러므로 시공간이 인식되는 것은 감각의 밀도에 따른 것으로 정의된다.

2) 칸트 시공간 철학의 논리

칸트가 시공간을 보는 관점은 인식론과 밀접하게 연관된다. 칸트는 인간이 자연을 인식하는 것은 물자체(物自體)를 인식하는 것이 아니고 감각기관을 통해 형성되는 현상일 뿐이라고 했다. 대상에 관한 모든 지식과 법칙은 오직 현상에 관한 것이다. 따라서 현상의 배후에 있으면서 현상을 가능하게 하는 미지의 존재가 물자체이다. 물자체에 관해서 인간은 아무것도 알 수 없으며 다만 인간의 감각기관이 촉발해 만들어낸 현상에 대한 대상적 지식만 성립한다. 그러나 그것은 무(無)라기보다 주관적인 것을 의미한다.

---

98) 서정욱, 《칸트의 순수이성비판 읽기》, 세창미디어, 2012, 38쪽.
99) 위의 책, 53쪽.

다시 말하자면 인간이 인식하고 있는 이 세계는 절대적인 객관 세계가 아니라 인식된 것이다. 스스로 구성하고 의미를 부여한 현상의 세계이다. 인간은 결코 세계 그 자체를 인식할 수 없다.[100] 그것은 자기 자신을 규정할 때도 마찬가지다. 인간의 인식에 의해 파악된 자아는 현상적인 '나'이다. 칸트의 관점에서 현상적인 나는 본래의 나가 아니라 스스로가 개념적으로 정립하고 분석한 과거의 나이다. 그러므로 진정한 자아는 스스로가 인식할 수 없는 초월적 자아다. 그러한 시공간 표상의 주관성은 근원뿐만 아니라 기능에도 적용된다. 즉 시공간은 외부에 존재하는 것이 아니라 외부 세계를 인식하기 위해서 만든 틀이라는 논리다. 인간의 뇌에는 시공간이라는 형식이 있고 그것을 통해 외부 세계를 보고 이해한다는 것으로 뇌의 필터와 같은 이치다.[101]

칸트의 초월적 자아의 개념은 인간에 대한 존엄성을 근거로 하고 있다. 인간은 감각 경험의 세계에서 현상적이자 초월적인 존재로 살아간다.[102] 현상적 자아는 인식되는 자아이고 초월적 자아는 인식할 수 없는 자아로서 초월적 자아가 인간 본래의 자아다. 인간은 어떤 존재이건 개개인이 존엄한 초월적 존재로서 절대적 인격 가치를 지닌다. 시공간 이론에서도 칸트의 논리를 빌자면 시공간이 실제로 존재하기보다는 인간이 느끼기 때문에 존재한다는 것이다. 즉 감각이 없으면 인간은 존재하지 못하며 모든 대상은 무(無)에 불과

---

100) Immanuel Kant, 《윤리형이상학 정초》, 아카넷, 2005, 192쪽.

101) 竹內薰, 앞의 책, 65~66쪽.

102) Immanuel Kant, 앞의 책, 145쪽.

하다. 그러므로 감각이 만들어 내는 존재 방식은 만물의 존재 여부
와 일치한다.

뉴턴이나 데카르트, 라이프니츠가 '물자체가 실재한다고 전제하
고 시공간의 본성을 규정'하려 한 것과 달리 칸트는 '인간은 물자체
가 실재하는지 여부에 대해 아무것도 알 수 없다'고 밝히고 있다.
그것은 물자체를 포함해 어떠한 대상이든 그 자체가 실존하는지 여
부도 알 수 없음을 뜻한다. 다만 인간의 뇌가 인식하는 대상의 정보
에 따라 시공간 또는 물자체는 그 존재 여부가 결정된다. 세부적으
로 보자면 인간이 시공간을 감지하는 데 쓰이는 전자기 파동이 시
공간을 결정하는 체제이고 파동을 이루는 빛의 운동과 광자의 감각
기능이 존재를 이루는 주요 요소가 된다.

칸트는 인간의 인식 기능인 직감과 지성을 통해 현상에 관한 지
식이 이루어진다고 보았으며 대상이 주관의 감각 기관을 통해 촉발
하는 현상이 그것을 이루게 된다고 보았다. 감각은 개별적이며 오
감에서 발생한다. 칸트는 감성을 통해 얻어지고 오성에 따라 정리
되어 대상을 파악하게 되는 주관의 통일적인 작용을 통각이라고 지
칭했다.[103] 또 영혼, 세계의 무한성, 신의 존재 등 인식의 한계를
벗어나 있는 것은 인간 오성이 파악할 수 없지만 사유 대상이 될
수 있다고 전제했다. 칸트에 따르면 인간 존재는 존재 자체가 아닌
주관의 감각 기관에 의해 유지되고 완성됨을 알 수 있다.

---

103) 손봉호, 《칸트와 형이상학》, 민음사, 1995, 232쪽.

3)이상 시의 시공간 형상화

〈三次角設計圖「線에關한覺書 1~7」〉을 비롯해 조형적 형상을 응용한 이상의 시들이 시적인 형질을 갖고 있다는 근거는 시적인 주제의식과 철학적인 성찰에 있다. 〈三次角設計圖「線에關한覺書 1~7」〉은 주관적인 관점으로 우주와 물자체에 대해 언어적 묘사와 조형 형태를 운용한 시로 그 특질을 이해하려면 아인슈타인과 칸트의 이론적 근거를 적용해야 한다. 이상 시는 인간 소멸에 대해 성찰하고 있으며 자아의 근원에 의문을 갖고 시공간을 주관적인 감각으로 포착하는 것에 초점을 맞추고 있다. 이상 시의 철학적 기반이라고 보이는 상대성 이론이 칸트의 상대론적 시공간 이론과 함께 적용되어야 하는 이유는 두 이론이 시공간을 바라보는 눈이 비슷하기 때문이다. 아인슈타인의 이론에서 논의된 '대상'은 칸트의 '현상'과 의미하는 바가 같다.104) 상대성 이론의 선천적 시공간 표상에 대한 부분이나 현상에 대한 실재성과 물자체의 관념성에 대한 부분 또한 칸트 이론과 동일하게 적용되고 있으며 공통적으로 유사한 개념과 특질을 이야기하고 있어서 함께 논의되어야 할 부분이다.

---

104) 곽윤향, 〈칸트 입장에서 본 상대론적 시공간〉, 《대동철학회지》 제2집, 1998, 85쪽.

(가) 감각 기관의 시공간 인식

〈三次角設計圖「線에關한覺書 1」〉의 조형은 사각 형태의 점과 숫자로 이루어져 있다. 이러한 형태는 그리드 기법[105]으로 제작되었다고 볼 수 있는데 〈三次角設計圖「線에關한覺書 1」〉과 〈建築無限六面角體「診斷 0 : 1」〉을 거꾸로 배치한 〈鳥瞰圖「詩第四號」〉의 조형 형태가 대표적이다. 그리드는 수평과 수직의 교차로 이루어진 조형 구조이다. 수평, 수직의 관계는 직각, 구형, 사각형 또는 입방체의 기본 형태를 구성하고 있으며 그 형태들은 선에 의해 2차원의 평면으로 나타난다. 그리드는 눈에 보이지 않는 망목(網目)에 따라 내재된 자연 질서를 그려내는 것이다.[106] 시각적 사고를 통해 눈에 보이지 않는 개념적 물질을 표출해 내는 원리로서 x축과 y축으로 조립되는 그리드는 바우하우스 조형예술에 널리 사용된 구조적 형태다. 〈三次角設計圖「線에關한覺書 1」〉과 〈建築無限六面角體「診斷 0 : 1」〉, 〈鳥瞰圖「詩第四號」〉에서 볼 수 있는 대립의 패턴으로 형성되는 정사각형 그리드는 '선 표현의 원형'으로 2차원적 공간의 다이어그램이다.[107]

---

105) 그리드(Grid), 격자 형식의 무늬.

106) 김재관, 〈'그리드(Grid)'의 형성과 해체에 관한 연구–서양회화의 사적 맥락과 그 해석을 중심으로–〉, 홍익대 박사, 1996, 217쪽.

107) Wassily Kandinsky, 《점과 선에서 면으로》, 과학기술출판사, 1997, 101쪽.

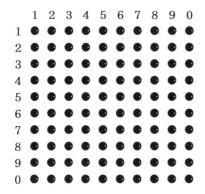

― 〈三次角設計圖「線에關한覺書 1」〉의 부분

칸트는 시간에 대해 '두 점 사이에 하나의 직선만이 있다'고 정의내리고 '시간의 계속'을 무한히 진행하는 것이 선이라고 말한다. 또 '선의 성질로부터 시간의 성질을 추리할 수 있다'고 기술한다. 그러나 한편으로 '선의 부분들은 동시적으로 존재하되 시간의 부분들은 항상 계기적으로 있다는 한 성질만 제외시킨다'고 선의 성질에 대해 기술한다. 이것을 통해 점과 선, 또는 공간 형태에 대한 이해로 시공간의 성질을 추측할 수 있다는 추리에 다다른다. 선의 성질에 비해 공간은 형태, 크기, 위치와 방향 등의 상호 관계를 이룸으로써 외적 현상을 가능하게 한다.108)

___

108) 곽윤향, 앞의 논문, 93쪽.

이 시의 격자형 그리드는 대립 패턴으로 형성된 정사각형이다. 그리드를 이루는 수열인 '1 2 3 4 5 6 7 8 9 0'은 1에서 9까지 커져 가다가 갑자기 0으로 축소된다. 수학에서 9까지 수가 점차적으로 커지다가 갑작스레 0으로 축소되는 것은 확대되던 물질이 '0'이라 는 수에 압축되어 빨려 들어감을 의미한다. 수의 확대를 차원의 확 대로 바꾸어 보자면 0이라는 수가 '무'를 뜻하고 나머지 수의 의미 는 점점 확대되던 시공간이 '영(零)' 또는 '공(空)'으로 압축되었음 을 나타낸다. 이 시의 그리드 형태를 차원의 압축과 축소를 나타낸 것으로 유추할 추 있는 이유는 그리드 형태 아래에 제시한 시구 때 문이다. 이 시의 시구는 원자에 대한 서술로 원자 안에 무한한 차원 이 압축되어 있고 인간이 그러한 무한한 원자의 시공간으로 이루어 져 있음을 제시하고 있다.

어떤患者의容態에關한問題

```
1 2 3 4 5 6 7 8 9 0 ●
1 2 3 4 5 6 7 8 9 ● 0
1 2 3 4 5 6 7 8 ● 9 0
1 2 3 4 5 6 7 ● 8 9 0
1 2 3 4 5 6 ● 7 8 9 0
1 2 3 4 5 ● 6 7 8 9 0
1 2 3 4 ● 5 6 7 8 9 0
1 2 3 ● 4 5 6 7 8 9 0
1 2 ● 3 4 5 6 7 8 9 0
1 ● 2 3 4 5 6 7 8 9 0
● 1 2 3 4 5 6 7 8 9 0
```

診斷 0 : 1

2 6 · 1 0 · 1 9 3 1

以上 責任醫師 李箱

― 〈建築無限六面角體「診斷 0 : 1」〉

〈三次角設計圖「線에關한覺書 1」〉의 형상과 대조적으로 이 시의 그리드 형태는 숫자와 점의 위치가 뒤바뀌어 있다. 숫자는 사각형을 이룬 그리드로, 중앙을 가로지르는 대각선은 점으로 되어 있다.

이 시의 조형 형상은 조선시대 정치가이자 수학자 최석정(崔錫鼎)의 《九數略》에 나오는 '百子子數陰陽錯綜面'과 '百子母數陰陽錯綜面'과 비슷하다. 시공간의 차원은 수로 인식된다. 시공간의 차원이 인간에게 인지되지는 않지만 수로 그 크기와 규모를 짐작하고 상상해 볼 수 있다. 그래서 수는 인간이 가늠할 수 없는 미세함과 광대함을 담아낼 수 있다. 무한한 시공간은 현상이 아닌 물자체이다. 그래서 신이나 영혼 같은 존재와 마찬가지로 우주도 그 자체가 실존하는지의 여부를 알 수 없다. 다만 뇌가 인식할 수 있는 범위에 따라 시공간 또는 물자체의 존재 여부가 결정된다. 인간이 감지하는 요소인 전자기 파동은 시공간을 결정하는 체제이다. 그래서 파동을 이루는 빛의 운동과 광자의 감각 기능은 주요 요소가 된다.

이 시의 조형 형상은 시공간과 빛의 가상적 입체를 형상화한 것이다. '無限六面角體' 또한 사각형이 아닌 정육면체의 단면이다. 그래서 평면이 아닌 입체이면서 무한하게 나아가는 성향을 지닌다. 대각선의 점은 절개선이자 무한의 단계로 펼쳐지는 시발점이다. 대각선의 점을 따라 펼쳐진 양면의 수열은 '1 2 3 4 5 6 7 8 9 0'이다. 대각선의 시발점에서부터 무한으로 나아가는 단계에 이른다. 그것은 실재에서 무한으로 나아가고 있음을 뜻하며 차원의 확대는 시공간의 확대를 의미한다.

무한은 죽음의 단계로 나아감을 뜻한다. 또 '하나의 몸'이라는 입체를 이루던 원자가 해체되어 자연으로 돌아가는 것을 의미한다. 원자는 알갱이 하나에 확대된 차원을 지니고 있으므로 인간의 몸하나가 해체되는 것은 우주와 유사한 시공간과 차원을 포함한 원자들이 새로운 물질로 돌아감을 의미한다. 그러므로 이 시의 '患者의 容態'는 죽음이고 입체가 해체됨과 동시에 무한한 시공간으로 환원됨을 의미한다. 인간의 입체를 이루는 원자는 1차원적 시공간에서 실재를 이루기 위해 운행하고 있으며 0차원에서 1차원적 공간으로 압축되어 있는 상태이고 원자가 죽음 때문에 확대된 차원으로 돌아가는 것은 1차원이 아닌 0차원의 시공간으로 환원되는 것이다. 그래서 존재는 원자가 1차원의 입체로 집약되는 상태이고 존재의 소멸은 진정한 소멸이 아니라 열린 0차원으로 입체가 해체되는 상황이다. 그래서 0：1은 입체가 해체되는 상황과 입체가 존재하는 상황이 상대적으로 대치된 상황, 즉 죽음에 임박한 상황을 가리킨다.

〈三次角設計圖「線에關한覺書 1~7」〉은 전반적으로 빛에 대해 강조한 부분이 많다. 특히〈三次角設計圖「線에關한覺書 1」〉에서 '永劫인永劫을살수있는것은生命은生도아니고命도아니고光線이라는것이다.'의 '永劫'이라는 시간의 초월 속에 사는 대상은 다름 아닌 '빛'이다. 빛은 시각을 통해 형상을 인지하는 수단이며 원자 내부의 운행을 유지하고 우주를 운행하는 원동력이기도 하다. 시간이 흘러 인간 개개인의 입체가 자연 속으로 해체되어도 영원 속에 생존하는 것은 시각이고 시각이 곧 삶이라고 자각하고 있다. 그래서 〈三次角設計圖「線에關한覺書 7」〉에서는 그러한 시각의 영원성을 '視覺의이름은사람과같이永遠히살아야하는數字的인어떤一點'이라고 묘사한다.

數字의 方位學

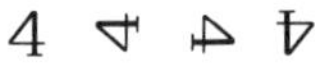

數字의力學

時間性(通俗思考에依한歷史性)

速度와座標와速度

etc

　사람은靜力學의現象하지아니하는것과同一하는것의永遠한假說이다, 사람은사람의客觀을버리라.

　主觀의體系의收斂과收斂에依한凹렌즈.

4　第四世

4　一千九百三十一年九月十二日生.

4　陽子核으로서陽子와陽子와의聯想과選擇.

　原子構造로서의一切의運算의研究.

　方位와構造式과質量으로서의數字의性態性質에依한解答과解答의分類.

　數字를代數的인것으로하는것에서數字를數字的인것으로하는것에서數字를數字인것으로하는것에서數字를數字인것으로하는것에(1 2 3 4 5 6 7 8 9 0의疾患의究明과詩的인情緒의棄却處)

　(數字의一切의性態數字의一切의性質　이런것들에依한數字의語尾의活用에依한數字의消滅)

數式은光線과光線보다도빠르게달아나는사람과에依하여運算될것.

사람은별ー天體ー별때문에犧牲을아끼는것은無意味하다,　별과별과의引力圈과引力圈과의相殺에依한加速度函數의變化의調査를于先作成할것.

ー〈三次角設計圖「線에關한覺書 6」〉

이 시는 〈三次角設計圖「線에關한覺書 1」〉과 연결되어 있으며 〈三次角設計圖「線에關한覺書 1」〉의 조형 형상에 대한 설명임을 알 수 있다. 이 시의 숫자는 시공간이나 물질의 정도를 측정하는 도구이다. '4'라는 숫자는 위치를 나타내는 네 방위를 의미한다. 방위의 위치 변경은 자전 또는 공전에 따라 이루어진다. 그러므로 '4'라는 숫자가 회전을 하는 것은 지구가 자전하는 것을 의미하며 그러한 힘에 의해 시간이 변이 지속되고 있음을 나타낸다. 그러나 지구의 자전과 공전으로 인해 만들어진 시간의 흐름과 역사는 '通俗思考에依한歷史性'이다.

이 시에 표기된 방위는 일반적인 방위에 대한 정립된 사고에서 벗어나 방위의 위치변화 또는 속도의 변이를 추구하고 있다. '速度와座標와速度' 때문에 방위는 변이를 일으킨다. 방위의 변이는 공간의 변이를 뜻하며 그와 함께 시간도 변한다. 변이된 공간의 위치로 인한 시간의 변화는 현재가 아닌 새로운 차원의 공간 변화를 의미한다.

　시공간을 인식하고 있는 '사람'이라는 존재는 '靜力學', 즉 움직이지 않는 평행상태에서 모든 것을 인지한다. 우주의 역학적 상태에 따라 지구는 자전이나 공전을 하고 있지만 '사람'은 그것을 인지하지 못하고 평행상태에서 현상을 감지한다. 그래서 '現象하지아니하는것'과 그것을 '同一하는것'은 칸트의 가설에서 명시한 바와 같이 감각 기관을 통해 형성되는 현상을 진정한 현상이라 믿는 것이 아닌 물자체를 동일하게 인식하는 것을 의미한다. 물자체를 느끼지 못하는 '사람'의 현상과 역사는 '永遠한假說'일뿐이다. 그래서 시적 자아는 '사람은사람의客觀을버리라.'고 강조한다. '사람'이 '客觀'이라고 생각하는 것은 진정한 현상을 직시하는 데 방해만 될 뿐이다. 실제로 진정한 현상 또는 물자체를 보는 것은 주관으로써만 가능하다.

　이 시에서는 칸트가 주관성을 강조한 가설을 펼친 것과 같이 철저한 '主觀의體系'를 갖춘 '收斂과收斂에依한凹렌즈'에 대해 표상한다. '사람'이 주관적 의식을 끌어모아서 새로운 시각의 틀인 '凹렌즈'를 갖추라고 요구하는 것이다. 원거리의 물체를 잘 볼 수 있는 '凹렌즈'는 '사람'처럼 가까운 곳은 잘 보지만 먼 곳은 보지 못하는 근시안을 교정하기 위한 것이다. '사람'은 현상이 보여주는 현실세계를 바라볼 것이 아니라 그 너머의 물자체를 감지해야 한다는 것이다.

　'第四世'와 '一千九百三十一年九月十二日生'은 '原子'와 '陽子'의 동음이의어인 '원자(元子)'와 '양자(養子)'의 일생을 빗대어 표

현한 것이다. 방위가 여러 각도로 놓인 것도 이상 자신의 상태를 빗대어 표현한 것으로 4세의 어린 나이에 양자로 가게 된 자신의 상황과 죽음에 이르는 질환을 연결하고 있다. 이러한 이중적 의미구조는 자신을 죽음에 이르도록 이끄는 우울증의 기원이 유아기인 네 살 때 시작되었다고 암시하는 시구에서 드러난다. 주관적 의식은 또 다시 '사람'의 세포 안 원자로 압축된다. 축소된 시각은 '陽子核'에서 운행하는 '陽子와陽子'의 형태까지 압축된다. 원자 내의 양자핵과 양자는 '聯想과選擇'을 거쳐 '一切의運算의研究'대상이 된다. 이러한 연구는 원자의 방위와 좌표의 각도에 따라 시간의 흐름을 인식하고 인간이 인식하는 주관적 역사가 아닌 원자에 각인된 역사의 흐름을 연구하기 위한 첫 단계이다. 그러한 단계를 거쳐 원자가 겪어온 시공간과 차원의 전개를 감지할 수 있게 되는 것이다.

이 시에 등장하는 원자는 인간이 임의로 인식하는 역사가 아니라 물자체와 실제적 시공간을 인식하기 위한 도구이다. 시적 자아는 물자체를 인식하기 위한 도구로 원자와 양자핵 또는 양자와 양자 내부를 선택한다. 원자 내부의 변이와 분석을 통해 물자체를 인식할 수 있다는 결론을 내린 것이다. 물자체의 인식은 '사람'이 인식하는 시공간이나 현상이 아닌 근원적 시공간을 의미한다.

시적 자아는 '사람'을 구성하는 가장 근원적 물질인 양자의 '方位와構造式과質量'과 '數字의 性態性質'의 분류와 분석으로 '解答'을 얻고자 한다. 그러나 그러한 과정을 정리하는 방법으로 숫자를 활용하는데 대한 의문이 '(1 2 3 4 5 6 7 8 9 0의疾患의究明과詩的인 情緒의棄却處)'라는 시구에서 나타난다. 숫자 '1 2 3 4 5 6 7 8 9

0'은 수가 확대되는 과정에서 '10'으로 나아가지 않고 '0'으로 나아
감으로써 '0'이 그 밖의 숫자를 압축 또는 흡수하는 수열이다. 그것
은 외부에서부터 내부로의 압축을 의미한다. 위에서 서술한 바와
같이 이러한 수열은 시공간의 압축을 의미한다. 그러한 과정을 통
해 질환에 대한 구명이 이루어지고 시적인 정서를 고갈시킨다. 사
람의 일생은 숫자에 따라 좌우되고 죽음에 이르게 하는 입체의 소
멸 또한 숫자의 해체로 이루어진다. 시간과 공간을 측정하는 '나이',
'역사' 등 모든 기준이 숫자로 되어 있고 입체가 이루어지고 해체되
는 시기까지도 숫자로 정립되기 때문에 실제적인 각성과 거리가 있
다고 여겨지는 시적인 정서로는 이를 인식할 수 없다고 명시하고
있다.

'사람'의 일생은 숫자에 의해 좌우되는데 시공간의 표상뿐 아니
라 신체를 이루는 원자의 변이도 숫자의 형태 변화로 측정된다. 숫
자의 변화는 기준으로 전해지고 태어나면서부터 경험하는 측정이
다. '數字의一切의性態數字의一切의性質이런것들에依한數字의語
尾의活用에依한數字의消滅'이 진행된다. 그것은 '사람'으로 태어
나면 누구든 겪는 고통이다.

이 시에서 현상이 아닌 물자체를 보는 방식은 '光線과光線보다
도빠르게달아나는사람'을 보는 것이다. '사람'으로 태어난 이상 빛
보다 빠르게 달아날 수는 없다. 그러나 현상이 아닌 물자체를 보게
된다면 '사람'은 빛보다 빠르게 달아나는 사람을 볼 수 있다. 이는
현실을 사는 사람이 아닌 시공간 속의 존재이다. 실재하는 존재이
기보다 실존하는 존재이다. 이 시의 소재는 원자에서 우주로 옮겨

간다. 그것은 미세한 원자의 세계이건 광대한 우주이건 운행방식이
나 시공간의 변화가 같은 방식으로 진행되기 때문이다. '光線'이 되
어 '天體'의 운행을 본다는 것은 우주의 별을 관찰하는 것이 아니라
원자 내부의 양자를 보는 것이다.

시공간을 거치면서 과거와 미래를 포함한 물자체를 본다는 것은
생존하는 존재가 아닌 실존하는 존재가 되었음을 의미한다. 그것은
삶이나 죽음의 방식으로 존재하는 '사람'이 아니라 초월적인 존재
가 되었다는 뜻이기도 하다. 그러한 방식은 〈三次角設計圖「線에
關한覺書 1」〉에서 '고요하게나를電子의陽子로하라'는 시구에서
나타난다. 그래서 '별때문에犧牲을아끼는것은無意味'하다는 것이
〈三次角設計圖「線에關한覺書 1」〉의 '太古의事實'을 보기 위한
붕괴의 과정임을 알 수 있다. 결국 '별의犧牲'은 '사람'의 죽음, 또는
'사람'의 신체인 입체의 붕괴를 의미하고 그 죽음을 통해 '별과별과
의引力圈과引力圈과의相殺에依한加速度函數의變化'를 연구할 수
있다고 밝힌다.

칸트와 아인슈타인이 전개한 시공간 이론의 대전제는 '현상은 오
직 감각을 통해서 인간에게 일어난다는 것'이다. 감각과 신경계에
의한 지각 기능은 빛의 주고받음, 즉 광자의 교환을 통해 일어나므
로 대상에 대한 정보를 얻을 수 있는 방식은 빛을 써서 오감으로
보는 것이라 전제하는 것이다.[109] 〈三次角設計圖「線에關한覺書
1」〉의 '臭覺의味覺과味覺의臭覺'은 그러한 감각과 신경계를 의미

---

109) 소광섭, 앞의 논문, 23쪽.

하며 〈三次角設計圖「線에關한覺書 1~7」〉을 통틀어 나타나는 '原子'와 '光線'의 의미는 '사람'의 과거와 미래를 보려면 원자 내부의 양전자의 시각을 획득해야 한다는 것임을 밝히고 있다.

(나) 광선에 의한 시공간 이동

시간과 공간은 빛으로 생겨나며 인간의 감각 또한 감각 기관이 주고받는 빛의 현상에 따라 발생한다. 그러한 의미에서 빛에 대한 형상화는 〈三次角設計圖「線에關한覺書 1~7」〉 연작에서 중요한 부분을 차지한다.

실제로 양전자는 (+)전하를 가진 반물질의 하나로 과거에서 미래로 진행하는 양(+)에너지를 가진 원자 내의 구성요소이다. 반대로 전자는 음(−)에너지를 가졌으므로 미래에서 과거로 진행한다. 파인만의 양자 시간에 대한 다이어그램을 보면 '시간 0' 부분에서는 전자와 양전자가 나타나고 '시간 1'에서는 전자와 양자가 가까워지며 '시간 2'에서는 부딪혀 소멸되고 다시 광자로 바뀌며 '시간 3'에서 비로소 공간에는 광자만이 존재한다.[110]

1+3

3+1

3+1   1+3

---

110) 竹內薰, 앞의 책, 128~129쪽. 양전자와 광자 이론을 정리한 이상의 시간에 대한 다이어그램은 〈三次角設計圖「線에關한覺書 2」〉와 〈三次角設計圖「線에關한覺書 3」〉에 나타난다.

1+3   3+1

1+3   1+3

3+1   3+1

3+1

1+3

線上의一點 A

線上의一點 B

線上의一點 C

A+B+C=A

A+B+C=B

A+B+C=C

二線의交點 A

三線의交點 B

數線의交點 C

3+1

1+3

1+3   3+1

3+1   1+3

3+1   3+1

1+3   1+3

1+3

3+1

(太陽光線은, 凸렌즈때문에收斂光線이되어一點에있어서爀爀히빛
나고爀爀히불탔다, 太初의僥倖은무엇보다도大氣의層과層이이루는層
으로하여금凸렌즈되게하지아니하였던것에있다는것을생각하니樂이된
다, 幾何學은凸렌즈와같은불작란은아닐른지, 유우크리트는死亡해버린
오늘유우크리트의焦點은到處에있어서人文의腦髓를마른풀과같이燒却
하는收斂作用을羅列하는것에依하여最大의收斂作用을재촉하는危險을
재촉한다, 사람은絶望하라, 사람은誕生하라, 사람은誕生하라, 사람은絶
望하라)

— 〈三次角設計圖「線에關한覺書 2」〉

'收斂'은 초점을 맞춰 빛을 모으는 작업으로 광선을 모은다는 면
에서 볼 때 시공간의 압축 또는 집점(集點)을 연상할 수 있다. 이
시의 '1+3' 또는 '3+1'은 일정한 파동을 그리는 곡선으로 나타난
다. 물리학 분야에서 오랫동안 다루고 있는 입자설과 파동설은 시
간과 연결된 중요한 과제로 빛의 원리를 이해하는 기초가 된다. 이
시의 '最大의收斂作用'은 새로운 존재로의 '誕生'을 의미하기도 하
고 현실세계가 아닌 새로운 시공간에서의 탄생을 의미하기도 한다.
이 시의 '1+3' 또는 '3+1'은 공간 3차원과 시간 1차원이 더해져 시
공간 4차원이 되는 공식을 의미한다. 빛의 집점과 유클리드 기하학
을 연결시키고 나아가 새로운 탄생을 언급했기 때문이다. 아인슈타

인의 상대론적 시공간론에 따르면 관측자에 따라 여러 가지 시간이 존재하게 된다.[111] 빛과 연결된 탄생은 시공간의 변화와 연결되고 '3+1'은 공간에 가깝게 된 시간을 의미하며 그 반대로 '1+3'은 시간에 가깝게 된 공간을 의미하게 된다. 시공간이 어떤 형태로 이루어지든지 간에 바뀌게 되는 것은 관측자의 시점뿐이다. 그러므로 상대론적 시공간론에서 가장 중요시되는 것은 '視覺'이다.

교점 A, B, C는 선이 교차하면서 만나게 되는 지점이다. '사람'이 존재하는 시공간은 과거에서 현재, 미래로 진행되고 있으며 그것이 교차하는 지점에서 만나게 된다. '사람'이 시공간을 느끼고 인식하는 것은 사람의 내부에서 작용하는 광선에 의한 것이며 외부에서 시공간 형성을 위해 작용하고 있는 것 역시 '太陽光線'이다. 시간의 흐름에 따라 각기 다르게 작용하는 '太陽光線'은 '凸렌즈'의 집약적인 성질 때문에 점으로 모이고 집점의 연소 작용에 의해 집점된 지점이 불타오르게 된다. 연소는 시공간의 흔적이자 '사람'이 자신의 과거, 현재, 미래와 만나는 지점이다.

'太初의僥倖'이란 '사람'이 시작되는 지점이다. '사람'이라는 존재는 '大氣'에 살고 있지 않았고 문화가 개발되지 않은 시공간인 '大氣의層과層'이 불타오르지 않은 것만 해도 '樂'이라 생각하는 것이다. 존재는 '太初'에 인류가 시작되기 이전부터 정해진 상태이다. 즉 과거의 '사람'과 현재의 '사람', 미래의 '사람'의 존재가 태초부터 예정되어 있었으므로 집점으로 인해 일어나는 연소 작용은 존재의

---

111) 竹內薰, 앞의 책, 93쪽.

시작부터 태워버릴 수 있는 것이다. 그래서 탄생 자체가 연소되고 탄생의 연소는 '사람'이 존재하는 시공간을 연소시킨다. '사람'은 개인이지만 문명과 태초가 인식된다.

이 시에서는 물리학의 근본이 되는 '幾何學'의 이론 전개를 '凸렌즈'와 같은 '불장란'에 빗댄다. 칸트는 상대적 시공간 이론을 펼치면서 유클리드 기하학적인 사고로 논의했고 아인슈타인의 상대성 이론은 이와 반대로 비유클리드 기하학적인 이론을 전개했다. 그래서 칸트의 '3차원에 한정된 상대론의 사고'와 달리 아인슈타인 상대성 이론의 시공간은 초월적이다. 그러나 비유클리드적 사고에 따라 이론을 적용하면 시공간 자체가 존재하지 않게 되기 때문에 상대적 시공간 이론에 따른 시공간의 논리는 칸트의 유클리드 기하학적 적용이 오히려 실재석이라는 논의가 있다.[112]

이 시에서는 기하학의 기본이 되는 '유우크리트의焦點'이 '到處'에 있다고 하는데 기원전 3세기에 태어난 유클리드가 사망한 지 오래되었으나 그의 기하학 이론은 도처에 쓰이고 있어서 '人文의腦髓' 즉 인문학적으로 삶을 이해하는 인간의 생과 사에 대한 사고를 '마른풀과같이燒却'해서 '絶望'하고 '誕生'하게 만드는 것이다. 왜냐하면 인문학적인 생사관은 영혼의 존재를 인정하고 영혼의 세계를 믿으며 신적인 존재와 선과 악 등의 판단 기준으로 영생의 존재 여부를 결정지우는 등 형이상학적 사후 세계를 실재화하기 때문이다. 이 시는 유클리드 기하학으로 인해 결정되는 존재의 흔적이 선

---

112) 곽윤향, 앞의 논문, 96쪽.

상의 연소임을 밝히고 있다. 아인슈타인의 특수 상대성 이론이 전개되어 비유클리드 이론이 성행하던 시대에 시적 자아는 유클리드 기하학의 집점이 연소를 일으키는 기능을 갖고 있음을 명시하고 있다. 유클리드 기하학의 집점은 존재 자체를 연소하는 탄생을 의미한다.

칸트에 따르면 시공간이란 현상을 인식하는 데 필요한 인식 주관의 선천적 형식이다. 상대론적 시공간은 물질 분포와 관측자의 운동, 위치, 시간에 따라 다르게 규정되며 경험적 측면이 강조된 것이다.[113] 이 시에서 시적 자아는 주관적인 경험에 따른 상대적 시공간의 이동을 추구하고 그것을 위해 주관적인 상상력을 동원했다. 이는 논리적으로는 실험이 불가능하다. 그러나 한편으로 인간이 현상을 인정할 때 초월 세계인 물자체의 영역이 있다는 것에 대해 반론을 제시할 만한 증거도 없다. 이 시에서 강조된 부분은 생이 소멸됨에 따라 존재 자체와 존재했던 시공간이 소멸된다는 사실 때문에 절망하는 '사람'이 품을 수 있는 희망적인 추론이다.

空氣構造의速度—音波에依한—速度처럼三百三十메—터를模倣한다
(光線에比할때참너무도劣等하구나)

光線을즐기거라, 光線을슬퍼하거라, 光線을웃거라, 光線을울거라.

光線이사람이라면사람은거울이다.

---

113) 위의 논문, 99쪽.

光線을가지라.

─────

視覺의이름을가지는것은計量의嚆矢이다. 視覺의이름을發表하라.

□ 나의이름.

△ 나의안해의이름 (이미오래된過去에있어서나의 AMOUREUSE는 이와같이도聰明하니라)

視覺의이름의通路는設置하라, 그리고그것에다最大의速度를附與하라.

─────

하늘은視覺의이름에對하여서만存在를明白히한다. (代表인나는代表인一例를들것)

蒼空, 秋天, 蒼天, 靑天, 長天, 一天, 蒼穹 (大端히갑갑한地方色이나 아닐른지) 하늘은視覺의이름을發表했다.

視覺의이름은사람과같이永遠히살아야하는數字的인어떤一點이다. 視覺의이름은運動하지아니하면서運動의코오스를가질뿐이다.

———

視覺의이름은光線을가지는光線을아니가진다. 사람은視覺의이름으로하여光線보다도빠르게달아날必要는없다.

視覺의이름들을健忘하라.

視覺의이름을節約하라.

사람은光線보다도빠르게달아나는速度를調節하고때때로過去를未來에있어서淘汰하라

― 〈三次角設計圖「線에關한覺書 7」〉

시공간을 관측하는 관측자에게는 '視覺'이 가장 중요하다. 엄밀히 말하자면 '視覺' 말고 신체 어떤 기관도 중요하지 않다. '관측'이 시각으로 이루어지고 시각으로 완성되기 때문이다. 뇌수의 회전을 통한 시공간의 변화와 운행은 신체를 지닌 '나'의 감각을 잃게 만든다. 그래서 시각으로 존재하는 '나'만 남게 된다. 신체는 남아 있지 않고 시각만이 존재하는 '빛'으로의 생을 의미한다.

〈建築無限六面角體「診斷 0 ：1」〉과 〈鳥瞰圖「詩第四號」〉의 조형 형태는 이 시의 '視覺의이름의通路는設置하라, 그리고 最大의 速度를附與'하는 행위를 나타낸 것이다. 거울 속에 비춰진 좌표

는 시각 자체이며 존재의 광자 시계이다. 시공간의 변화를 예측할 수 없고 오직 관측하는 존재의 시각은 있으나 신체는 소멸된 상태인 것이다. 이는 신체를 지닌 사람으로서의 삶이 아닌 시각으로서의 생을 살아간다는 뜻이다.

이 시의 '蒼空, 秋天, 蒼天, 靑天, 長天, 一天, 蒼穹'과 마찬가지로 사람도 '나의이름'을 갖고 있다. '사람'의 '代表인나는 代表인一例'를 든다. 시적 자아가 자신을 '代表'라 부르는 것은 시각에 대해 자각하고 그에 대해 명명할 수 있는 '사람'으로서 예를 드는 것이다. '나'는 사람이고 이 세계와 우주를 관측할 수 있는 유일한 사람이다. 실제로 '나'가 존재하지 않으면 세계와 우주도 존재하지 않는다. 그러나 '하늘'이 발표한 '視覺의이름'인 '蒼空, 秋天, 蒼天, 靑天, 長天, 一天, 蒼穹'은 '大端히갑갑한地方色'이다. 우주는 헤아릴 수 없을 정도로 광활한 공간인데 하늘을 묘사한 이름들은 편협하고 부분적인 시각에서 붙여진 것이기 때문이다.

'하늘이發表한이름'을 시각의 이름이라고 한 것은 다각도로 관찰되는 하늘과 마찬가지로 사람의 존재도 시각에 따라 다른 여러 면을 갖고 있는데 그것은 '사람'의 생 자체가 시각의 일부분이기 때문이다. '사람'이 생을 영위하는 것이 아니라 시각의 한 면을 느끼고 있을 뿐이라는 것을 의미하기도 한다. 그러므로 광자가 되기 위한 '通路를設置'하는 공간도 시각의 이름인 하늘과 통한다. '사람'이 생을 살아가는 공간은 생의 겹인 여러 하늘이 갖는 시각의 이름 가운데 한 공간이다.

그러나 '視覺의이름은사람과같이永遠히살아야하는數字的인어떤

一點'일 뿐이다. 시각의 이름이자 하늘인 공간은 무한한 우주 속에서 한 점에 불과하다. 그것은 '사람'의 생 자체가 시각의 이름, 즉 하늘이라고 불리는 시공간에 속해서 살다가 소멸되는 것 같지만 실은 하늘이라는 시공간은 사람의 생 속에 보이는 시각의 일부이며 광활한 우주 속에서는 일점에 불과하다는 것이다. 그래서 '視覺의 이름은運動하지아니하면서運動의코오스를가질' 뿐이다. 즉 우주 속을 운행하는 것은 '사람'이며 시각의 이름인 하늘은 '사람'이 광자화되는 과정에서 운행하는 '코오스'를 지닐 뿐이다. 우주는 무한하며 '사람'의 '視覺'은 존재하는 것이므로 영원히 빛으로 존재하지만 사람의 생인 시공은 '運動'하는 존재인 '사람'이 거쳐 가는 경로일 뿐이라는 것이다. 그래서 '사람은視覺의이름으로하여光線보다도빠르게달아날必要는없다.' '사람'이 한 생을 살았던 시공간은 우주에 펼쳐진 무한한 시공간에 비하면 보잘것없는 한 점에 불과하므로 다시 그 생을 살기 위해 시공간을 초월할 필요는 없다는 것이다.

사람은光線보다도빠르게달아나면사람은光線을보는가, 사람은光線을본다, 年齡의眞空에있어서두번結婚한다, 세번結婚하는가, 사람은光線보다도빠르게달아나라.

未來로달아나서過去를본다, 過去로달아나서未來를보는가, 未來로달아나는것은過去로달아나는것과同一한것도아니고未來로달아나는것이過去로달아나는것이다. 擴大하는宇宙를憂慮하는者여, 過去에살으라, 光線보다도빠르게未來로달아나라.

사람은다시한번나를맞이한다,   사람은보다젊은나에게적어도相逢한
다, 사람은세번나를맞이한다, 사람은젊은나에게적어도相逢한다, 사람
은適宜하게기다리라, 그리고파우스트를즐기거라, 메퓌스트는나에게있
는것도아니고나이다.

速度를調節하는날사람은나를모은다,   無數한나는말(譚)하지아니한
다, 無數한過去를傾聽하는現在를過去로하는것은不遠間이다, 자꾸만
反復되는過去, 無數한過去를傾聽하는無數한過去, 現在는오직過去만
을印刷하고過去는現在와一致하는것은그것들의複數의境遇에있어서도
區別될수없는것이다.

聯想은處女로하라, 過去를現在로알라, 사람은옛것을새것으로아는도
다, 健忘이여, 永遠한忘却은忘却을모두求한다.

來到할나는그때문에無意識中에서사람에一致하고사람보다도빠르게나
는달아난다, 새로운未來는새로웁게있다, 사람은빠르게달아난다, 사람
은光線을드디어先行하고未來에있어서過去를待期한다,   于先사람은하
나의나를맞이하라, 사람은全等形에있어서나를죽이라.

사람은 全等形의體操의技術을習得하라, 不然이라면사람은過去의나
의破片을如何히할것인가.

思考의破片을反芻하라, 不然이라면새로운것은不完全이다, 聯想을
죽이라, 하나를아는者는셋을아는것을하나를아는것의다음으로하는것을

그만두어라, 하나를아는것은다음의하나의것을아는것을하는것을있게하라.

　사람은한꺼번에한번을달아나라, 最大限달아나라, 사람은두번分娩되기前에 × × 되기前에祖上의祖上의祖上의星雲의星雲의星雲의太初를未來에있어서보는두려움으로하여사람은빠르게달아나는것을留保한다, 사람은달아난다,　빠르게달아나서永遠에살고過去를愛撫하고過去로부터다시過去에산다, 童心이여, 童心이여, 充足될수없는永遠의童心이여.

　　　　　　　－〈三次角設計圖「線에關한覺書 5」〉

　상대성 이론의 가설은 광속 이상의 속도로 빠르게 움직이면 시간이 더디거나 일시 정지한다는 것이다.[114] 이 시에서 시적 자아는 '光線보다도빠르게달아나면사람은光線을보는가'라고 질문하고 '사람은光線을본다'고 스스로 답한다. 광선보다 빨리 달아나 과거를 볼 수 있다는 이치는 곧 과거에서 현재로 회귀를 반복할 수 있다는 것이고 나이를 먹는다는 것 자체가 무의미해서 '年齡의眞空' 상태가 된다. 즉 결혼했던 시점으로 회귀를 반복하면 '두번結婚'하고 '세번結婚'하기도 하는 현상이 반복되는 것이다. '세번結婚'은 과거, 현재, 미래라는 시간 동안 같은 결혼을 세 번에 걸쳐서 하게 됨을 말한다. 그 시점은 과거로 돌아가서 다시 사는 것과 현재를 사는 것, 그리고 젊은 내가 미래로 가는 것을 말한다. A, B, C, 세 번의 시점에 각기 같은 '나'가 서 있다. '나'는 정해진 시간의 역사 속에

---

114) 광속 일정의 원리, 특수상대성 이론의 원리.

살고 있지만 광선보다 빠르게 시공간 이동을 하는 '나'는 과거와 미래를 오갈 수 있다. '擴大하는宇宙'는 시공간의 확대로 인한 우주의 확대를 의미한다. '사람'이 일정하게 일어나는 사건에 순서를 매기고 인식하는 것은 마음속에 시간을 주관적으로 느끼는 힘이 있기 때문이다.115) 공간은 인식 주관의 상상물이다. 그래서 시공간 이동의 현상이 일어나면 '사람'의 계산과 예측으로 설정된 우주공간이 확대된다. 그러나 '사람'의 우려와 달리 시공간을 이동하는 존재인 '나'는 시공간의 구애를 받지 않는다.

그래서 '사람은세번나'를 맞이하고 상봉한다. '파우스트'는 현실을 즐기는 인간을 뜻하고 '메퓌스트'는 그것을 시험하는 악마를 뜻한다. 현실의 쾌락을 쫓는 파우스트와 달리 인간의 한계를 시험하고 회의하는 존재인 메피스토펠레스는 현재를 살지 않고 시공간을 떠돌며 시험을 내리는 존재이다. 파우스트와 마찬가지로 '메퓌스트'도 시공간을 이동하는 존재인 '나'와 동일시되는 것이다. 과거와 현재와 미래를 반복하는 '나'는 '無數한' 존재이지만 반복되는 시공간에 대한 정보를 외부로 노출하지 못한다. '複數의境遇에있어서도區別'될 수 없어서 '사람'은 '옛것을새것으로' 알고 과거와 현재와 미래의 시공간에 대한 '忘却'을 되풀이한다.

이 시에서는 '사람'과 '나'가 병행해서 등장한다. '사람'은 객관적

---

115) A. Einstein, 《물리 이야기》, 지동섭 옮김, 한울, 1994, 259쪽. 아인슈타인은 시공간의 주관적인 면에서 칸트와 같은 입장을 취하고 있다. 이론적으로는 칸트의 시공간 개념과 상이한 부분이 있으나 시공간을 상대적인 관점에서 받아들여야 한다는 점에서 의견을 같이한다.

인 인간을 뜻하고 '나'는 주관적인 인간을 뜻한다. 그래서 '나'는 무의식중에 '사람'과 일치하기도 한다. 그것은 시공간을 이동하는 존재인 '나'가 '사람'이었고 '사람'의 과거와 현재와 미래를 겪고 있기 때문이다. 그렇지만 '나'는 또 다시 광선과 같이 빠르게 달아나고 '未來에있어서過去'를 기대하기도 한다. 시적 자아는 '사람'이 하나의 '나'를 완성하기를 권유한다. 그 하나의 '나'는 과거와 현재, 미래를 사는 객관적인 인간이 아닌 주관적인 '나'이다. 그래서 과거, 현재, 미래를 살아가고 있는 '全等形'의 객관적인 '사람'인 또 다른 '나'를 죽이라 요구하고 있다. 그것은 자아와 연관되어 있으며 '體操의技術'이란 달아나는 행위를 의미한다. 이 시의 '달아남'이란 도망치는 게 아니라 신체와 사고의 변형을 요하는 것이므로 변형의 기술을 익히라는 뜻이다. 과거의 파편들은 기억 속에 남아 있고 '나'는 시간을 통틀어 초월하는 자아이다. '思考의破片'들은 제거해야 할 것들이며 과거, 현재, 미래의 생에 대해 '聯想'하는 일조차 있을 수 없는 일이다. 오로지 광선이 지니는 시각만이 있을 뿐이다. 그래서 결국 '하나를아는것은다음의하나의것을아는것을하는것을있게' 하는 것이다. 즉 시공간을 초월하는 생에서 '사람'의 생이란 의미가 없으므로 '사람'으로서 쾌락이나 좋은 기억들조차 모두 망각하고 하나의 '나'로 개조해야 한다는 것이다.

　'사람은한꺼번에한번을' 달아나고 한번에 '最大限' 달아나야 하며 '사람은두번分娩되기前'에 달아나야 한다. 그래서 뒤섞인 '太初를未來'를 보게 되지만 '사람'은 시공간을 이동하는 일을 두려워해 유보하게 된다. 왜냐하면 그러려면 현생을 희생해야 하며 영원한 생에 대한 증거가 없는 한 사람은 그렇게 실험적인 일에 자신을 내던지지 않는다는 것이다. 생을 초월하고자 하는 마음은 실험적이고 비현실적이다. '童心'은 과거와 미래, 현재를 반복하며 끝없이 만나게 되는 어린 자신이다. '永遠'을 살고자 하는 '나'는 시공간을 떠도는 '사람'이 되어 끝없이 어린 '童心'과 직면한다.

〈三次角設計圖「線에關한覺書 1~7」〉의 되는 우주와 빛에 대한 물음은 인간을 '無'라 하는 메피스토펠레스의 주장과 그에 맞서 '인간은 無限한 존재'라고 하는 파우스트의 대화를 떠올리게 한다.116) 이 시의 '그리고파우스트를즐기거라메퓌스트는나에게있는것도아니고나이다'는 메피스토펠레스가 악령이기보다는 '나'의 부분적인 사고라는 것이다. 이는 파멸로 치닫는 악의 특성을 뜻한다. 그러나 메피스토펠레스는 자신을 전체라고 생각하는 인간의 어리석음을 비웃고 영속을 뜻하는 빛의 명멸에 대해 말한다. 메피스토펠레스가 파우스트를 유혹하고 괴롭히는 근거는 '無'이다. 즉 존재의 소멸이 파우스트를 갈등하게 하는 것이다.

이 시의 '來到할나는그때문에無意識中에사람에一致하고사람보다빠르게나는달아난다, 새로운未來는새로웁게있다, 사람은빠르게

---

116) 메피스토펠레스가 어둠인 자신이 전체가 아닌 부분이라고 말하는 것에 대해 파우스트는 전체로 서 있는 메피스토펠레스의 실체에 대해 의문을 제시한다. 메피스토펠레스는 인간이 스스로 전체라고 여기며 소우주라 생각하는 것을 비웃으며 자신을 빛을 낳은 어둠의 일부라고 칭한다. 빛이 어둠을 없애려 하지만 빛은 물체에 묶여 떨어지지 않고 있으며 물체에서 흘러나와 물체를 아름답게 하지만 물체가 빛의 진로를 막고 있어서 결국 물체와 더불어 멸망한다는 지론을 편다. J. W. Goethe, 정경석 옮김, 《파우스트》, 문예출판사, 2003, 90쪽.

달아난다, 사람은光線을드디어先行하고未來에있어서過去를待期
한다, 于先사람은하나의나를맞이하라, 사람은全等形에있어서나를
죽이라,'에서 등장하는 '사람'은 과거와 현재와 미래를 사는 각각의
'나'와 분리된다. 파우스트가 여러 생을 살았던 것처럼 과거, 현재,
미래를 사는 '나'의 존재는 각기 다른 객체로 존재한다.

이 시의 존재는 차원을 넘나드는 '사람'을 의미한다. '사람'은 〈建
築無限六面角體「診斷 0 : 1」〉과 〈烏瞰圖「詩第四號」〉에 등장하
는 조형 형태의 이미지가 뇌수에 박혀 있는 존재이다. 존재의 의식
속에 차원이 내재되어 있으며 그 차원을 거슬러야 빛의 생을 살 수
있는 것이다. '光線'의 생을 살기 위해 '사람'은 과거, 현재, 미래를
사는 '全等形'의 '나'를 죽이라고 명령한다.

〈三次角設計圖「線에關한覺書 6」〉의 '數字를數字인것으로하는
것에(1 2 3 4 5 6 7 8 9 0의疾患의究明과詩的인情緒의棄却處)'는
〈建築無限六面角體「診斷 0 : 1」〉과 〈烏瞰圖「詩第四號」〉의 0에
서 1까지의 숫자이며 그것의 질환은 현실에서 시공 연속체와 무한
을 인식하는 것이다. 그것은 타인과 다른 시공에 대한 인식이며 타
인이 이해할 수 없는 몰입이어서 정신질환으로 오인받을 수 있는
상태이다. 그래서 '疾患의究明'은 타인이 이해하지 못하는 무한 세
계에 대한 해설이며 구명이다. 또 '詩的인情緒의棄却處'는 시공을
초월하는 창조적 상상력을 몰살시키는 타인의 몰이해와 풍토를 비
판하는 구절이다.

이상의 시에서 반복되는 주제의식은 '생'이다. 시적 자아는 생에
대해 번민하고 갈등한다. 인간 존재는 미약하기 짝이 없으며 죽음

이라는 운명 앞에 무기력하다. 그것은 인류의 공통된 절망이다. 당시 세계는 전쟁을 겪고 나서 인간이 무가치하다는 생각과 삶에 대한 회의가 깊어져 허무주의 사상이 팽배해있었다. 그러나 한편으로 아방가르드 예술가와 지식인들은 시공 초월과 우주에 대해 이야기한 상대성 이론 같은 물리 이론에 관심을 쏟았고 이를 승화해 창작에 응용하려 하였다. 이와 마찬가지로 이상 시에 응용된 과학 이론은 인간의 생과 존재의 존귀함을 일깨우는 소재이다.

이상의 시에 응용된 점의 형태는 우주와 축소된 우주인 원자를 의미한다. 만물의 내부에는 무수히 많은 세포가 있다. 세포의 원자 속에는 원자의 원자가 있고 우주의 그것과 같은 운행 형태를 가지고 있다. 원자의 형태를 이루기 위한 운행은 만물의 내부에 내재되어 있고 축소판 우주의 형태이다. 결국 '사람' 속에서 우주를 찾을 수 있다는 것이다. 그것은 '사람'에게 인식되는 차원이나 시공간과 같은 이치다. 결국 영원불멸의 세계로 나아갈 수 있는 길은 '사람'의 내부에 들어 있는 것이다.

위에서 살펴본 바와 같이 이상 시의 조형 이미지는 과학 이론을 바탕으로 형성되어 있다. 이상 시에 쓰인 조형 이미지 창작은 과학과 기하학을 응용해 형태를 구조화한 조형 예술 작품의 제작 이론과 비슷하다. 그러나 조형 예술 작품이 단독적인 구조로 형태를 표현하는 것과 달리 이상 시의 조형 이미지는 시구의 의미와 연관되어 있으며 시구와 조형 이미지가 서로 보완하는 결합 형태이다. 이는 시구가 표현해 내지 못하는 형태적인 부분과 조형 이미지가 표현해내지 못하는 철학적인 부분이 서로 보충하는 관계로 연결되어 있음을 뜻한다.

〈三次角設計圖「線에關한覺書 1~7」〉을 비롯해 조형 언어를 구사한 시들의 헤테로토피아는 '선'과 '선'을 이루는 요소, '선'이 발전해 형성된 요소로 제한된 공간 속에 만들어져 있다. '선'을 이루는 요소는 '점'의 운동성이다. 또 '선'이 발전해 형성된 요소는 '면'이며 '입체'이다. 조형의 원리는 기하학적 요소로 이루어져 있으며 형태를 이루는 역학 관계는 사물의 근본을 설명하는 논리의 기반이 된다. 〈三次角設計圖「線에關한覺書 1~7」〉을 비롯해 조형 언어를 구사한 시들은 논리적 기반을 철학적 관점에서 결합시킨 시이다.

이상 시에서는 둘 이상의 매체가 결합됨으로써 매체의 경계가 허물어지는 현상이 보인다. 〈三次角設計圖「線에關한覺書 1~7」〉을 비롯한 시들에 적용된 조형 이미지는 형태를 보존하고 있는 상태에서 매체의 특성을 고수하고 있어서 조형 작품이라고 하기도 그렇고 시라고 하기도 모호한 면이 있다. 이는 매체가 결합된 상태에서 서로의 경계를 와해시킴으로써 표현의 새로운 공간인 헤테로토피아를 형성하기 때문이다.

두 매체의 결합으로 언어로 표현하지 못하는 조형적 묘사와 조형으로 표현하지 못하는 언어 표현이 상호 보완하는 효과를 거두고 있다. 〈三次角設計圖「線에關한覺書 1~7」〉을 비롯한 몇몇 시들에 조형 언어가 서술된 목적은 우주 공간과 차원에 대한 공간적 이해이므로 조형 이미지의 결합은 중요하다.

〈三次角設計圖「線에關한覺書 1~7」〉의 '線'은 운행함을 의미하며 그 운행은 '光線'으로 나아감을 의미한다. 즉 인간이 신체를

버리고 영원의 세계로 나아가는 짧은 찰나는 광자화되는 순간이다. 〈三次角設計圖「線에關한覺書 1~7」〉에서 신체가 소멸되는 것은 존재 자체가 소멸됨을 뜻하는 것이 아니라 신체가 소멸됨으로써 새롭게 탄생하는 시각의 존재가 새로운 세계로 나아가게 됨을 의미한다. 우주 만물과 시공은 존재의 생멸에 따라 존재 여부가 결정된다. 그러나 생존해 있는 인간은 사후에 재생될 것인지 알 수 없으며 흔적 없이 소멸할지도 모른다는 공포에 시달린다. 그것은 인간을 절망과 존재에 대한 회의에 빠뜨린다.

이상 시는 우주의 형태를 그려냈지만 본질적으로 인간 존재에 관한 내용을 다루고 있다. 점과 선, 입체와 숫자가 상징하는 것은 만물의 조형 이치와 연관되어 있으며 우주와 시공에 대한 사고는 형태화되어 구체성을 확보하고 있다. 〈三次角設計圖「線에關한覺書 1~7」〉의 조형 이미지는 과학 이론에서 원리를 얻어왔지만 형태에 대한 철학적 사유는 이상의 생에 대한 주제의식에서 비롯된 것이다. 또 그것은 〈三次角設計圖「線에關한覺書 1~7」〉에 한정된 것이 아니라 이상 시 전편을 지배하고 실존에 대한 회의와 갈등의 근원을 이루고 있다.

제3장. 추상회화와 바우하우스 미술

1. 이상 시와 바우하우스 미술

바우하우스는 건축부터 조형예술, 회화, 연극, 영화에 이르기까지 미술과 관련된 모든 분야를 교육하기 위한 국립교육기관이었다. 바우하우스의 교육 목표에 따라 미술 분야 뿐 아니라 과학, 기술과의 매체 결합이 불가피했던 만큼, 교육과정에서 과학은 매우 중요하게 다루어졌다. 과학적인 분석방법은 회화에도 적극적으로 적용되었다. 그 결과 작품 구성이 물질, 빛, 에너지 등 과학적인 요소에서 유추되는 경향을 드러냈다. 미술은 단순히 대상의 재현이 아니라 새로운 사실의 의미를 상징하는 물질, 형태, 에너지의 관계로 파악되었다.[117]

바우하우스 미술이 과학적 사고에 따른 예술 창조를 강조했음은 말할 것도 없고 시대의 흐름에 맞춰 종합 예술 창조에 집중했다. 바우하우스 미술의 선진성은 이상 시의 개성적 특질과 부합하는 부분이 많다. 바우하우스 교수 중에서도 추상화가인 칸딘스키나 클레, 모홀리 나기는 형태를 형성해 나가는 행위가 단순히 시각에 따르면 안 되고 물리학적 사고에 따라 이루어져야 함을 명시하고 있다. 그러한 부분은 이상 시에 응용된 조형언어를 구성하는 원리가 물리학

---

117) 송남실, 〈바우하우스와 모더니즘 회화정신-바우하우스와 현대 추상미술운동 -〉, 《현대미술연구소논문집》, 2001, 157쪽.

적 사고를 바탕으로 하는 것과도 연관된다. 바우하우스 미술의 과학적 원리는 회화와 시각 디자인, 조형물 등에 두루 응용되었다.

칸딘스키는 선, 형태, 색채, 숫자 등 모든 추상적인 요소에 상징을 부여하려 했다. 《점과 선에서 면으로》118)에서는 자연의 시작이며 우주의 시작인 '점'의 의미와 움직이는 궤적이고 비약인 '선'의 의미, 물질적으로 발전한 '면'의 의미를 기술하고 있다.

과학성을 중시했던 클레는 시각적인 조화를 중시했다. 클레가 강조한 예술작품의 목표인 시각적인 조화의 창조는 절대 남성주의와 절대 여성주의 사이의 균형으로 이루어졌다. 클레는 조형 예술에서 중요한 요소는 상대성이라고 밝힌다.119)

또 이상이 가장 많은 영향을 받은 것으로 알려진 모홀리 나기는 타이포그래퍼이자 디자이너로 활동했고 기존의 장식적인 미술에 반대하는 성향을 갖고 있었다. 그는 빛을 조형재료로 눈여겨보았는데 빛의 시각효과를 주제로 회화, 무대미술, 사진, 실험 영화, 키네틱 조각 등 매체를 넘나들며 열정적으로 탐구했다. 그리고 이와 관련해 '시공간(space-time)', '빛(light)', '가상적 입체120)'에 관한 이론을 펼친다. 이상 시의 조형적 형상들이 아인슈타인의 물리 이론과 수학 등을 기반으로 제작된 것과 마찬가지로 모홀리 나기의 작

---

118) Wasily Kandinsky, 《점과 선에서 면으로》, 바우하우스 총서 9, 과학기술편집부 옮김, 과학기술사, 1997.

119) Frank Whiford, 《바우하우스》, 이대일 옮김, 시공사, 2000, 114쪽.

120) 가상적 입체(virtual volume, 假像的 立體)는 물질적인 덩어리가 아니라 빈 공간과 빛으로 이뤄진 유동적 입체를 말한다.

품과 창작이론 역시 아인슈타인의 물리학 이론을 바탕으로 하고 있다.[121]

위에서 명시한 바와 같이 이상이 여러 시편을 창작하는 데 영향을 받은 것으로 짐작되는 바우하우스의 주된 교육이념은 여러 예술의 매체 결합을 중심으로 한 종합예술의[122] 실현이다. 회화, 조각, 건축, 공예 등의 미술 분야뿐 아니라 과학, 기술과의 결합도 시도했다. 색채, 형태, 언어를 조합하는 데 몰두했던 칸딘스키와 클레는 예술 언어를 구현했다는 점에서 같은 선상에 있다. 클레가 추구한 문자와 형상의 합성도 근본적으로 언어적 사유에 근거했고 칸딘스키의 색채음향이나 색채어 상징 또한 언어로서의 예술에서 출발한다.[123]

뿐만 아니라 미래파, 초현실주의, 표현주의, 다다이스트들의 동시성의 시, 음향시를 포함한 타이포그래픽 작품들, 또 아폴리네르의 '칼리그람'이나 타이포그래픽 작품들도 매체 결합의 양상을 보이는

121) 모홀리 나기는 달리는 기차를 예로 들어 시공간 개념을 설명하는데 이것은 아인슈타인 상대성 이론의 대표적인 가설이다. 모홀리 나기의 《Vision in motion》의 〈space-time〉에서 상대성 이론에 대해 설명한다. 《Vision in motion》은 바우하우스에서의 작품과 이론을 사후에 편집해서 출판한 책이다. L. Moholy-Nagy, Vision in motion, Paul Theobald and Company, 1969, 266쪽.

122) 종합예술(Gesamtkunstwerk) 또는 총체예술(total art)의 근원은 표현주의 예술에 있다. 때문에 바우하우스 첫 번째 선언문은 주관주의를 강조하고 있으며 작업은 '예술을 위한 예술'이 아니라 종합적 영감이 불어넣어져야 한다는 것이다. 바우하우스는 표현주의 예술의 연장이며, 표현주의자들과 분리되어 있던 여러 분야와 매체를 결합함으로써 종합적인 '토탈(Total)' 작품을 만들어내는 것이 중요하다는 신념을 실천하고자 했다. Frank Whiford, 앞의 책, 114쪽.

123) 고위공, 앞의 논문, 2004, 98~99쪽.

데, 이모티콘처럼 문자 자체를 형상화하거나 문자를 모아서 일정한
의미를 지닌 형상으로 만들었다. 또 절대주의를 표방했던 러시아
화가 말레비치(Kasimir Malevitch)는 검은 원과 검은 사각형을 통해
무(無)와 비대상의 세계를 표현했다.[124] 당대 세계 예술계의 흐름
으로 볼 때 추상적인 회화의 상상력을 운용한 묘사는 자연스러운
시도이다. 당대에 유행했던 예술의 상호교류와 종합예술의 실현은
이상에게 창조적인 영감을 불러일으키는 촉매제가 됐을 것으로 생
각된다.

---

124) 1913년 말레비치의 작품. 말레비치는 1915년 페테르부르크에서 열린 〈마지막
미래주의전, 0.10〉에서 검은 정사각형과 검은 십자가, 검은 원을 그린 작품을 처
음 전시하면서 이를 '절대주의(Suprematisme)'이라고 칭한다. 김정희, 〈말레비치
의 〈검은 정사각형〉에 대한 재고〉, 《현대미술학 논문집》, 1999, 5쪽.

2. 문자의 함축과 형상의 추상성

기존의 표현 양식에서 과감히 탈피한 미술의 경향은 1910년에서 1925년 사이 미래파, 입체파, 표현주의, 행동주의, 다다이즘을 비롯해 구성주의와 초현실주의의 작품에 공통적으로 나타난다. 이들 유파의 예술 혁신 의지는 문학과 미술뿐 아니라 연극 · 조각 · 건축 · 음악 · 영화 · 무용 같은 분야에서 동시에 분출되었으며 각 매체 간의 결합으로 나타났다. 매체 결합은 예술가들의 이중 재능에 따라 다양하게 나타났다. 예술가들이 겸비한 이중 재능 또는 다중 재능은 글쓰기, 회화, 작곡 등 여러 분야에서 매체 결합의 형식으로 표현되었다. 그들의 재능은 작품 세계를 다양하고 풍부하게 했으며 매체를 넘나드는 창조적 상상력의 원천이 되었다.

이상 역시 다중 재능의 소유자였다. 시각 디자인, 동화 삽화, 회화 등 미술 분야의 작업과 소설, 시, 평론 등 문학 창작을 병행했다. 이상의 다중 재능은 시세계의 확장과 소재를 다양화하는 촉매제가 되었다. 발표된 시를 살펴보면 여러 예술의 측면이 시 창작에 적용되었음을 알 수 있다. 특히 이상 시에 나타나는 추상적 형상서술에서는 추상회화의 기법적인 측면이 엿보인다. 이상의 추상성은 당시 유행했던 추상회화의 흐름과 연관된 것으로 보인다. 이상이 다녔던 경성고등공업학교는 바우하우스와 분리파 등의 영향을 받은 동경제대 출신 교수진으로 구성되어 있었고[125] 유행하는 추상회화의 경향을 빠르게 전파했으리라고 추측된다. 또 추상회화의 원류이며 기하학적 공간 개념을 회화에 도입한 세잔에 대한 이상의 평[126]에서도 회화에 대한 이상의 식견을 짐작할 수 있다.

우리나라에 서양화(西洋畵)가 유입된 시기는 1910년대이며 추상회화를 비롯한 서양 미술에 대한 인식이 본격화된 것은 1930년대에 동경미술학교 출신들이 모인 목일회(牧日會)가 결성되고부터이다. 이상과 친분이 남달랐던 구본웅 등으로 구성된 목일회는 후기 인상주의 이후의 입체주의적인 경향과 야수주의, 표현주의, 상징주의 등이 혼합된 양상을 보였다. 특히 1920년대 말 이후의 표현주의 경향은 미래주의, 입체주의까지 포함하는 개념으로 주관을 강조하는 경향을 보였다.

추상의 의미는 '사물의 전체 표상을 구성하는 모든 특징이나 속성 또는 그 관계 가운데 어떤 요소를 선별하여 그것을 독립적인 본질의 대상으로 생각하고 사고의 대상으로 삼는 분석적인 정신의 작용'이다.[127] 다시 말해 추상은 대상을 사실적으로 재현하지 않고

---

125) 윤인석, 〈韓國における 近代建築の 受容及び 發展過程に 關る 研究〉, 동경대 박사, 1990, 98~109쪽.

126) 이상은 세잔의 주관주의에 대해 "藝術은客觀을 描寫하는것에서主觀을表現하는것으로進步하야앗다. 卽藝術이現實主義的客觀主義에서主觀主義로 急轉直下한것이다. 立體派, 未來派, 表現派, 構成派等 그後에오는모든現代美術의簇生的現像은 다가치藝術이主觀主義化하는種種相에지나지안는것이다"고 평하고 있다. 김해경, 〈現代美術의 搖籃〉, 《매일신보》, 1935. 3. 14~3. 23.

127) 편자(編者), 《브리태니커 20》, 한국브리태니커사, 1993, 628쪽.

순수 형식 요소나 주관적인 감정을 표현하는 예술이다. 사실적인 재현을 거부하고 응축된 형태와 색채를 표현하는 추상적 진술은 현실적 외양을 파기해 대상의 외관을 알아볼 수 없을 정도로 변형시킨다. 또 심리의 흐름에 따른 형태의 재조합은 형태의 경계를 초월해 표현된다. 추상회화는 기본적으로 물체의 선이나 면을 추상적으로 승화하거나 색채의 어울림을 조형적으로 구성하는 것이며 사실적 묘사와 달리 압축적이다. 이와 마찬가지로 문학에서의 추상적 표현도 대상의 특징이나 속성, 관계 가운데 서술자의 의지에 따라 선별되어 묘사의 대상으로 재구성된다.

칸딘스키는 예술 작품의 핵심을 '내적 필연성의 원리(principle of internal necessity)'라고 역설한다.128) 우리나라에 칸딘스키 이론이 처음으로 소개된 시기는 분명치 않으나 임노월이 1922년에 쓴 〈최근의 예술운동 - 표현파(칸딘스키 화론)와 악마파〉129)라는 글에 칸딘스키의 화법이 소개되어 있다. 그에 따르면 예술 작품의 내적 필연성은 작가의 주관에 따라 형성된다.

20세기 초에 유행했던 추상회화의 흐름은 크게 몬드리안, 말레비치로 대표되는 차가운 추상(Cold-Abstract)인 기하학적 추상과 칸딘스키, 클레로 대표되는 뜨거운 추상(Warm-Abstract)인 서정적 추상으로 분류된다.130) 추상회화의 미학적 가치는 회화의 창조성

---

128) Wasily Kandinsky, 권영필 옮김, 《예술에 있어서 정신적인 것에 대하여 - 칸딘스키의 예술론》, 열화당, 1979, 68~69쪽.
129) 임노월, 박정수 편, 《춘희(외)》, 범우사, 2005, 224쪽.
130) 기하학적 추상은 창작자의 감정이나 사상을 배제하고 최소한의 표현으로 화

을 극대화시킨 데 있으며 회화의 공간 개념을 확장시켰다는 데 더
깊은 의미가 있다. 몬드리안, 말레비치 등 기하학적 추상화가들은
4차원의 세계와 우주 공간에 관심을 갖고 그것을 화면에 그려내는
데 집중했다.[131] 추상적 공간은 형태의 파기 뿐 아니라 재현 공간
의 확장을 가능케 해서 동시적 공간을 표현하기도 하며 4차원의 세
계까지 구현할 수 있다.

추상회화의 우주적 공간인 4차원에 대한 인식은 기하학적 공간
구성에서 비롯된다.4차원에 대한 생각은 많은 가설과 이론을 결합
시켰으며 그에 따라 형성된 우주와 시공의 형태는 가설과 이론에
따라 형태화되었다. 추상으로 형성된 비현실적이고 몽상적인 회화
공간은 동시성의 원리가 적용되어 현실과 동떨어진 낯선 풍경을 이
룬다. 실재할 수 없는 풍경이 존재하는 것은 내면의 공간을 형상화
했기에 가능한 일이다. 내면에 존재하는 동시적 공간에서는 현실
공간의 접촉, 타인과의 행위 또는 기억이 편린으로 존재한다.

면을 구성하는 반면, 서정적 추상은 창작자의 감정을 자유로운 선과 형, 색채로
표현하는 서정적이고 유기적인 추상이다. 오광수, 《서양근대회화사》, 일지사,
1980, 136~153쪽.

131) 러시아의 추상화가 카시미르 말레비치(Kasimir Malevich, 1878~1935)는 1916
년 발표한 〈큐비즘과 미래주의에서 절대주의로: 회화에 있어서 새로운 리얼리
즘〉에서 "나는 나 자신을 제로 상태에 있게 하였다. 그리고 무(無)의 상태에서
탈출해 창조의 세계인 절대주의로 혹은 비대상의 창조물로 존재하게 만들었다"
라고 쓴다. 말레비치의 '형태의 제로 상태', '무(無)의 상태', '우주', '사차원의 순
환', '수평선을 넘어 확장하는 새로운 우주 공간 연속체로의 모험' 등은 〈破片의
景致〉, 〈▽의 遊戱〉, 〈三次角設計圖「線에關한覺書 1~7」〉 등 이상의 시에 등
장하는 추상적 공간을 연상시킨다. Anna Moszynska, 전혜숙 옮김, 《20세기 추상
미술의 역사》, 시공사, 1998, 58쪽.

이상 시에 구현되는 헤테로토피아는 여러 매체의 결합이 이루어지고 다양한 시간과 공간이 병렬되는 추상의 공간이다. 현실과는 다른 차원의 세계에서 재현되는 이미지는 비현실적이지만 내면의 흐름을 생생하게 표현해낸다. 추상은 초기 표현주의 예술의 이념적 원동력이고 예술의 통합을 실현한 기본 수단이다. 문학과 미술, 음악이 하나의 차원으로 통합된 데에는 추상의 역할이 컸다. 물론 언어 추상과 회화 추상은 질료의 사용, 전달방식, 수용의 범위에서 차이가 있지만 미학적 목표, 구성 법칙, 해석 행위에서 서로 이어진다.

헤테로토피아는 유토피아의 반대 개념으로 상상 속 유희 공간이지만 현존하며 여러 매체의 다양한 모습을 실현하는 공간이다. 헤테로토피아는 현실과 가상의 대립을 해소하는 재현 공간으로서 열려 있어서 여러 매체의 이미지가 그물망처럼 연결되어 있고 동시에 재현될 수 있다. 매체와 매체 사이에 현실과 상상의 경계가 없으며 다양한 시간과 공간이 병렬된다.

예술에서의 매체 교체와 헤테로토피아의 구현은 근현대 복합예술의 유형에서 찾을 수 있다. 근현대 예술언어의 유형으로는 텍스트콜라주, 개념미술, 문자회화 등을 꼽을 수 있다.132) 그것은 '언어

---

132) 개념미술(conceptual art)은 현대미술의 경향이다. 개념미술의 선구자는 뒤샹 (Marcel Duchamp, 1887~1968)이다. 뒤샹은 〈레디-메이드(Ready-made)〉 같은 작품을 통해 평범한 대상물과 사상에 관심을 기울인다. 개념미술의 또 다른 원류는 다다이즘에서 찾을 수 있다. 작품 내용은 사진이나 문서, 상투적 문구 또는 일상적인 산문뿐 아니라 공식적인 서명을 수단으로 하여 형성되었다. 이러한 변천은 미술을 문학으로 대체하려는 것 같다는 인상까지 풍겼다. Tony Godfrey, 전혜숙 옮김, 《개념미술》, 한길아트, 2003, 17쪽.

의 형상화' 경향으로 미술의 매체 교체 현상이다. 추상적 문자기호
는 형상의 세계에 새로운 대상성을 부여하며 매체 교체의 시학적
기능을 해낸다.[133]

1) 도형화된 인물 표현

인물의 성격을 도형화한 문자기호는 인물의 성격을 추상화하고
대상성을 부여할 수 있다. 이는 이상 시 여러 편에서 접할 수 있다.
〈破片의 景致〉와 〈三次角設計圖「線에關한覺書 7」〉, 〈鳥瞰圖
「神經質的으로 肥滿한 三角形」〉, 〈▽의 遊戲〉 등에서 볼 수 있는
'△, ▽, □' 같은 도형은 각기 타자의 인격을 표현한 것이다.[134]

　　나는하는수없이울었다

　　電燈이담배를피웠다
　　▽은I/W이다

　　　　　　　　×

　　▽이여! 나는괴롭다
　　나는遊戲한다
　　▽의슬립퍼어는菓子와같지아니하다

---

133) 고위공, 앞의 논문, 2003, 80쪽.

134) 칸딘스키는 △은 '정신적인 것'을, ▽은 '물질적인 것'을 의미한다고 한다. 또
　　노랑을 상징하는 삼각형은 '극단적인 성향'을 띠고, 빨강을 상징하는 사각형은
　　이를 '중재하는 역할'을 한다고 서술하고 있다. 송혜영, 〈바실리 칸딘스키의 '삼
　　각형'에 관한 연구〉,《현대미술사연구》35, 2014. 189쪽.

어떠하게나는울어야할것인가

×

쓸쓸한들판을생각하고
쓸쓸한눈나리는날을생각하고
나의皮膚를생각하지아니한다

記憶에對하여나는剛體이다

정말로
「같이노래부르세요」
하면서나의무릎을때렸을터인일에對하여
▽은나의꿈이다

스틱크! 자네는쓸쓸하며有名하다

어찌할것인가

×

마침내▽을埋葬한雪景이었다

― 〈破片의 景致 「△는 나의 AMOUREUSE이다」〉

이 시는 시적 자아가 자신의 내면을 들여다보는 시각으로 서술되어 있으며 생의 경험이 객관적으로 대상화되어 있다. '破片의 景致'는 파편이 되어 떠도는 타자와의 기억들을 의미한다. 시간은 현실적으로 흐르지 않고 타자와의 감정 교류가 사라진 공간에서 대상의 행위는 꿈에서 일어나는 것과 같다. 기억의 공간에서 떠돌다 우연하게 포착되는 꿈의 조각이다. 그것은 시의 상황에 초현실적인 대상으로 변화되어 나타난다.

이 시에서 '破片'은 대상에 대한 불완전한 기억이 가득 찬 내면의 입체에서 튀어나온 하나의 조각을 의미한다. 기억의 파편이 담고 있는 상황에는 사건 발생의 원인과 결과에 대한 상세한 설명이 생략되어 있다. 추상적 공간에 대해 추측해 볼 만한 단서도 없고 배경에 대한 구체적인 묘사도 없다. 오로지 특정한 속성을 표상하는 공간적 요소만이 펼쳐져 있다. 화면을 구성할 때 세세한 요소를 생략하고 심리적 기제를 중시하는 추상기법으로 묘사된 풍경이기 때문이다.

이상 시의 도형은 프랙털 특성을 지니고 있다. 대상의 성격을 압축해 표현하고 있으며 개인의 특성을 재조립하고 대상화한 것이다. 조형적 사유로 형상화된 도형은 개별적 존재로 묘사된다. 형상의 운용은 문자와의 결합을 통해 의미를 강화시킬 수 있다. 그래서 이 시에 등장하는 '▽'과 '△'은 형태만으로도 스스로의 성격을 대변해 낸다.

'▽'과 '△'은 인물의 성격과 특질을 압축해 기하학적 추상으로 표현한 것이다. 상이한 개성을 가진 두 여성은 도형 '▽'과 '△'으로 표현된다. '▽'은 신경질적이고 불안정한 성격을 지닌 여성이며 물질적인 면을 추구하고 그와 달리 '△'은 안정적인 품성을 지닌 여성이며 정신적인 면을 추구한다. '▽'과 접촉했던 기억은 불안정하고 아슬아슬하며 대상과의 관계조차도 삐걱거린다. 그러나 '△'은 '나의 AMOUREUSE'[135]로 정서적인 면에서 안정을 주는 여성이며 시적 자아와 대상과의 관계도 안정적이다.

'나'의 연인은 '△'이지만 다른 대상인 '▽'에 대해 서술하는 것은 '△'과는 전혀 다른 성품을 지닌 '▽'에게 마음을 빼앗겼기 때문이다. '나는하는수없이울었다'는 시적 자아가 불안정한 '▽' 때문에 고통을 받았으며 '▽'에 대한 애정을 눈물로 표현할 수밖에 없었다는 것을 나타낸다. 심약한 '나'는 어디로 기울지 모르는 불안정한 상태의 '▽' 앞에서 심리적으로 위축된다. 오랜 시간 켜놓은 '電燈'은 담배를 피우는 것처럼 연기를 피워 올린다. '▽'은 'I/W', 즉 전등을 켜지도록 만들고 불빛을 유지하는 전류로 표상된다. '▽'는 시적 자아의 내면에 전류처럼 흘러들어 전구의 불빛과 같은 열정이 켜지도록 만드는 힘을 지닌 여인이다.

'나'는 '▽' 때문이거나 그 밖의 외부요인으로 말미암아 겪은 고통을 호소하고, 그것을 해소하려고 '遊戱'한다. 시적 자아의 눈물은 진정한 슬픔이 아니라 자기연민에서 비롯된 것이며 '▽'의 불안정한 성품 때문에 발생하는 고통도 '遊戱'하는 입장이다. 그것으로 '▽'뿐만 아니라 '나'도 위태로운 관계를 즐기며 한 대상에 안착하지 못하는 성품을 지닌 사람임을 알 수 있다.

'슬립퍼어'라는 단어는 이 시에서 뿐 아니라 〈鳥瞰圖「LE URINE」〉에도 나온다. '나는밥이먹고싶지아니하니슬립퍼어를蓄音機우에

---

135) 프랑스어로, 직역하면 '나의 사랑'

엎어놓아주려므나'에서 알 수 있듯 '슬립퍼어'는 축음기에 달린 바늘이다. 레코드 위에 올려놓는 바늘은 판 위를 미끄러지며 음악을 재생한다. '슬립퍼어'는 그러한 점을 염두에 두고 만들어진 시어이다. '▽의 슬립퍼어'는 '▽'이 음악을 들려주는 주체임을 의미한다. 그것은 비단 음악일 뿐만 아니라 '▽'이 내는 음성이거나 '나'를 향한 '▽'의 감정 표현이다.

'菓子'라는 소재는 〈空腹―〉이라는 시에도 쓰였다. '바른손에菓子封紙가없다고해서/왼손에쥐어져있는菓子封紙를찾으려只今막온길을五里나되돌아갔다'는 구절에서 알아낼 수 있듯 '菓子封紙'는 허기를 달래려고 갈구하는 상징물이다. 허기는 신체적 욕구 외에 정신적인 욕구를 뜻하기도 한다. '▽'이 '나'에게 하는 감정 표현은 '나'의 허기를 채워주지 못한다는 것을 알 수 있다.

'쓸쓸한들판'과 '쓸쓸한눈나리는날'은 고독한 내면을 드러내는 상징적인 배경이다. 내면적인 배경에 대한 서술 또한 〈空腹―〉에 공통적으로 나타난다. '只今떨어지고있는것이눈(雪)이라고한다면只今떨어진내눈물은눈(雪)이어야할것이다./나의內面과外面과이件의系統인모든中間들은지독히춥다'에서 알 수 있듯 쓸쓸한 들판은 '內面'과 '外面'의 '中間', 즉 자신을 표출해내는 것과 밖으로 드러나지 않는 심리 사이를 오가는 자아이다. 하늘에서 떨어지는 '눈(雪)'만큼 시적 자아는 많은 눈물을 흘린다. 그 눈물은 차게 얼어붙어 '눈(雪)'으로 변한다. 그것은 '內面'과 '外面' 사이의 '中間들'이 춥기 때문이다. '中間들'은 타인에게 보이는 자아의 모습과 숨겨진 자아 사이의 빈 공간이며 그것들이 일치할 수 없기 때문에 '나'는 고통받는다. 이 시에서 '눈나리는날'은 고독함 때문에 눈물을 흘리는 것을 의미한다.

그러나 '나'를 고독하게 만드는 요인들과 '記憶에對하여나는剛體'이다. '記憶'은 '▽'이 '같이노래부르세요'하며 당돌하게 '무릎을 때렸을' 일에 대한 것이다. 그 사건으로 '나'는 '▽'에게 사로잡혔었고 '▽'은 '나의꿈'이 되고 말았다. '內面'과 '外面' 사이에서 일치되지 않는 자아 때문에 괴로워하는 '나'는 '나'를 갈등하게 만드는 '記憶'에 연연하지 않는다. 그 이유는 두 가지로 가정할 수 있다. 하나는 내가 인간적 갈등에 연연하지 않는 상태에 처한 것이고 또 하나는 기억이 지속될 경우 고통스럽기 때문에 의도적으로 '剛體'를 선택한 것이다.

〈鳥瞰圖「LE URINE」〉에는 '뷔너스'와 '마리아'라는 두 여성이 나온다. '오오춤추려무나, 日曜日의뷔너스여, 목쉰소리나마노래부르려무나日曜日의뷔너스여'에서 알 수 있듯 '뷔너스'는 춤추고 노래하는 여인이다. 신화적 이미지로 볼 때도 '뷔너스'는 방종한 사랑의 여신이다. 이와 달리 '마리아여, 마리아여, 피부는새까만마리아여,……슬립퍼어를蓄音機우에얹어놓아주려무나'라는 시구에서 표현되는 것과 같이 '마리아'는 성스러우며 희생하는 여인이다. 〈鳥瞰圖「LE URINE」〉의 두 여인은 이 시에서 각기 '▽'과 '△'으로 표현된다.

이 시의 '스틱크'는 '쓸쓸하며유명'한 사람이다. '쓸쓸함'은 '內面과 外面' 사이에 '中間들'을 갖고 있는 까닭이다. 감정을 숨기고 연기해야 하는 배우로 유명한 사람을 말하는데 당시 상황으로 볼 때,

'스틱크'는 '스랩스틱코메디'의 대명사였던 '챨리채플린'을 가리키는 것으로 보인다.[136)]

'스틱크'와 마찬가지로 '나'도 내면에 감춰진 심리와 외면의 표출이 다른 사람이다. 또 내면에 감춰진 진심으로 사랑하는 '▽'과 안정적인 성품을 지닌 '△'을 놓고 선택할 수 없어 '어찌할것인가' 갈팡질팡하는 혼란스러운 심리를 보여주기도 한다.

결국 '나'는 '▽'을 '雪景'에 가두고 만다. '雪景'은 '나'의 눈물이 고독으로 인해 얼어붙는, 고통스러운 기억 속을 뜻한다. 이로써 '나'는 불안정한 심리를 지닌 '▽'을 포기하고 '△'을 선택했음을 알 수 있다. 이 시의 부제가 '△은나의AMOUREUSE이다'인 것과 달리 시에서 '▽'에 대해 묘사한 원인을 알 수 있는 대목이다.

　　▽이여 씨름에서이겨본經驗은몇번이나되느냐.

　　▽이여 보아하니外套속에파묻힌등덜미밖엔없고나.

　　▽이여 나는그呼吸에부서진樂器로다.

　나에게如何한孤獨은찾아올지라도나는××하지아니할것이다. 오직그

---

136) 슬랩스틱 코미디(slapstick comedy)는 어수선하고 소란스러운 희극을 일컫는다. 1910년대부터 영화에 사용되었다. 소란스럽고 우스꽝스러운 연기 속에 사회 풍자와 반역정신을 담았으며 대표적인 배우로 찰리 채플린을 꼽는다. 장일 · 김예란, 《시네마 인 & 아웃》, 지식의날개, 2006, 23쪽.

러함으로써만.

나의生涯는原色과같이 豊富하도다.

그런데나는캐라반이라고.

그런데나는캐라반이라고.

— 〈鳥瞰圖,「神經質的으로肥滿한三角形」〉

이 시의 제목은 '神經質的으로肥滿한三角形'이다. 보통 정삼각형은 안정된 구조를 갖고 있다. 그러나 역삼각형은 윗부분은 퍼져 있고 아래쪽으로 갈수록 가늘어지기 때문에 뚱뚱한 사람의 모습을 연상할 수 있다. 신경질적으로 비만하다는 것은 비만의 정도가 심해 서 있기도 힘들 정도로 날카로운 하체를 가진 사람의 형상을 의미한다. 또 한편으로는 비만한 사람의 태도가 신경질적이라는 추측이 가능하다. 신경질적으로 비만한 형태는 날카롭고 예민한 각을 세우고 있으며 날카로운 각은 땅 위에 서 있기 위해 균형을 잡아야 한다. 그래서 평행을 이루고자 신경을 곤두세우고 있다.

시적 자아는 신경질적으로 비만한 역삼각형에게 대화를 시도한다. 그런데 그 대화의 내용은 독백에 가까우며 조롱 투이다. 서 있기도 힘들 정도로 위로 퍼진 '▽'에게 '씨름에서이겨본經驗'이 얼마나 되느냐고 질문한다. 또 '▽'의 외모를 '外套속에파묻힌등덜미'밖에 없다고 깎아내린다. 그러나 '▽'의 형태에 대한 비하는 시적 자아의 독백으로서 자신의 형태에 대한 감정을 토로하며 비하하기보다는 형태의 기묘한 변화를 위로하는 감정을 표현하는 것이다. 시적 자아는 '呼吸에부서진樂器'로 형태를 추측할 수 없이 파편화되었다. 숨을 불어넣어 연주하는 악기는 관악기로, 연주 때문에 부서지기까지 많은 호흡이 불어넣어졌을 것이다.

이 시의 배경은 4차원적 공간이다. 현실에서는 변화할 수 없는 인간의 신체가 신경질적으로 비만하게 늘어지기도 하고 호흡에 부서진 악기 같이 산산조각나기도 한다. 추상회화에서 인물이나 대상물들은 비현실적으로 변형된 형태를 갖게 된다. 이 시에서는 추상회화에 그려진 대상들의 대화를 묘사한 것처럼 인간이 물화(物化)되어 있다. 인간의 물화는 인간에게서 이성과 감성을 빼앗는다. 인간은 오로지 물상으로서만 기능해야 살아남을 수 있다.

그래서 물화된 시적 자아는 인간세계에서 소외되고 인간으로서의 생존이 어렵게 된다. 그래서 '孤獨'이 찾아올지라도 '××'하지 않을 것이라는 다짐을 한다. 그것은 인간으로서의 생존을 포기하고 물화된 시적 자아에게 찾아올 소통의 단절에 대한 각오이다. 하지만 인간과의 소통을 포기한 시적 자아의 '生涯'는 '原色'과 같이 '豊富'하다. 인간으로서의 생애가 단절된 시적 자아는 비록 고독할지라도 물질로서의 생을 영위하게 되며 변화무쌍하게 변이될 수 있다는 희망을 갖는 것이다.

시적 자아는 스스로의 소망으로 변형되는 것이 아니라 물질의 변화에 따라 변형되는 흐름에 몸을 맡기고 있다. 그러나 그로 말미암아 정착하지 못하고 떠도는 물질이 될 것이라는 것도 예측하고 있다. '그런데나는캐라반'이라는 말투에서 알 수 있듯 스스로의 형태가 정착하지 못하고 떠돌게 되는 사실을 선뜻 받아들이지 못하고 의아해하고 있음을 알 수 있다. 이는 자연의 변화에 따라 변형되는 물질처럼 인간으로서의 생을 포기한 시적 자아의 형태가 자연물처럼 자연스럽게 변형되고 있음을 의미한다.

이 시에서 심리적 기제는 도형의 형태로 표상되었다. 인물의 심리를 시각 기호를 통해 표현하고 시적 상황에 대입시키는 방식은 기하학에서 시각 언어를 창출해낸 바우하우스의 조형 표현과 연결된다. 바우하우스의 조형 이론에 따르면 삼각형은 노랑을 의미하며 부피가 작고 가볍기 때문에 무용수나 불꽃을 뜻한다. 또 원은 빨강이며 생명력을, 사각형은 파랑인데 유클리드 이후 발전시킨 공간 지각의 안정성이 사각형에 달려있으며 모든 형태와 사상의 지지가 된다.[137]

2) 추상화된 인물 묘사

추상화의 자유로운 상상은 형상을 변이시키고 인물이나 물상의 원형을 추측해 낼 수 없도록 변형시킨다. 변형은 물질의 재배치를 이끌어내고 물질에 대한 고정관념을 깨뜨린다. 고정관념의 파기는 이성에 대한 반항이자 기존의 창작형태에 대해 반기를 든 것이다. 이성에 대한 반항은 이치에 대한 반항이기도 했다. 과거, 현재, 미

---

137) 바우하우스의 교수였던 칸딘스키는 추상회화의 창시자로, 클레는 현대 추상 회화의 거장으로 일컬어진다. 칸딘스키와 클레가 가르쳤던 바우하우스 이론에는 색상과 도형으로 인격을 대상화하는 내용이 포함되어 있다. E. Lupton & J. A. Miller, 박영원 옮김, 《바우하우스와 디자인이론》, 국제, 1996, 50쪽.

래로 순행하는 이치에서 벗어나지 못하는 생을 거스르고자 하는 욕
망도 반역이라고 볼 수 있다.

1

눈이 存在하여있지아니하면아니될處所는 森林인웃음이存在하여있있
다

2

홍당무

3

아메리카의幽靈은水族館이지만大端히流麗하다
그것은陰鬱하기도한것이다

4

溪流에서―
乾燥한植物性이다
가을

5

一小隊의軍人이東西의方向으로前進하였다고하는것은
無意味한일이아니면아니된다
運動場이破裂하고龜裂할따름이니까

6

三心圓

7

조(粟)를그득넣은밀가루布袋
簡單한須臾의月夜이었다

8

언제나도둑질할것만을計劃하고있었다

그렇지는아니하였다고한다면적어도求乞이기는하였다

9

疎한것은密한것의相對이며또한

平凡한것은非凡한것의相對이었다

나의神經은娼女보다도더욱貞淑한處女를願하고있었다

10

말(馬)─

땀(汗)─

×

余, 事務로 써散步라하여도無妨하도다

余, 하늘의푸르름에지쳤노라이같이閉鎖主義로다

─ 〈수염〉(鬚 · 鬚 · 그밖에수염일수있는것들 · 모두를이름)

이 시에서 '수염'은 턱이나 코밑에 나는 수염을 비롯해 신체에 자라는 모든 털을 포함한다. 그래서 '그밖에수염일수있는것들'에는 수염 말고도 겨드랑이의 털과 음모 등이 해당된다.

'1'의 '눈'은 시각을 의미한다. 이상 시에서 시각은 단순히 사물을 지각하는 기능이 아닌 자아를 확인하는 존재 자체이다. 그래서 '눈'이 '있어야 할'이 아닌 '存在'라 표현되었다. 눈이 붙어있어야 할 자리를 '處所'라고 한 것도 '눈'이 단순히 얼굴에 붙어 있어 기능을 하는 것이 아니라 '存在'하는 것이기 때문이다. '森林인웃음'은 즐거

움, 또는 쾌락이 무성하게 자라 숲을 이룬 것으로 사물의 허와 실을 인지하는 시각의 기능 대신 쾌락을 좇는 욕구가 자리하고 있음을 의미한다. 또 웃음이 '森林'인 것은 무성하게 자란 웃음이 시각을 덮고 있어 직시할 수 없기 때문이다.

인간의 기본적인 욕구를 채우려고 쾌락을 좇는 신체 기관은 눈과 입, 그리고 성기이다. 각기 수면욕, 식욕, 성욕과 연결되어 있다. 욕구가 내포된 기관들 주변은 수염 또는 '髮'이 덮고 있거나 자라나고 있다. '2'에서 제시된 '홍당무'라는 시어를 쾌락의 이미지와 연결하면 남성의 성기 형태로 그려지고 잎이 무성히 자란 홍당무의 이미지를 거꾸로 배치하면 코와 코밑에 무성하게 난 수염으로 그려진다. 두 대상 모두 '髮'의 이미지와 연결된다. 얼굴에 붙어 있는 코와 하복부의 신체 기관인 성기를 동일시하는 것은 신체의 상징적 의미를 훼손하는 묘사이다.

추상 회화에 등장하는 신체훼손은 사실적 구도를 제시하는 구상 회화의 고정된 형상을 파기하며 의미를 확대시킨다.[138] 또 신체 훼손의 환상은 상상력과 감정을 증폭시키는 효과를 발휘한다. 이 시의 신체훼손은 인간이 외부에 노출하는 기관과 은밀하게 감추는 기관을 동일시하는 것이다. 이러한 신체훼손의 의미는 신체가 지닌 고유한 영역을 파기하여 존엄성을 해체시키는 데 있다.

'아메리카'는 자본주의 문화가 발달한 신문명국가이다. '아메리

---

138) 살바도르 달리, 라울 하우스만 등 초현실주의 화가들은 왜곡된 꿈의 형상에 따라 신체의 일부를 자유자재로 변형시켜 그로테스크한 데페이스망(dépaysement)을 재현한다.

카'가 갖고 있는 이미지는 고층빌딩에 둘러싸인 도시와 첨단 기술
이 발달한 장소이다. '유령'은 잠재적인 영향 또는 문화를 의미한다.
'水族館'은 물에서 자유롭게 살던 어류를 가둬 두는 갇힌 공간이다.
이곳은 자유를 상실한 존재들이 한정된 공간 속에서 생을 부지하는
장소이다. 시적자아는 '아메리카'라는 고도로 발전된 첨단 문명이
'大端히流麗'하지만 문명의 그늘은 '陰鬱하기도한것이다' 라고 단
정하고 있다.

  '2'의 '홍당무'와 '3'의 '아메리카의幽靈'은 겉으로는 연관성이 없
어 보이지만 형태면에서 연결되는 부분이 있다. 홍당무는 발기된
성기와 유사하고 수족관에 갇힌 아메리카의 유령은 신체기관에 들
어있는 정액과 정자의 형태와 비슷하다. 만화 캐릭터로 등장하는
서양 유령의 모습은 활동하는 정자의 형태와 흡사하다. 이 시구에
서는 그러한 형태로 형상화하고 있다. 두 대상은 '쾌락'을 창출하는
매개체라는 점에서 서로 닮았다. 쾌락을 추구하는 대상과 쾌락의
정점에서 발산되는 분비물이라는 점에서 연관되어 있지만 쾌락을
추구하는 시적 자아의 심리 상태는 결코 유쾌하지 않다. 내면에 도
사린 욕구 때문에 행위를 추구하지만 한편으로 음울한 상태에 이른다.

  이 시는 서로 낯선 대상물들을 연결해 놓음으로써 고정된 관념을
깨고 기발하고 자유로운 상상을 발휘하도록 이끌어가고 있다. '4'의
'溪流'는 계곡 사이로 흐르는 물이다. '3'의 '수족관', '陰鬱' 같은 이
미지와 연관 지을 수 있다. 수족관은 '아메리카의幽靈'과 관련된 대
상물이고 '溪流'는 '乾燥한 植物性'과 연결된다. 이러한 형상의 연
결은 내면 심리의 변화를 표출할 수 있는 속성을 지닌 대상물로 이

루어진다. '4'의 화면은 계곡 사이 시냇물에서 '乾燥한植物性'의 가을로 옮겨 가는데, 사물의 속성 그대로 연결하자면 차고 음습한 물의 흐름과 쉽게 부스러지는 '乾燥한植物性'의 가을은 대상을 바라보는 시적 자아의 내면 심리를 형상화한 것이다. 계곡을 흐르는 물소리와 투명한 형태는 소리가 없는 조용한 숲에서 흐르는 물의 쓸쓸하고 고독한 존재감을 나타내며 쉽게 부서지는 마른 나뭇잎의 형태는 부서지기 쉬운 고독한 내면 심리를 나타낸다.

'4'와 '5'를 연결하는 회화적 이미지는 '破裂'과 '龜裂'이다. '낙엽'의 속성인 건조함과 갈라짐, 쉽게 부서짐은 '運動場'의 균열과 연결된다. 시적 자아의 내면은 '運動場'이지만 건조하고 갈라져서 '一小隊의軍人'이 '前進'하는 사소한 충격에도 균열이 일어난다. 그래서 시적 화자의 내면에는 '一小隊의軍人'의 '前進'조차도 무의미한 일이어야 한다는 심리적인 공포가 도사리고 있다. 이는 외부 압력에 대해 유약하고 의기소침한 시적 자아의 심리 상태를 표상하는 기제이다.

'6'의 '三心圓'은 축구 경기장의 형태이다. '三心圓'은 정사각형의 좌우에 둥근 반원이 붙은 형태다. 그것은 직사각형 형태는 물론이며 원형 형태에서도 변형된 것이다. 둥근 원형을 잡아 늘인 형상으로 '5'의 형상과 연결하자면 외부 압력에 의해 공격받고 변형된 심리 상태를 표상하는 상징물이다.

'7'의 조를 가득 넣어 터질 것 같은 밀가루 포대의 형태는 여러 의미로 해석된다. 방사하기 직전의 성기, 또는 '須臾'[139]의 시간을 의미한다. 즉 순식간에 쏟아져 흩어지는 달빛과 같은 형태이다. 터

질 것 같은 포대와 순식간에 쏟아지는 달빛은 방사를 연상하게 하
는 대상물이다.

'1'에서 '7'까지 내면의 흐름을 추상적 상징물로 묘사한 것과 달
리, '8'은 시적 자아의 심리 상태를 직접 서술하고 있다. 그것은 위
의 추상적 상징물에 대해 설명하는 형식으로서 앞 장의 조형 삽화
의 형식과 같다. '1'에서 '7'까지는 내면을 표상하는 추상으로 이루
어져 있다면 '8'에서 '10'까지와 'ｘ'는 심리에 대한 서술로 이루어
져 있다. '7'의 상징물로 볼 때 '8'의 '도둑질할 것'과 '求乞할것'은
성행위가 아니라 창작행위로 유추해 볼 수 있다. 두 가지 행위는 배
출할 때 쾌락을 동반한다는 것과 생산적인 행위라는 측면에서 동질
적이다.

시적 자아는 성행위 또는 창작행위를 할 때 이제껏 남의 것을 탐
하거나 구걸해왔음을 깨닫는다. 성행위의 대상이었던 여자들이 자
신의 여자가 아닌 남의 여자들이었으며 그들과의 행위를 묘사할 때
도 탐하거나 구걸한다는 용어를 써 결국 행위 자체에 대한 자기 비
하를 표출하고 있다. 또 개성적인 창작품이라고 생각해왔던 것들도
결국은 타인의 기법을 흉내 낸 데 지나지 않는다는 자각을 표출하
고 있다. 이 시에서는 성행위와 창작이 동일한 관점에서 묘사되어
있는데 땀을 흘리며 목표를 향해 돌진하는 것과 한꺼번에 결과물을
쏟아낸다는 점이 일맥상통하는 부분이다.

'9'에서 시적 자아는 이분법적인 사고로 상대되는 것을 구분하고

---

139) 아주 짧은 찰나, 준순(逡巡, 10^{-14})이 10^{-15}이 되는 짧은 순간.

있다. '疎한것'은 '密한것'의 상대이며 '平凡한것'은 '非凡한것'의 상대가 된다. 시적 자아는 동떨어진 것과 속한 것을 대립시키고 평범한 것과 비범한 것을 대립시켜 서로 양립할 수 없음을 나타내고 있다. 그것은 '娼女'와 '貞淑한處女'도 마찬가지이다. 나의 '神經'이 원하는 대상은 정숙한 처녀다. 그러나 '있었다'는 말투에서 알 수 있듯 그것은 과거의 일이다.

결국 시적 자아는 성행위의 대상으로 '娼女'를 선택한다. '貞淑한 處女'는 대다수의 남성이 원하는 대상이다. 그러나 '娼女'는 그와 반대이다. 필요에 따라 취하게 될 뿐 가정을 이루거나 사회적인 형태로 연결되는 것을 회피하게 되는 대상이다. 일반적으로 '娼女'라는 특수한 직업은 혐오와 적대를 불러일으킨다. 그러나 시적 자아는 '娼女'가 지니고 있는 특수성 가운데 '密한것'과 '非凡한것'을 원하고 있다. '娼女'에게는 '貞淑한處女'가 지니지 못한 은밀한 경험과 타인에게 드러내지 않는 복합적인 감정의 세계가 있기 때문이다. 그들의 정신세계는 일반인들에게 철저히 닫혀 있어 이해할 수 없으므로 그들이 지닌 가치관과 세상을 향한 시각이 신비롭게 느껴지는 것이다.

'10'의 '말(馬)-'과 '땀(汗)-'은 건강하고 생기 있는 짐승을 상징하는 '말(馬)'의 형상과 갈기를 털며 뿌리게 되는 땀의 형상을 배치함으로써 '11'에 나오는 이미지와 대립되는 구도를 만든다. '10'의 이미지는 강렬하고 건강하다. 반면 '11'의 이미지는 폐쇄적이다. '10'과 '11'의 이미지는 대립되어 강조된다.

'11'의 '余'는 산보하는 일을 '事務'라고 여길 정도로 외출하기 싫어하며 '하늘의푸르름'에 지쳤다고 할 정도로 '閉鎖主義'다. 이는 시적 자아가 오랫동안 폐쇄된 상태에서 창작행위에 몰두해왔음을 암시하고 있다. 또 폐쇄성과 몰두로 인해 '余'의 얼굴은 길게 자란 수염으로 덮였으며 거기에서 연상되는 여러 대상으로써 추상적 전경화가 형성되었음을 알 수 있다.

이 시는 성행위와 창작행위를 동일 선상에 놓고 의미를 부여했다. 성행위와 창작행위가 생산을 목적으로 진행될 때와 유희를 목적으로 실행되었을 때 의미하는 바는 다르다. 이 시는 정신적인 욕구를 충족하려고 애쓰는 창작행위와 육체적인 욕정을 채우려고 열중하는 성행위를 동등하게 표현함으로써 예술 창작의 존엄성을 훼손하는 발언을 서슴지 않고 있다.

이 시에 형상화된 대상들은 낯설고 생경한 것들이어서 연관성을 찾기가 힘들다. 그것은 이 시가 추상회화의 기법인 데페이스망140)을 적용했기 때문이라고 추정된다. 추상회화에서 화면을 구조화하는 도구는 오로지 작자의 상상력이다. 그래서 낯선 대상을 같은 장소에 배치해 '낯설게 하기'를 창출해낸다. 이 시에 형성된 낯선 대상의 어울림은 내면의 흐름에 따라 떠오르는 이미지를 배열한 것이므로 내재된 주제나 이미지를 연결시켜 심리적 흐름을 분석해야 한다. 이 시에서 내면의 흐름을 짐작할 수 있는 시어는 '수염'으로 그

---

140) 데페이스망은 '추방', '그 자리에서 떠나다'라는 뜻을 갖고 있으며 전위법의 일종이다. 대상의 위치를 바꾸어 일상적인 용도를 파기하고 엉뚱한 현실과 결합시킴으로써 의미를 전도시키는 방법이다. 이때 대상은 현실 원칙에서 벗어나며 자유롭고 엉뚱한 어울림에서 느껴지는 미학은 자아와 내밀한 관계를 맺게 된다. 신현숙, 《초현실주의》, 동아출판사, 1992, 120쪽.

상징물에서 떠오르는 서정적 추상이 화면에 연결되어 있다. '수염'은 입 또는 추상화가 마그리트의 그림에서 표현된 성기와 같이 인간이 욕구를 해결하는 기관을 덮고 있다. 이는 드러나지 않는 욕구와 내면의식으로의 침잠을 표상하는 상징물이며 이 시의 추상적 대상물은 그러한 내면적 갈등과 그에 따른 시적 자아의 권태에 따라 형상화된 것임을 알 수 있다.

3. 감각의 파편화와 공감각적 형상 서술

근현대에 발생한 이성적 언어에 대한 회의는 기존의 언어적 서술에서 벗어나 예술언어에 대한 시도를 더욱 과감하게 밀고나가는 계기가 되었다.[141] 20세기 초의 예술 언어의 발전은 고대에 발달했던 고전적 에크프라시스[142]와는 다른 형태로 이루어졌지만 언어와 형상을 동일시하여 매체언어로 사용한다는 점에서 유사성이 있다.

1) 도시 문명 속에 소외된 인간형 묘사

이상 시에 등장하는 여러 도형의 인격화나 동선의 형태는 내면적이고 본질적인 것에 기초한 내적 필연성의 원리로 형성되었다. 그래서 영혼의 진동, 또는 내적 울림이 대화나 소통의 도구로 사용되고 있다. 현실의 공간이 아닌 다른 공간의 공간성, 내적 울림의 소통방식, 동선이나 이미지로 소통되는 초현실적인 극성 등을 염두에

---

141) 제1차 세계대전 이후 전쟁을 불러일으킨 이성에 대한 비판이 예술계 전반에 확산되고 종전의 이성적 언어와 형상의 전달을 파기한 새로운 예술형태가 등장한다. 다다이즘, 초현실주의 같이 무정부적이고 파격적인 예술 활동도 이에 해당한다.

142) 에크프라시스(Ekphrasis)는 고대 수사학 개념으로 '형상 서술'이라는 뜻을 갖고 있다. 즉 '문자로 풀어낸 회화'를 말한다. 고대의 경구시뿐 아니라 바로크의 우의화까지 문학 서술의 원리가 된다. 고위공,《문학과 미술의 만남》, 미술문화, 2004, 328쪽.

두고 읽어야 이해가 가능한 일종의 대본과 같은 형태의 텍스트는
일반적인 시의 형태와 내적인 긴밀도가 다르다.

　잔내비와같이웃는여자의얼굴에는하룻밤사이에참아름답고빤드르르
한赤葛色쵸콜레이트가無數히열매맷혀버렸기때문에여자는마구대고쵸
콜레이트를放射하였다.　쵸코레이트는黑檀의사아벨을질질끌면서照明
사이사이에擊劍을하기만하여도웃는다. 웃는다. 어느것이나모다웃는다.
웃음이마침내엿과같이걸쭉걸쭉하게찐더거려서쵸콜레이트를다삼켜버
리고彈力剛氣에찬온갖標的은모다無用이되고웃음은散散히부서지고도
웃는다. 웃는다. 파랗게웃는다. 바늘의鐵橋와같이웃는다. 여자는羅漢을
밴(孕)것인줄다들알고여자도안다.　羅漢은肥大하고여자의子宮은雲母
와같이부풀고여자는돌과같이딱딱한쵸콜레이트가먹고싶었던것이다.　여
자가올라가는層階는한층한층이더욱새로운焦熱氷結地獄이었기때문에
여자는즐거운쵸콜레이트가먹고싶다고생각하지아니하는것은困難하기
는하지만慈善家로서의여자는한몫보아준心算이지만그러면서도여자는
못견디리만큼답답함을느꼈는데이다지도新鮮하지아니한慈善事業이또
있을까요하고여자는밤새도록苦悶苦悶하였지만여자는全身이갖는若干
個의濕氣를띤穿孔(例컨대눈其他)近處의먼지는떨어버릴수없는것이었
다.

　　　　　　　─ 〈鳥瞰圖「狂女의 告白」〉의 부분

이 시에서 여자의 얼굴은 '잔나비'와 같다고 묘사되어 있다. 〈建
築無限六面各體「AU MAGASIN DE NOUVEAUTES」〉에서도 여

자는 '猿猴'로 묘사되었다. 여자가 원숭이로 묘사된 것은 우스꽝스러운 행동을 하거나 귀까지 찢어진 큰 입으로 기묘한 표정을 짓기 때문이다. 피에로와 같은 얼굴을 한 여자는 밤새 '赤葛色쵸콜레이트'를 뒤집어 쓰고 있다. 초콜릿은 온도에 따라 액체 혹은 고체로 쉽게 바뀌며 쉽게 다른 물체를 덮은 상태에서 굳기도 하고 녹아서 물처럼 튀기기도 한다. 또 여기서 적갈색은 생생한 피가 아닌 검붉게 죽은 피를 연상케 한다. 적갈색이 혼합되기 이전의 적색은 피와 정열, 분노를 뜻하고 갈색은 대지, 안정 혹은 죽음을 뜻한다. 그것은 '여자'의 내면에 쌓인 정서와 욕구가 양면성을 지니고 있음을 의미한다. 초콜릿의 맛은 쌉쓸하면서도 달콤한 양면적 특질을 갖고 있다.

여자가 방사한 초콜릿은 여자의 몸을 뒤덮어 초콜릿과 몸을 분간할 수 없는 상태가 된다. 그래서 여자가 아닌 초콜릿이 '黑檀의사아벨'을 휘두른다. 잔나비와 같은 얼굴을 한 여자는 사소한 일에도 웃음을 터뜨리는 평범하지 않은 사람이다. 그래서 '照明'이 반짝이는 사소함과 그 사이의 격검에도 웃음을 터뜨린다. 여자가 과하게 웃는 것은 행복이나 쾌락 때문이 아니라는 추측을 불러오고 웃음에 따른 즐거움보다는 공포를 느끼게 한다. 여자의 웃는 소리와 웃음의 울림은 초콜릿 색으로 표현된다. 초콜릿에 뒤덮인 여자가 그러한 상태에서 웃음을 터뜨리고 있는 모습은 정상적인 정서 상태로 보기 힘들다. 초콜릿을 방사하기도 하고 검으로 만들어 질질 끌기도 하는 행위는 여자의 내면에 쌓인 분노와 침잠이라는 양가적인 감정이 변화하고 있음을 뜻한다. 여기서 조명이 등장하고 여자의 상황을 객관적으로 그려내고 있는 것은 이 시가 무대 상황을 묘사함을 간접적으로 드러낸다. 이 시의 객관적 상황 묘사는 여자의 감정과, 그것이 물화된 초콜릿이 지속적으로 변화하는 과정을 그려내고 있다.

공포스러운 여자의 웃음은 '걸쭉하게찐더거려'지는 과정을 거치는데 그것은 여자의 내면에 도사린 끈적거리는 욕망과 그것이 좌절됨으로써 생긴 절망까지 드러낸다. 결국 점차 강도 높은 여자의 웃음이 지속됨에 따라 초콜릿은 바늘처럼 가늘고 뾰족하게 흩어진다. 이는 여자의 격해진 감정 변화와 그에 따라 내뱉는 웃음이 공격성을 띠게 되어 날카롭고 차갑게 흩어짐을 뜻한다. 듣는 대상이 강력한 공포를 느낄 정도로 변화해 가는 웃음소리는 점점 더 날카로운 톤으로 발성되고 달리 표적이 없이 무작위한 비명으로 흩어진다.

여자가 '羅漢'이라는 존재를 잉태한 것이 밝혀짐으로써 웃음의 원인이 규명되지만 '羅漢은肥大하고'라는 시구를 볼 때 성자로서의 나한이기보다 비대하고 우락부락한 인물을 묘사하기 위해 쓰였음을 짐작할 수 있다. 절 입구에 놓인 거대한 형상인 나한을 임신했다는 것은 임신 자체가 악몽이라는 것을 뜻하거나 악몽 속에 등장하는 임신일 가능성이 높다. 여자의 공포가 몸을 부풀릴 정도로 거대한 신생아를 만들어 냈다는 것이다. 그래서 나한의 잉태는 평범한 잉태라기보다 추상적 상징임을 암시적으로 드러낸다. 여자의 '新鮮하지아니한慈善事業'은 임신 자체를 의미하는데 여자의 말투를 볼 때 여자가 임신 자체를 거부하거나 달갑지 않은 임신을 기뻐하지 않고 있음을 내비치는 부분이다. 여자는 날카롭고 차가운 웃음을 내뱉지만 결국 '穿孔(例컨대눈其他)근처의먼지', 즉 눈물을 감출 수 없는 인간으로 묘사된다.

　이 시는 여자의 쾌락과 그 뒤에 숨겨진 절망과 애증을 비롯한 복잡한 심리상태를 색채와 이미지로 표출해내고 있다. 또 이 시는 인물의 상황을 대상물의 변화를 통해 상징적으로 드러냄으로써 내면 심리나 상황을 짐작하도록 유도하고 있다. 이 시는 일정한 공간을 설정해 놓고 그 안에서 인물의 변화를 보여줌은 물론이고 대사를 통해 객관적으로 인물의 심리를 짐작할 수 있도록 유도한다는 점에서 무대 설정을 이용해 상황 묘사를 시도했음을 유추할 수 있다.

　급격하게 발달한 도시 문명 때문에 생긴 부작용의 하나가 '소외된 인간'이다. 소외된 인간의 형상은 현란한 도시 문명 속에서 초라함이 강조된다.

○

ELEVATER FOR AMERICA

○

세마리의닭은蛇紋石의層階이다. 룸펜과毛布.

○

삘딩이吐해내는新聞配達夫의무리. 都市計劃의暗示.

○

둘째번의正午싸이렌.

○

비누거품에씻기워가지고있는닭. 개아미집에모여서콩크리ー트를먹고
있다.

○

男子를 輾挪하는石頭.
男子는石頭를白丁싫여하드키싫여한다.

○

얼룩고양이와같은꼴을하고서太陽群의틈사구니를쏘다니는詩人.
꼭끼요ー.
瞬間 磁器와같은太陽이다시또한個솟아올랐다.

— 〈建築無限六面角體「대낮 - 어느 ESQUISSE」〉

'ESQUISSE'는 밑그림 또는 스케치라는 뜻으로 본그림을 그리기
전 바탕 그림을 그리는 것을 의미한다. 그 과정 자체가 전경적인 시
점, 또는 파노라마적인 관점을 유지하게 됨을 밝히는 것이다. 이 시
는 시적 자아의 감정의 흐름에 따른 추상이 묘사된 것이다. 또 그러
한 추상적 형상을 언어화하고 대상성을 부여한 시이다.

이 시와 위 시 〈수염〉에 등장하는 'AMERICA'는 거대한 대륙 또
는 풍요한 자본주의 국가의 상징이다. 그러나 그 이면에는 '詩人'이
견뎌내지 못하도록 빠른 속도로 도시를 잠식하는 냉혹한 기운이 도
사린다. 자본주의 국가의 엘리베이터는 현기증 나도록 높은 건물을
빠른 속도로 올라간다.

'ELEVATER FOR AMERICA'는 아메리카라는 풍요한 대륙의 첨

단 기계문명을 상징한다. 아메리카를 향한 엘리베이터는 현실적인 대상이 아니라 시적 자아의 상상 속에 존재하는 대상이다. 그것은 시적 자아의 주변 환경과 대비되는 거대한 풍요이며 다가올 미래의 도시에 등장할 기계 문명이다. 잡지나 소문으로 접할 수 있는 경이로운 'AMERICA'라는 공간은 현실 상황과는 다른 차원의 낯선 공간이다.

'正午'를 알리는 '싸이렌'이 울리자 시적 자아는 잠에서 깨어나 주변의 소란스러움을 인지한다. 그것은 시적 자아가 정오까지 '毛布'를 둘러쓰고 자는 '룸펜'이어서 가능한 일이다. 정오가 되는 시각까지 모포를 둘러쓰고 있는 '룸펜'인 시적 자아는 사람들이 웅성거리는 소리와 외부의 소란에 잠을 깬다. 비몽사몽간에 있는 시적 자아는 내면의식 속에 존재하는 현실과 다른 공간을 창출해낸다. '세마리의닭'은 외부에서 소란스럽게 이야기하는 사람들을 상상으로 만들어낸 것이다. 또 '蛇紋石의層階'는 현기증을 앓고 있는 시적 자아의 내면에 존재하는 현실과 연결된 계단을 의미한다. 현실과 괴리된 상황에서 외부의 현실은 시적 자아의 꿈속에 유입되어 뱀 무늬의 몽환으로 나타난다.

'삘딩이吐해내는新聞配達夫'의 소란은 '都市計劃'을 '暗示'한다. 요란스럽게 북적대는 그 소리는 도시가 아메리카라는 대상처럼 활기차게 발달할 것을 암시하고 있다. 그러는 사이에 '둘째번의싸이렌'이 울린다. 싸이렌이 울리면서 발생하는 소란스러움은 이상의 소설 〈날개〉의 한 구절에서 찾을 수 있다. '이때 뚜— 하고 정오싸이렌이울었다. 사람들은 모도 네활개를펴고닭처럼푸드덕거리는것

같고 온갖 유리와 강철과 대리석과지폐와잉크가 부글부글 끓고 수
선을떨고 하는것같은 찰나, 그야말로 현란을 극한 정오다'. 〈날개〉
의 주인공처럼 이 시의 시적 자아는 해가 중천에 뜬 시각까지 모포
를 둘러쓰고 있는 룸펜이다. 〈날개〉의 구절과 마찬가지로 이 시에
도 대낮의 싸이렌 소리 때문에 잠에서 깨어나 느끼게 되는 바깥 세
상에 대한 이질감과 괴리감이 표현되었다. 그러나 〈날개〉의 구체적
서술과 달리 이 시는 대상의 특성이 압축된 추상으로 구성되었다.

'둘째번의正午싸이렌'이 울리면 시적 자아는 외부 세계와 단절된
모포 속에서 소란스러운 세상의 움직임에 귀를 기울인다. 스스로
폐쇄한 단절된 공간에서 들리는 소리는 귀를 막을 때 나는 소리처
럼 윙윙거린다. '모포'가 주는 일종의 효과음이다. 모포는 가장 쉽고
간단하게 외부와 단절할 수 있는 수단이면서 벗기고 나면 언제나
쉽게 외부와 섞일 수도 있는 도구이다. 외부에서 활동하는 사람들
이 내는 효과음에 따라 현실과 다른 이질적인 대상물들이 탄생한
다. 여기서 소리는 추상적 대상물들을 만들어내는 모티프가 된다.

소란스럽게 시적 자아의 잠을 깨운 닭은 '비누거품에씻기워가지
고' 있다. 비누 거품이 일어나는 소리는 시적 자아에게 들리는 소리
를 형상적으로 유추해낸 것이다. 반복적으로 보글거리는 청각적 자
극은 비눗방울이 일어나는 거품으로 표현되었다. 시적 자아는 모포
를 둘러쓰고 있어서 외부의 현상들을 즉각적으로 받아들일 수 없는
상태이다. 빛이나 소리가 일정 부분 차단되는 두꺼운 모포 속에서
소리나 빛은 왜곡되기 마련이다. 왜곡되어 인식되는 외부의 자극은
대상이 처한 상황이 아닌 낯선 상황을 창출해낸다. 닭이 거품에 씻

기고 있는 상황은 청각적 자극을 받아들이는 시적 자아의 상상을 통해 연출된 것이다.

'닭'으로 표현된 대상의 움직임은 최소화되어 있으며 되풀이되는 소리로 동작을 짐작할 수 있다. 그래서 그 대상이 '닭'인지 '닭'의 소리를 지닌 대상인지는 불분명하다. 또 대상은 '비누거품'을 내고 씻기는 것으로 표현되어 있는데 당시 사회적 정서로 볼 때 닭을 비누로 씻겨 준다는 것은 가당찮은 일이며 그러므로 이는 외부 상황을 소리로 짐작해내는 시적 자아의 상상 속에서 벌어진 일임을 알 수 있다. 들려오는 소리의 변화를 상상 속 대상의 행위로 잇는 시적 자아의 내면세계는 추상 이미지로 진행된다. 그래서 '닭'의 움직임이나 '개아미집'과 같이 표면적으로 보이지 않지만 내부를 파고 들어가 형성되어 있는 조직은 건물의 내부를 헐어내는 동작을 반복한다. 그래서 '콩크리ー트를' 먹는다고 표현된 행동 또한 조금씩 건물을 헐어내는 동작으로 볼 수 있다. 무의미해 보이지만 시간의 흐름에 따라 붕괴를 일으킬 수 있는 동작을 되풀이하는 대상물들은 존재하는 시간과 공간을 좀먹어 가는 대상이다.

'룸펜'은 외부 세계와 단절된 듯 보이지만 같은 시공간 안에 존재하고 있다. '룸펜'이 존재하는 동시적 공간은 모포 속이며 시간의 흐름을 소리로 짐작하게 된다. 그것은 '룸펜'이 현실의 공간과는 다른 동시적 공간 안에 존재하고 있음을 뜻한다. 존재를 숨기지만 쉽게 드러내 보일 수 있는 '모포 속'이라는 공간은 유치하고 허술하지만 '룸펜'의 처지를 드러내는 대상물이기도 하다. '모포 속'은 사회의 발전이나 분주함과 동떨어져 자아에 몰입할 수 있는 공간성을 갖고 있다. '룸펜'은 시간의 흐름과 상관없는 비어있는 공간에 존재하는 방관자로 설정되어 있으며 비현실적 재현 공간에 존재한다. 그 공간은 시간이 정상적으로 흐르는 곳이 아니고 시적 자아에 의해 편집된 시간이 흘러가는 곳이다. 그래서 '太陽群', 즉 한 개의 '太陽'이 아닌 여러 개의 '太陽'이 무리지어 있는 곳의 '틈사구니'이며 생명력 없이 단단하고 부서지기 쉬운 '磁器'와 같은 '太陽'이 솟아오르는 공간이다. 또 여러 개의 '太陽'은 여러 겹의 시공간을 의미하기도 한다. 그것은 동시적으로 재현되지만 각기 다른 시공간이다. 그래서 저마다 다른 시적 자아의 과거, 현재, 미래의 '나'가 동시에 재현될 수 있는 것이다. '룸펜', '男子', '詩人'으로 재현되는 시적 자아는 각기 다른 시공간에 존재한다.

시적 자아에 의해 재현된 공간은 시적 자아의 감각에 따라 인위적으로 조작된다. 그래서 '닭'은 '씻고' 있는 것이 아니라 '씻기워가지고' 있으며 씻기워진 '닭'들은 시간의 흐름을 먹고 산다. 세 마리의 '닭'이 쪼아대고 있는 것은 '콩크리ー트'로 변화되는 시간과 공간을 상징한다. 세 마리의 닭과 세 사람은 과거, 현재, 미래의 존재를 나타낸다.

'轍挪하는石頭'는 시간 속에서 '男子'를 끌고 다니는 상징적 존재이다. '石頭'는 '轍'에 붙어있는 상징물로 '男子'의 몽상 속에 나타나서 소멸로 끌고 가는 두려운 존재이다. '石頭'는 피도 눈물도 없이 죽음이라는 잔혹한 결과로 끌고 간다. 그래서 '男子'는 '石頭'를 '白丁'처럼 싫어한다. '男子'를 끌고 다닐 수 있는 '石頭'는 '男子'의 의지와 상관없이 흘러가는 시간에 따라 '男子'의 존재를 소멸시킬 뿐이다. '닭'과 마찬가지로 시간의 소멸을 상징하는 존재인 '石頭'는 '男子'의 꿈을 지배하는 흉조이다.

'男子'와 마찬가지로 시적 자아와 동일시된 인격인 '詩人'은 인간과 함께 사회 속에 살고 있다. 그러나 대상들의 움직임을 들여다보며 결코 섞이지 않는 '얼룩고양이' 같이 주변을 맴돈다. 그것은 같은 공간에 존재하지만 다른 차원의 세계에 속하는 것을 뜻한다. '詩人'의 몽상 속에 인공적인 태양은 '磁器'와 같은 형태를 갖고 있다. 그것은 시간에 의미를 부여하기보다는 다른 차원의 세계에 존재하는 형상임을 뜻한다. 동시적 공간인 꿈의 세계에서 나온 '詩人'은 현실에서도 다른 차원의 세계를 꿈꾼다.

이 시에서 강조점이 찍힌 시어는 일정한 감각적 특성을 갖고 있으며 그 감각은 추상으로 묘사되어 있다. 첫 번째 형상은 '룸펜'이 둘러쓴 모포이다. 그것은 현실세계와 다른 공간이지만 유동성을 갖고 있다. 그래서 '룸펜'의 움직임에 따라 곡선을 그린다. 두 번째 형상은 '삘딩'이다. '삘딩'은 수직으로 솟아있다. 세 번째 형상은 '싸이렌'이다. 싸이렌은 원을 그리며 멀리 퍼져나가는 형상을 갖는다. 네 번째 형상은 '비누'로 작고 둥근 거품을 만들어낸다. 다섯 번째 형상은 '콩크리ー트'다. 콘크리트는 견고하고 딱딱하지만 시간의 흐름에 따라 부스러지는 특성을 갖는다.

이 다섯 가지 형상은 제각기 다른 선율을 내포한다. '룸펜'의 모포는 느린 움직임의 선율, '삘딩'은 수직으로 상승하는 빠른 선율, '싸이렌'은 느리면서도 강하게 퍼져나가는 둥근 형상을 갖고 있으며 '비누'의 거품을 만들어내는 선율은 부드럽고 느리다. 또 '콩크리

ㅡ트'의 선율은 딱딱하며 건조하다.

위의 형상은 청각적인 감각을 시각화시킨 것이다. 시각화된 감각
은 시적 자아의 내면의 흐름에 따라 배열되었다. 그것은 현실 세계
가 아니라 시적 자아가 창조한 동시적 세계이다. 다른 차원에서의
시간은 새롭게 솟아오르는 태양으로 형상화되어 있고 그 속에 존재
하는 '詩人'은 선율에 따라 이동하는 초월적 대상이다.

이 시의 시적 자아는 '룸펜'이고 '男子'며 '詩人'이다. 시적 자아
의 변형된 모습은 내면의 흐름에 따라 형성되는 차원에 존재하는
각기 다른 정서적 주체이다. 내면 의식의 선율과 추상은 시적 자아
의 정서 상태와 존재의식을 묘사하는 방식으로 시적 자아의 내면에
형상화된 추상공간의 형태를 묘사하고 있다.

2) 도시 문물의 추상적 형상 서술

四角形의內部의四角形의內部의四角形의內部의四角形 의內部의 四角
形.

四角이난圓運動의四角이난圓運動 의 四角 이 난 圓.

비누가通過하는血管의비눗내를透視하는사람.

地球를模型으로만들어진地球儀를模型으로만들어진地球

去勢된洋襪.(그女人의이름은워어즈였다)

貧血 緬絶, 당신의얼굴빛깔도참새다리같습네다.

平行四邊形對角線方向을推進하는莫大한重量.

마루세이유의봄을解纜한코티의香水의마지한東洋의가을.

快晴의空中에鵬遊하는Z伯號.蛔虫良藥이라고쓰여져있다.

屋上庭園,猿猴를흉내내이고있는마드무아젤.

彎曲된直線을直線으로疾走하는落體公式.

時計文字盤에XII에내리워진二個의浸水된黃昏.

도아ー의內部의도아ー의內部의鳥籠의內部의카나리야의內部의　嵌殺
門戶의內部의인사.

食堂의門깐에方今到達한雌雄과같은朋友가헤여진다.

검은잉크가엎질러진角雪糖이三輪車에積荷된다.

名啣을짓밟는軍用長靴街衢를疾驅하 는 造 花 金 連.

위에서내려오고밑에서올라가고위에서내려오고밑에서올라간사람은밑
에서올라가지아니한위에서내려오지아니한밑에서올라가지아니한위에
서내려오지아니한사람.

저여자의下半은저남자의上半에恰似하다.(나는哀憐한邂逅에哀憐하는
나)

四角이난케ー스가걷기始作이다.(소름끼치는일이다)

라지에ー타의近傍에서昇天하는굴뚜이.

바같은雨中. 發光魚類의群集移動.

　　　　　－〈建築無限六面各體「AU MAGASIN DE NOUVEAUTES」〉

'AU MAGASIN DE NOUVEAUTES'는 '新奇性의 百貨店에서' 라
는 뜻을 갖고 있다. 어떤 백화점을 묘사했는지는 모르나 백화점 내
부 묘사를 볼 때 당시로서는 최첨단 시설을 갖추었던 경성의 미쓰
코시 백화점이 묘사된 것으로 보인다.[143]

---

143) 1934년에 준공된 미쓰코시 백화점에는 톱라이트, 엘리베이터, 에스컬레이터,

무한히 반복되는 내부의 사각형은 자기 유사성을 의미한다. 자연계의 질서는 스스로를 닮는 '자기 유사성'을 반복한다.144) 사각형은 무한히 반복하며 그것을 통해 내부로 끊임없이 축소된다. '四角形의內部의四角形의內部의四角形의內部의四角形의內部의 四角形'의 '建築無限六面角體'는 자기 유사성 반복을 의미하며 '四角이난圓運動의四角이난圓運動 의 四角 이 난 圓'에서 거듭되는 원운동은 사각형을 내포하는 자기 유사성의 진행이다.145)

엘리베이터 안에 마주 보는 두 거울은 미로의 형태를 갖고 있다. 이 시구에서 '四角이 난圓運動의四角이난圓運動'은 빠른 형태의 흐름을, '四角 이 난 圓'은 띄어 씀으로써 느린 흐름을 나타낸다. 엘리베이터 안의 거울 속 사각형은 무한을 향해 자기 형태를 복제하며 축소되고 있다. 관찰자의 시야에 들어오는 순간부터 원운동을 하며 축소되는 '四角'은 끝이 보이지 않는 미로로 연결되어 있어서 육안으로 관측할 수 없다. 그러나 원운동은 백화점 안에 놓인 거울 속에서도 진행된다.

'血管의비늣내를透視하는사람'은 신체 내의 원자와 비누의 분자

냉방시설 등이 있었으며 백화점 안 식당과 옥상에는 정원과 놀이기구가 설치된 근대 문명의 상징이었다. 初田亨, 이태문 옮김, 《백화점》, 논형, 2003, 139쪽.

144) 프랙털 이론의 자기 유사성 현상은 사각형 속에 반복되는 사각형의 형태로 설명되는데 흔한 예로 엘리베이터 안의 거울 속에 무한하게 반복되는 사각형의 현상을 들 수 있다.

145) 수학자 김태화는 위와 같은 현상을 카메라의 줌(ZOOM)을 연속적으로 클로즈 업 시키는 모습이라고 해석한다. 김태화, 《수리철학으로 바라보는, 이상의 줌과 이미지》, 교우사, 2002, 78쪽.

가 주고받는 감각을 인지할 수 있는 사람이다. 그는 '비눗내'라는 후각적 요소를 시각적으로 '透視'할 수 있는 것으로 묘사되어 있다. 그것은 '透視'할 수 있는 능력을 갖고 있는 것이 아니라 단순히 타인의 몸에서 풍기는 '비눗내'를 맡을 수 있다는 뜻이다. '냄새를 맡다'는 표현이 아니라 '냄새를 본다'는 표현, 그리고 단순히 본다는 것이 아닌 '透視'한다는 표현은 감각의 극대화를 의미한다. 백화점이라는 문화적 충격이 들어오며 서양의 갖가지 고급 비누를 쓰는 여인들이 늘어나고 그 체취에 대해 편집증적인 성향을 갖게 된 사람을 묘사한 구절이다.

이 시에서 시적 자아의 시각은 자연계의 모든 물상에 내재된 마이크로 코스모스를 염두에 두고 있다. '地球를模型으로만들어진地球儀'와 '地球儀를模型으로만들어진地球'는 그러한 시각을 보여주는 예이다. 인간이 실재하고 있는 '地球'는 축소판 '地球儀'와 마찬가지로 유사성의 원리에 따라 형성되어 있다. 현실에서 인식할 수 있는 지구라는 형태는 인간에게 실감나지 않고 '地球'라는 공간 또한 관념적으로 정의된 형태에 따라 인식할 수 있기 때문이다.

시적 자아의 시선은 냉소적이다. 그래서 백화점에 진열된 진귀한 수입산을 비롯한 다채로운 제품들은 일정한 원리에 따라 물질 구조를 이룬 입체로 밖에 보이지 않는다. 마네킹 다리에 씌워진 서양 '洋襪'은 '去勢'된 성기로 보인다. 괄호 안에 명시된 '그여인의이름은워어즈였다'의 '워어즈'라는 여인은 거세된 것처럼 보이는 서양 양말과 연관된 이미지를 가진 여인임을 알 수 있다. '去勢'되었다는 것은 참혹하게 잘린다는 것을 의미하고 '去勢'된 물질은 피가 통하

지 않아 비참하게 늘어진다. 당시 서양 흑백영화에 출연했던 여배
우 가운데 섬뜩하고 창백한 이미지를 가진 주인공이 아니었을까 유
추해볼 수 있다. 또 얼굴에 쓰는 베일인 '緬絕'는 레이스로 만들어
져 있으며 얼굴을 신비하게 만드는 장식품이다. 베일에 가려진 여
인의 얼굴은 '貧血'을 앓는 것처럼 창백하고 '참새다리'처럼 빈약해
보인다.

'平行四邊形'은 평행으로 마주보는 두 쌍의 선이 엇갈려 대각선
으로 이루어진 도형이다. '平行線'은 만나지 못하는 동시성을 의미
하고 '對角線方向'은 두 쌍의 선을 만나게끔 만드는 방향이다. '推
進하는莫大한重量'의 도구는 백화점의 에스컬레이터를 의미하며
에스컬레이터가 엇갈려 지나가는 모습은 평행사변형으로 묘사되었
다. 이는 시적 자아가 이동하는 시점이거나 위에서 내려 보는 것이
아닌 아래층에서 서서 이동하는 에스컬레이터를 관찰하고 있음을
의미한다.

백화점에 놓인 '코티' 향수는 '마르세이유의봄'에 생산되고 가을
까지 동양으로 이송되는 과정을 거쳐 백화점 가판대에 진열되었다.
그러한 외제 상품의 이동경로는 시적 자아에게 이국적인 감상을 제
공한다. '코티의香水'가 이동한 경로를 생각하는 것은 시적 자아에
게 새로운 즐거움이다. 또 시적 자아가 성취할 수 없는 소망이기도
하다. 시적 자아의 시선은 우아한 이미지를 가진 '코티의香水'에서
'蛔蟲良藥'으로 옮겨간다. '蛔蟲良藥'의 신속하고 강력한 약효는
'快晴의空中에鵬遊하는' 비행기 'Z伯號'의 사진으로 형상화되었다.
'蛔蟲良藥'의 상자 갑에 그려진 비행기가 '快晴의空中에鵬遊하는'

그림은 은은하게 퍼지는 '코티의香水'가 주는 이미지와 대조적으로 알약의 입자가 고체에서 액체화되는 과정을 상세히 설명한다. 향수가 주는 고급스러운 향취와 달리 실용적이고 무미건조하다. 취향에 따라 선택되는 고가의 사치품인 '香水'와 인간의 장 속에 들어가 기생하는 '蛔蟲'을 박멸하기 위해 퍼지는 '良藥'의 공통점은 체내에 들어가 입자를 퍼뜨리며 각기 기능을 해낸다는 점이다.

현대의 백화점과 마찬가지로 당시에도 백화점 위층에 '屋上庭園' 같은 놀이시설이나 휴게시설이 있었음을 알 수 있다. 백화점을 드나드는 귀부인 계층인 '마드무아젤'은 새로운 놀이시설에 감탄해서 원숭이처럼 뛰어놀고 있다고 묘사되어 있다. 백화점이라는 신문물이 들어오면서 엿볼 수 있는 사소한 풍경까지도 섬세하게 묘사한 부분이다.

'彎曲된直線을直線으로疾走하는落體公式'은 에스컬레이터의 운행을 의미한다. 당시 경성에 들어온 미쓰코시 백화점에는 에스컬레이터가 운행됐는데 에스컬레이터의 운행 형태를 '彎曲된直線'의 '落體公式'으로 표현하고 있다. 당시 조선의 상황으로 볼 때 전철이나 백화점, 백화점 안의 엘리베이터나 에스컬레이터는 신기한 신문물이었을 것이다. 그러나 시적 자아는 개인의 감정을 토로하는 표현하기보다는 이성적이고 과학적인 형태 묘사로 객관적인 감상을 이끌어내고 있다.

미쓰코시 백화점 자리에 들어선 신세계 백화점의 지붕 아래 커다란 시계가 걸려 있는 것처럼 당시 백화점 벽에도 주변 행인이 볼 수 있을 만큼 커다란 시계가 걸려 있었다. 그래서 저녁 7시가 되어

백화점 폐점이 가까워지자 벽에 걸린 '時計文字盤'의 시침과 분침
에 '黃昏'이 드리워지는 모습이 커다랗게 각인된다. 저녁 시간이 되
어 사람들의 왕래가 많아지자 백화점의 '도어ー'는 끊임없이 열렸
다 닫힌다. 백화점 앞에서 인사하는 직원은 '鳥籠' 속 '카나리야'처
럼 백화점 안에 갇혀서 끊임없이 바쁘게 인사하며 움직인다. 내부
의 문은 '嵌殺門戶'의 모양으로 불빛에 비쳐 '鳥籠' 같이 보인다.
'嵌殺門戶'의 그림자 안에 갇힌 직원은 지저귀는 새처럼 끊임없이
인사한다. 백화점 직원의 반복적이고 사무적인 인사는 무미건조해
서 심리상태가 드러나지 않는다. 인간이 '鳥籠' 속에 갇힌 '카나리
야'의 마음을 알 수 없는 것과 같다. 이는 백화점이라는 화려한 자
본주의 문명의 그늘에 가려 기계화되는 인간의 모습을 드러내는 풍
속도이다. 저녁 시간이 지나 '食堂의門간'에서 '方今到達한雌雄과
같은朋友'가 흩어져 가는 모습을 그려내 백화점 폐점시간이 가까워
졌음을 나타낸다.

〈三次角設計圖「線에關한覺書 4」〉에 묘사된 바와 같이 '검은잉
크가엎질러진角雪糖'은 시간의 흐름에 따른 공간의 변화를 의미한
다. 시공간의 축소를 표현한 '角雪糖'은 우주의 변화에 따른 차원의
변화를 조형적으로 묘사한 형태이다. 어둠이 찾아오는 것을 엔트로
피 현상처럼 '검은잉크가엎질러진'으로 묘사한 까닭은 시간의 변화
를 느끼는 것은 현상이 아닌 인체의 감각으로서 원자라는 입자에
감각이 퍼지며 인식되는 것이기 때문이다. 시공간의 변화는 우주의
운행을 통해 일어나지만 인체라는 소우주가 없으면 인식할 수 없
다. 시공간의 변화는 지구를 포함한 우주 전체에도 일어나고 개인

의 내부에도 일어난다. 내부의 변화는 밤이 찾아왔음을 자각한다. 시공간의 변화를 인식한 인간들은 집으로 향하는 '三輪車'에 탄다. 어둠이 깔리는 시간 변화를 느끼는 인간의 감각은 '角雪糖'과 같으며 인간이 차에서 내리는 모습은 '積荷'로 표현된다. 백화점 앞에서 분주히 타고 내리는 인간은 시공간의 변화를 인지하는 물체이고, 물화된 자동기계에 불과하다.

그것은 이름이 박힌 '名啣'을 무심히 '짓밟는軍用長靴'에서도 느낄 수 있다. 전시의 군인은 인간을 물질로 여겨 존엄성을 생각하지 않고 폭력을 휘두른다. 그와 마찬가지로 시간의 흐름도 인정에 연연하는 법 없이 변화를 일으킨다. 시공간의 변화 때문에 인간의 인체와 물질은 바뀌어 간다. '街衢를疾驅하는 造 花 金 連'은 도로를 질주하는 택시들의 모습으로 달리는 자동차의 불빛을 묘사한 것이다.146)

'위에서내려오고밑에서올라가고위에서내려오고밑에서올라간사람은밑에서올라가지아니한위에서내려오지아니한밑에서올라가지아니한위에서내려오지아니한사람.'은 백화점 폐점시간이 되어 엘리베이터나 에스컬레이터를 타고 내리는 사람들이 점점 늘어나는 것을 의미한다. 그래서 '위에서내려'오는 사람과 '밑에서올라'가는 사람이 뒤섞이기도 하고 '밑에서올라간사람'과 '밑에서올라가지아니한' 사람이 뒤섞이기도 한다. 그 어지러운 반복은 시적 자아의 눈에 혼란으로 비친다. 그래서 '저여자의下半'이 '저남자의上半'과 섞이는

---

146) 우리나라에서 택시 운행이 시작된 때는 1910년대이다.

광경을 목도하는데 그것은 엘리베이터나 에스컬레이터가 오르내리면서 '위와 밑'이 구분되지 않고 사람의 형태도 왜곡된 형상으로 나타나는 것을 묘사한 것이다. '哀憐한邂逅'는 '下半'과 '上半'이 뒤섞이는 현상이며 시적 자아는 그것을 냉소적 말투로 표현한다.

'四角이난케ー스'는 느리게 이동하는 자동차의 형태가 묘사된 것이다. 자동차는 밀리는 시간에 질주하지 못하고 느리게 '걷기' 시작한다. 자동차에서 다리가 돋아나고 걷기 시작한다는 표현은 대상물을 의인화시키는 추상적 표현이다. 금속으로 만든 부품이 조립되어 신체를 이루고 연료에 의해 움직이는 기계인 자동차를 인간과 동등하게 인식하고 의인화해서 묘사하는 것은 인간의 물화(物化)에 대한 경고이다. 이 시에서는 그 동작에 대해 '소름끼치는일'이라고 표현한다. 분주히 움직인 자동차 '라지에ー타'에서 연기가 피어오르고 바깥에는 비가 내린다. '雨中의' 길에는 헤드라이트 불빛으로 인한 '發光魚類의群集'과 같은 움직임이 일어난다.

이 시는 백화점이라는 서구식 문명을 접하는 시적 자아의 이동하는 시선에 따라 나타나는 물상의 형상을 추상적으로 묘사한 시이다. 이 시에서 대상은 구체적으로 묘사되지 않았고 내면에 떠오르는 감각에 따라 변형되었다.

이 시에 표현된 추상적 형태는 첫째, '四角形의內部의四角形의內部의四角形의內部의四角形 의內部의 四角形'과 '四角이난圓運動의四角이난圓運動 의 四角 이 난 圓'이다. 이것은 엘리베이터 거울 속에 사각의 형태가 끝없이 축소되어 나타나는 현상이다. 둘째, '平行四邊形對角線方向을推進하는莫大한重量'은 백화점 안에서

운영되는 에스컬레이터의 선이 묘사된 것이다. 셋째, '彎曲된直線을直線으로疾走하는落體公式' 또한 에스컬레이터의 운행을 표현한 것으로서 직선이 만곡의 법칙에 따라 운행되는 것을 묘사했다. 넷째, '도아ー의內部에도어ー의內部의鳥籠의內部의카나리야의內部의嵌殺門戶의內部의인사'는 문 안에 또 문이 있고 그 안에 조롱이 있는 내부의 형태가 반복되는 형상을 묘사했다. 다섯째, '검은잉크가옆질러진角雪糖'은 시간이 공간의 변화에 따라 환원되어 나타나는 것을 조형적 형태로 묘사한 것이다. 시간이 흐르며 공간이 어둠에 덮이는 것을 검은 잉크와 角雪糖으로 묘사했다.

위의 시들에 드러나는 특징은 주제적 요소를 담고 있는 대상물들을 내면의 흐름에 따라 추상적으로 인식해 추상적 형상 서술로 재배치했다는 점이다. 〈破片의 景致〉는 주제를 담아내는 도구로 도형이 쓰였고 그로 인해 변화된 대상의 감각적 상징성에 따라 시적 상황이 진행되었다. 〈수염〉과 〈建築無限六面角體 「대낮 - 어느 ESQUISSE」〉, 〈建築無限六面角體 「AU MAGASIN DE NOUVEAUTES」〉는 대상이 지닌 서정적 추상에 따라 형상 서술되었다.

그러므로 〈破片의 景致〉는 변형된 문자의 형상이 묘사하는 바와 주제의식을 연계시켜 이해해야 하며 〈수염〉과 〈建築無限六面角體 「대낮 - 어느 ESQUISSE」〉, 〈建築無限六面角體 「AU MAGASIN DE NOUVEAUTES」〉는 대상이 지닌 추상적 감각이 시의 주제와 어떤 방식으로 연결되는지 파악해야 한다는 점에서 구별된다.

제Ⅳ장. 표현주의 연극 기법과 종합예술 무대 적용

1. 표현주의 연극과 정거장식 기법 응용

연극은 꿈과 환상적 체험을 객관적 상황으로 제시할 수 있다. 그래서 극적 체험은 꿈과 현실을 구분할 수 없게 만든다. 꿈 또는 환상은 연극의 장면으로 묘사됨으로써 현실에서 그려낼 수 없는 심리적 상황을 전달한다. 이상 시에서 시적 자아의 꿈이나 환상적 체험은 연극의 형태로 바뀌고 다시 시의 형태로 매체 교체되는 재구성의 형식을 띤다. 그러한 형식의 재구성은 표현주의 연극 기법인 정거장식 기법(Stationentechnik)과 전신문체 등을 운용한 매체 교체에서 찾을 수 있다. 〈烏瞰圖〉 연작시는 연극과 영화, 회화 등을 합친 종합 예술적 결합 형태를 보여주고 있다.

1) 〈烏瞰圖〉 연작의 정거장식 기법

당시 예술계에 신선한 충격을 주었던 표현주의 예술의 주제는 인간 존재에 대한 회의와 고통이다. 여러 예술 매체가 표현주의를 주제로 창작품을 제작해냈지만 표현주의의 특징을 가장 두드러지게 나타낸 매체는 시와 연극이다. 표현주의는 자아 분열을 주제로 한 전기 표현주의와 메시아적 개혁을 주제로 한 후기 표현주의로 나뉜다. 무엇보다도 표현주의의 분명한 의식이자 기본적인 주제는 자아 분열이다.

자아 분열을 이끈 것은 전쟁의 공포였다. 전쟁의 공포는 절대적인 진리를 잃어버린 무가치성의 허무의식을 낳았다. 그러나 인간의 자아를 분열 상태로 이끈 요소는 제1차 세계대전만이 아니다. 대도시, 인간의 사물화와 사물의 의인화, 기계문명, 속도, 매스미디어, 역사적 허무주의와 비평 등 여러 가지 요소를 나열할 수 있다.[147) 기계가 인간의 몫을 대신하게 됨은 혁신적이었지만 한편으로는 존재에 회의를 느끼게 하는 요소가 되었다. 뿐만 아니라 세계의 역동적인 발전은 인간을 대도시로 내몰았고 대도시 안에 갇힌 인간은 소외와 데카당스한 파멸의 세계를 경험하게 되었다.

우리나라에 최초로 독일 희곡이 소개된 것은 1907년으로 기록되어 있다. 그러다가 1920년대 초부터 늘어난 신문은 독일 희곡, 독일 연극 소개와 번역 작품을 실을 수 있는 공간을 제공한다. 괴테의 〈파우스트〉를 비롯해 하우프트만, 슈미트본 등의 다양한 작품이 소개되었고 표현주의 작품으로는 카이저, 괴링, 슈니츨러, 쉴러, 오토 밀러, 헤르만, 톨러, 베데킨트의 작품이 번역, 소개, 상연되었다.[148)

표현주의 문학은 1910년대 독일을 통해 일본을 비롯한 아시아 지역에 수입되었다. 표현주의 극은 1920년대부터 1930년대에 이르는 짧은 기간 동안 성행했지만 '신파'에 익숙한 관객들에게 신선한 충격을 주었고 연극의 지평을 넓히는 기회가 되었다.[149) 표현주의 연

---

147) 고위공, 〈초기 표현주의 서정시에 있어서의 '자아분열'과 '병열문체' - 표현주의 문학의 인식론적 문제성 - 〉, 《홍대논총》 15, 1983, 4~6쪽.

148) 김기선, 〈수용초기의 독일희곡 수용 - 개화기에서 한국전쟁 후까지 (1907~1962)〉, 《브레히트와 현대연극》8, 2000, 170쪽.

극은 주인공 한 명을 중심으로 한 주관극(Ich-Dramatik)의 성격을
띠었다. 자서전적이며 개인의 정신발달사인 심리 소설과 일치하는
주관극은 죽음의 공포와 절망적인 시대 상황 속에서 절규하는 고통
스러운 목소리를 표현하는 데 목적을 두었다. 자아분열을 나타내는
데 주력했던 표현주의 연극의 분위기는 몽환적이고 회화적이었으
며 내면 심리를 최대한 표현해낼 수 있도록 격렬했다. 극단적인 주
관성과 격정이 분출되는 극의 성격상 전달되는 방식도 심리 중심적
이었으며 현실보다 환상에 가까웠다.150)

　표현주의 연극의 기본적인 구조는 정거장식 기법(Stationenteknik)
이다.151) 정거장식 연극(Stationen drama)의 대표적인 모델은 스트
린드베리의 〈꿈의 연극〉이며 이후 톨러, 카이저 등 여러 작가에 의
해 시도되었다.152) 〈꿈의 연극〉은 꿈이 연극으로 전이된 형식이다.
겉으로 보기에 논리 정연한 배열로 구성되어 있지만 내용상으로는
연결이 안 되는 꿈의 형식으로 이루어진다.153)

---

149) 표현주의 사조는 20세기 문학에 커다란 변혁을 일으켰으나 우리나라에서의
　　역사는 1920년대에서 1930년대까지로 극히 짧다. 유민영은 표현주의 문학을 수
　　용할 만한 대중의 정서적인 수준이 낮은 데 절대적인 원인이 있다고 보았으며
　　이를 실천에 옮길 수 있던 작가는 김우진 한 명이었다고 밝힌다. 유민영, 〈표현
　　주의극의 한국 수용〉, 《한국연극학》2, 1985, 142쪽.
150) 이상일, 〈표현주의 희곡의 주관성 연구〉, 《인문과학》22, 1992, 77쪽.
151) 정거장식 기법은 인물의 내면 의식에 따라 장이나 막을 정거장으로 구분하는
　　연극기법이다. 희곡의 흐름을 사건이나 줄거리에 따라 진행하지 않고 의식의 흐
　　름에 따라 구성하게 된다.
152) Manfred Brauneck, 김미혜 · 이경미 옮김, 《20세기 연극 - 선언문, 양식, 개혁
　　모델》, 연극과 인간, 2000.
153) Stephen Kern, 박성관 옮김, 《시간과 공간의 문화사(1880~1918)》, 휴머니스

〈꿈의 연극〉의 형식은 표현주의 연극의 목표인 심리적 리얼리티를 표현해 내는 데 효과적이었다. 이는 현실보다는 꿈이 실제적인 심리를 반영해낸다는 생각에서 비롯된 것이다. 정거장식 희곡에는 꿈, 환상, 동화적 세계가 재현되어 있으며 실제 세계와 과거, 현재, 미래가 뒤섞이며 연결되어 있다. 정거장마다 새로운 사건들이나 결핍 때문에 새로운 행위가 각기 독자적으로 전개되지만 결국은 한 주제로 연결된 종합예술적인 형태를 띠고 있으며 내적인 논리를 창조해낸다. 독립적인 장면들이 결합되어 있지만 저마다 특별한 인상을 주는 이미지의 몽타주이고 그로 말미암아 한 편의 합성된 그림이 만들어진다.

정거장식 연극의 흐름은 자연발생적 연상의 연결이다.[154] 그래서 인위적인 사건이 연결되는 다른 연극 양식과 구별된다. 연결되지 않는 사건을 묘사하는 장면이 연이어 무대에 오르고 사건의 인과적 발전이 생성되지 않는 가운데 극이 진행된다. 뿐만 아니라 시간과 공간도 자유롭게 변형되어서 객관적 사실이 변동된다. 정거장식 연극은 내적 필연성의 논리로 구성된다.[155]

내적 필연성의 논리로 연결된 정거장식 기법은 내면 의식을 그려내는 데 효과적이다. 이상의 〈烏瞰圖〉 연작시도 연작의 형태이지만 연관성 없이 각기 다른 상황으로 연결되어 있어 연작이라고 할

트, 2004, 491쪽.

154) Christopher Innes, 김미혜 옮김, 《아방가르드 연극의 흐름》, 현대미학사, 1997, 69쪽.

155) Manfred Braunek, 앞의 책, 258쪽.

근거를 짐작하기 어렵다. 〈烏瞰圖〉 연작시의 독특한 양식은 장면은 변화하지만 사건의 인과적 발전이 생기지 않으며 작가 마음대로 시간과 공간을 변형하는 정거장식 기법을 떠올리게 한다.

정거장식 연극의 주제 의식은 내면 의식에 가까우며 몽타주는 우연을 가장한 필연적 연결이다. 〈烏瞰圖〉 연작시는 자아 분열, 부권에 대한 부정 등을 주제로 한 것과 등장인물을 보통명사화한 것, 운문과 산문이 뒤섞인 구성 방식 등이 표현주의 연극의 방식과 유사하며 특히 연관성 없는 장면이 이어진 전체적인 구성으로 보았을 때 정거장식 기법을 썼음을 유추할 수 있다.156)

정거장식 연극과 〈烏瞰圖〉 연작시의 특성이 가장 잘 부합되는 부분은 현실 그림과 꿈 그림의 양상이다. 정거장식 연극 무대에 등장하는 그림은 전면 무대에 실현되는 현실 그림과 후면 무대에서 수행되는 꿈 그림의 연속으로 조합된다.157) 정거장식 연극에서 무대 이미지라고도 지칭되는 '그림'은 작중 주인공의 내면의식을 상

---

156) 당시 일본은 표현주의 연극에 열광하고 있었다. 일본 문화를 즉각 흡수할 수밖에 없었던 경성고등공업학교의 교육체계로 볼 때 이상이 표현주의 연극이론을 접했을 가능성을 배제할 수 없다. 이상이 경성고등공업학교를 다녔던 시기 강의를 맡았던 藤島亥治郎은 유럽 여행을 통해 견문이 넓었고 당시 일본에 널리 알려졌던 표현주의 사상에 매료되어 있었다. 경성고등공업학교 강의 시절 藤島亥治郎은 '표현파 영화의 무대 세트를 비롯한 미술에 관련된 일과 표현파 예술을 소재로 공연을 한 적도 있다'고 한다. 윤인석, 〈韓國における 近代建築の 受容及び 發展過程に 關る 研究〉, 동경대, 1990, 102쪽의 인터뷰 내용을 인용했다. 藤島亥治郎은 표현주의에 대한 소개로《朝鮮と建築》1925년 3월호에 한 스펠치히를, 4월호에는 잘츠부르크의 대극장을 번역한다.

157) 이강복, 〈에른스트 톨러의《변화》에 나타난 형식 연구〉, 《독일언어문학》9, 2004, 349쪽.

징적으로 투사하는 도구로서 자칫 전달하기 힘든 표현주의 연극의 심리 상태를 간접적으로 표현해낸다. 주인공의 결심이나 행동 또는 결과 등 현실적인 상황의 행위들은 전면 무대에서 현실 그림으로 나타내고 내면의 정신 상태로서 외부 현실에 영향을 미치는 체험 영역 또는 정신 영역은 후면 무대에 꿈 그림으로 전개된다. 정거장식 연극에서 그림은 주인공의 정신적인 흐름을 위주로 구성되며 그림의 방식은 회화나 영상 또는 시로 진행된다.158) 정거장식 연극에 연출된 그림은 그 자체로도 매체 결합의 의미를 갖게 된다.

〈烏瞰圖〉 연작시는 정거장식 연극의 드라마투르기(Dramaturgie)159) 형식으로 구성되었으며 내용면으로 볼 때 정거장식 연극의 꿈 그림과 현실 그림이 교차되는 형식을 갖추고 있다. 정거장식 연극의 그림이 회화나 영상의 결합으로 구성된 것과 같이 〈烏瞰圖〉 연작시의 내용도 회화나 영상 매체와 결합된 상연을 염두에 두고 쓰였다고 유추해 볼 수 있다.

〈烏瞰圖〉 연작시의 내용을 정거장식 연극의 그림 형식으로 구성해 보면 다음과 같다.

---

158) 위의 논문, 350~351쪽.

159) 드라마투르기는 극작, 연출 연구가의 활동을 의미하며 극작품의 제작과 실제 공연에 관계되는 희곡의 시학과 연극 미학이다. 김병옥 외,《도이치문학 용어사전》, 서울대출판부, 2007, 313쪽.

	제목	내용	형식
1정거장(침잠)	詩第一號	시공에 대한 인식	꿈 그림
	詩第二號	부권에 대한 회의, 전통 부정	현실 그림
	詩第三號	전쟁에 대한 부정	현실 그림
	詩第四號	이중 자아	꿈 그림
	詩第五號	시각에 대한 성찰	꿈 그림
	詩第六號	부적절한 애정관	극중극, 현실 그림
	詩第七號	자아 분열	꿈 그림
	詩第八號	형상의 복제, 사진	현실 그림
2정거장(표출)	詩第九號	총구, 자아 파멸	현실 그림
	詩第十號	존재에 대한 의문과 희구	꿈 그림
	詩第十一號	신체 훼손	꿈 그림
	詩第十二號	사물의 변형	현실 그림
	詩第十三號	신체 훼손	꿈 그림
	詩第十四號	공간의 변형, 인물의 부조화	현실 그림
	詩第十五號	자아 분열	극중극, 꿈 그림

〈烏瞰圖〉연작시 전편에는 개연성 있는 사건이 일어나지 않는다. 각기 연관성이 없는 상황은 심리적인 흐름에 따라 연결되어 있다. 자아의 정신적 갈등을 주제로 연결된 각 호는 상황에 따라 두 정거장으로 나뉜다. 첫 번째 정거장은 〈烏瞰圖 詩第一號〉에서 〈烏瞰圖「詩第八號 解剖」〉까지, 두 번째 정거장은 〈烏瞰圖 詩第九號〉에서 〈烏瞰圖「詩第十五號」〉까지이다.160)

정거장은 자아가 내부로 침잠하는 첫 번째 정거장과 갈등을 외부로 표출하는 두 번째 정거장으로 나뉜다. 〈烏瞰圖 詩第一號〉에서 〈烏瞰圖「詩第八號 解剖」〉까지의 첫 번째 정거장은 내면으로 침잠하는 자아가 꿈과 현실 사이를 왕복하면서 두 세계에서 겪는 이질감을 극복하지 못하는 상황이 진행된다. 두 번째 정거장은 외부 세계와의 갈등이 계속되며 결국 총을 쏘는 행위로 자아 파괴 욕망을 실현하는 것으로 끝을 맺는다.

내면으로 침잠하는 자아는 표출하는 자아의 행위에 대해 이율배반적이다. 자아를 지키고자 하는 욕망과 파괴하고자 하는 욕망은 대립구조를 이룬다. 그것은 반복되는 행위의 갈등으로 표출된다.

---

160) 이상은 〈烏瞰圖〉연작시를 총 30수로 기획하였지만 15수밖에 실리지 못했음을 〈烏瞰圖作者의말〉에서 토로하고 있다. 30수가 다 실렸다면 정거장의 구분도 명확해졌을 것이다. '三十一年 三十二年 일에서 龍대가리'라는 말에서 〈烏瞰圖〉에 대한 자부심을 엿볼 수 있으나 뜻대로 되지 않아 아쉬움을 남기고 있다. 또 신문이라는 매체의 한계를 통탄하며 '鐵 - 이것은 내 새길의 暗示요'라며 정거장식 기법을 구사했음을 암시하고 있다. '무슨 다른方途가있을 것이고 위선 그만 둔다.'며 새로운 매체를 적용할 뜻을 비쳤다. 김주현 주해, 《정본 이상문학전집》3, 소명, 2005, 207쪽에서 인용.

총을 쏘았으나 다시 총알을 내뱉고 입에서 새어나오는 나비의 환영, 즉 영혼을 보지만 나갈 수 없도록 손으로 막는다. 또 한쪽 팔로는 해골을 바닥에 내동댕이치고 다른 한 쪽은 사수한다. 면도날로 팔을 자르지만 또 그것을 소중히 간직하기도 한다. 침잠하는 자아와 표출하는 자아는 이중적이며 서로 갈등한다. 그러한 이중(二重) 자아의 형성은 자아 분열의 형태로 나타난다.

첫 번째 정거장의 〈烏瞰圖 詩第一號〉는 시공(space-time)과 빛에 대한 인식이 주제이며 시간의 흐름이 영상화되었다. 영상의 빛은 공간 속을 초당 3만 킬로미터로 달려간다. 〈烏瞰圖 詩第一號〉의 '疾走하는十三人의아해'는 공간 속으로 달려가는 빛의 입자를 뜻한다. '光線'에 대한 자각은 〈三次角設計圖「線에關한覺書 1~7」〉을 비롯한 여러 편에 나타나 있으며 광선은 시공을 초월해 이동할 수 있는 유일한 수단임을 밝히고 있다. 사람이 전자화되거나 입자화되어 빛으로써 시공간을 초월할 수 있다는 이상의 개인적인 소견은 여러 시편에 주제의식으로 작용하고 있다.

이 시의 13이라는 숫자는 〈一九三一年·十〉과 연결된 시간관을 갖는다. '나의 방의 時計 별안간 十三을 치다. 그때, 號外의 방울소리 들리다. 나의 脫獄의 記事. 不眠症과 睡眠症으로 시달림을 받고 있는 나는 항상 左右의 岐路에 섰다. 나의 內部로 向해서 道德의 記念碑가 무너지면서 쓰러져 버렸다. 重複. 세상은 錯誤를 傳한다. 13+1=12 이튿날(卽 그때)부터 나의 時計의 침은 三個였다.'는 시간에 대한 인식체계를 드러낸다. 시계가 12가 아닌 13을 치는 것은 현실적인 시공간 체계가 무너졌음을 뜻한다. 불면과 수면은 현실과 비현실의 좌우를 왕복하게 하고 이는 탈옥이 현실의 것인지 비현실의 것인지도 구분할 수 없게 만든다. 비현실적 시간 인식은 생과 사의 갈림길에서 탈출로 이끌기도 하며 현실과 비현실을 구분하는 것조차 무의미하게도 만든다.

〈烏瞰圖「詩第二號」〉는 부권에 대한 회의와 전통의 부정을 주제로 한 독백 형식이다. '아버지'는 부친이자 전통을 상징한다. 표현주의 문학의 주요 주제인 부친에 대한 부정은 기존 권위에 대한 도전이며 극단적으로 부친 살해로 표현된다.[161] 부친 살해는 단순히 전통에 대한 부정을 목표로 하는 것이 아니라 가부장적 권위로 표상되는 국가 권력에 도전하고, 개인 존엄성을 훼손하는 전쟁을 일으킨 통수권에 대한 반항을 표현하는 것이기도 하다.

〈烏瞰圖「詩第三號」〉는 전쟁에 대한 부정이 주제이며 이 또한 독백 형식으로 쓰였다. '싸홈하는사람'의 '싸홈'은 전투, '싸홈하지 아니하든사람'의 '구경'은 방관을 뜻한다. 이 시에는 전투하는 사람과 그렇지 않은 사람, 또 전투를 방관하는 사람까지도 선과 악, 또는 진실과 거짓으로 구분짓지 않는다. 이 시의 전투 행위는 자의에 따른 것이 아니며 선악의 구분이 없는 세상에서 전쟁에 참여하는지 아닌지는 특별한 의미가 없다. 무목적적이고 무의미한 전쟁의 양상에 대한 인식은 톨러의 표현주의 연극 〈변화〉[162]의 주인공 프리드리히의 대사에서 찾을 수 있다.[163] 세계시민적인 사고는 국가 간의

---

161) 〈부친 살해〉, Arnolt Bronnen의 1922년 작.

162) 톨러(Ernst Toller)의 〈변화〉(1917)는 〈칼레의 시민들〉과 함께 인간의 개혁을 비롯한 표현주의 이념을 관객에게 직접 선포하는 고지극의 견본으로 불린다.

이해보다는 인류애적인 측면에서의 공존이 중요하다는 믿음에서 비롯된다.

〈烏瞰圖「詩第四號」〉는 이중 자아의 내면을 조형적으로 나타냈다. 거울 속에 비친 자아의 형상은 숫자로 나타난다. 빛의 입자인 광자가 되어야 시공간을 초월할 수 있다는 믿음을 가진 자아는 '患者의容態'로 형상화된다. 거울에 비친 숫자 조합은 시공간에 대한 성찰을 의미한다. 이 시의 조형 형태는 시공간을 자각하는 뇌수의 운행을 조형화한 것으로서 숫자 형태가 지닌 조형미와 숫자 조합이 지닌 개별적 의미를 형상화한 것이다. 이 시의 그림은 정신적 자각을 상징하는 형상물로 뒷면에 배치되는 꿈 그림이다.

〈烏瞰圖「詩第五號」〉는 시각에 대한 성찰을 주제로 한다. 카메라의 시각은 좁은 시야에 갇혀 있던 인류에게 시각의 해방과 시대적 통찰을 가져다주었다. 이러한 시각에 대한 사유를 이 시는 장자의 〈山木篇〉을 인용해 나타내고 있다. 〈山木篇〉에 등장하는 새는 먹이를 쫓느라 잡혀가는 줄 모른다. 허기는 눈을 멀게 해 '翼殷不逝 目大不覩' 즉 날개가 커도 날지 못하고 눈이 커도 보지 못하게 한다. 생존의 욕구를 지닌 '臟腑'는 '侵水한 畜舍'와 다를 바 없는 것이다. '臟腑'는 '꼬르륵'거리는 소리를 내며 음식물을 흡수하는 기본 기능에 충실하다. 이 시의 기호는 '臟腑'가 내는 소리와 음식물

---

163) "유태인 어머니가 나를 낳았고, 독일이 나를 양육했으며, 유럽이 나를 교육시켰다. 나의 고향은 지구이고, 세계가 나의 조국이다."는 프리드리히의 말은 근본적으로 반전사상을 표방하고 있다. 김충남, 〈에른스트 톨러의 표현주의 이념극 《변화》 연구〉, 《외국문학연구》21, 2005, 37쪽.

을 흡수하는 움직임을 조형적으로 표현한 것이다. 그것은 한정된
좁은 공간으로 흡수되는 청각 효과와 시각 효과를 동시에 표현하고
있다. 사각형의 좁은 공간을 들여다보면 시각은 안으로 빨려 들어
가게 되고 밖의 사물을 통찰할 수 없게 되어 '目大不覩'의 상황이
된다. 사각형 안의 어둠은 안으로 시각을 흡입하는 힘이 있다. 어두
운 사각형 속을 들여다보면서 그 속의 영상에 집중시키는 것은 '다
게레오 타입(Daguerreotype)' 카메라의 제작 이치다. 이 시와 〈烏瞰
圖「詩第八號 解剖」〉는 시각에 대해 연관성 있는 주제로 이어져
있다.

〈烏瞰圖「詩第六號」〉는 극중극의 형식으로 상연이 목적이다.
표현주의 문학의 어법인 전신문체가 쓰였으며 표현주의 연극에서
널리 다뤄진 독특한 애정관이 주제이다. 또 이 시는 〈烏瞰圖〉 연작
시 전편의 극중극 형식을 띤다. 극중극은 가상현실과 현실, 또는 극
속에서 극이 뒤엉키는 구조를 가짐으로써 현실과 비현실의 혼효(混
淆)를 보여준다.

〈烏瞰圖「詩弟七號」〉는 내면의식의 피폐함을 나타내기 위해 파
노라마와 몽타주 기법을 적용한 시이다. 영화에서 쓰이는 아이리스
기법으로 장면의 결합을 보여주었다. 초현실주의 회화나 영화 같이
그로테스크한 배경은 심리적 배회를 나타내며 고통의 극한을 보여
준다.

〈烏瞰圖「詩第八號 解剖」〉는 '사진'이라는 매체가 개인의 형상
을 복제해냄으로써 인식하게 되는 심리적 갈등을 주제로 하고 있
다. 이 시는 인간의 신체를 해부하는 과정이 아니라 은판사진술의

과정을 그린 것이다. '水銀 塗沫 平面鏡'이나 '映像된 上肢'가 의미하는 바는 최초의 사진술인 '은판사진'의 제작 과정이다. 완벽한 묘사와 분명한 이미지로 화제를 불러일으킨 은판사진술은 은도금한 동판에 요오드 처리를 하고 다게레오 타입 카메라로 촬영한 뒤, 가열한 수은의 증기를 쐬어 현상한 뒤 요오드 은을 제거하고 정착하는 방법이다. 이 시는 그 과정을 소상히 기록하고 있으며 그것을 파노라마로 보여주고 있다.

두 번째 정거장의 시작인 〈烏瞰圖「詩第九號 銃口」〉에서는 자아 파멸의 욕망이 외부로 드러난다. 첫 번째 정거장에서 개인의 존재 여부의 사회적 의미에 대해 사고하고 침잠했다면 두 번째 정거장에서는 자아 파멸 행위가 구체화되고 갈등이 표출된다. 이 시에서는 이중 자아의 형상이 존재하고 행위를 저지른다. 이중 자아의 형상은 자아를 향해 총을 겨눈다. 외부에 있는 손은 타인의 손이 아닌 이중 자아의 손이다. 이중 자아의 손이 허리에 닿자마자 '消化器官'에서 '입'까지 내부에 연결된 '銃身'은 '銃'을 쏘듯 銃彈 대신 입으로 무언가를 내뱉는다. 두 번째 정거장의 첫 호인 이 시에서 시작된 자살 시도는 〈烏瞰圖「詩第十五號」〉에서 마무리된다.

찌저진壁紙에죽어가는나비를본다. 그것은幽界에絡繹되는秘密한通話口다. 어느날거울가운데의鬚髥에죽어가는나비를본다. 날개축처어진나비는입김에어리는가난한이슬을먹는다. 通話口를손바닥으로꼭막으면서내가죽으면안젓다이러서듯키나비도날러가리라. 이런말이決코밧그로새여나가지는안케한다.

ー 〈烏瞰圖「詩弟十號 나비」〉

'찌저진壁紙에죽어가는나비'는 입안으로 들락거리는 영혼의 형
상이다. 그래서 '幽界'에 '絡繹'되는 '秘密'한 '通話口'다. 〈烏瞰圖
「詩弟五號」〉에서 장자의 〈山木篇〉이 인용된 것과 마찬가지로 이
시에서는 장자의 〈齊物論〉에 나오는 '호접몽'이 인용되었다. 장자
는 〈齊物論〉에서 꿈에 나비가 되어 자유롭게 날아다니다 깬 순간
다시 자신이 되는 과정에서 겪었던 경험을 들어 사물의 변화를 설
명하였다. 장자의 '호접몽'은 가상현실의 이치를 깨달은 철학적 결
과물이다. 이상 시 가운데 여러 편에서 가상현실과 다른 공간에 대
한 묘사가 보인다. 또 동시성에 대한 철학적 성찰도 있다. 이 시는
그러한 시의 묘사들과 다르게 나비라는 유체 이탈의 매개체를 운용
했다는 점이 구별된다. 나비는 영혼이 변형된 형태다. 영혼의 형체
는 나비와 같아서 하늘하늘한 날개를 펄럭이며 육체를 들락거리는
것으로 묘사되었다. 영혼이 들락거리는 곳은 찢어진 벽지와 '鬚髥',
그리고 '秘密'한 '通話口'이다. 통화구는 현실과 가상공간을 연결하
는 통로다. '나비'로 변모한 영혼이 입으로 들락거리므로 '鬚髥'에
서리는 '가난한이슬'을 먹고 살고 '손바닥'으로 입을 막으면 '죽으면
안젓다이러서듯키' 영혼이 된 나비가 날아가 생명이 끊기고 만다.
'이런말이決코밧그로새여나가지는안케한다'는 이유는 그 행위가
생과 연결된 것이기 때문이다.

이 시의 '나비'는 자아를 반영하는 대상물이다. 시적 자아의 신체
속에서 배출되었고 시적 자아의 상태를 대변하고 있다. '나비'가 '죽
어가는' 것은 병에 걸려 죽음에 다다른 시적 자아의 상태를 의미한
다. 또 날아갈 힘조차 없이 '날개가축처진' '나비'의 나약함과 무기

력함도 시적 자아의 상태를 의미한다. 시적 자아는 신체와 정신이
병들어 사회에 적응하지 못하고 무기력하게 살아가고 있는 자신의
상태를 '나비'라는 상징물에 대입해 보여주고 있다. 나비는 '입김에
어리는가난한이슬'을 먹고 사는데 그 또한 풍요롭게 살지 못하는
시적 자아의 처지를 대변하고 있다.

> 그사기컵은내骸骨과흡사하다. 내가그컵을손으로꼭쥐엿슬때내팔에서는
> 난데업는팔하나가接木처럼도치드니그팔에달린손은그사기컵을번적들
> 어마루바닥에메여부딋는다.내팔은그사기컵을死守하고잇스니散散히깨
> 어진것은그럼그사기컵과흡사한내骸骨이다. 가지낫든팔은배암과갓치내
> 팔로기어들기前에내팔이或움즉엿든들洪水를막은白紙는찌저젓스리라.
> 그러나내팔은如前히그사기컵을死守한다.

> ─ 〈烏瞰圖「詩弟十一號」〉

이 시는 자아의 욕망을 실현하는 도구로 '팔'을 표상하고 있다.
초현실주의 예술에서 신체 훼손은 초월을 의미한다. 일정한 신체
기관을 있어야 할 자리가 아닌 이질적인 위치에 접합시키거나 비정
상적으로 변형시켜 훼손한다. 그러한 행위는 신체의 존엄성을 파기
하고 신체가 머무르는 시간조차 이탈하고자 하는 초현실주의 정신
에서 비롯된다.

이 시에서 '사기컵'과 '骸骨'은 동일시된다. '骸骨'이 '사기컵'으로
변형되었다는 것은 이미 뇌가 없으며 생각을 못하는 물질의 상태가

되었음을 의미한다. 또 한편으로 사소한 충격에도 부서져 버릴 만큼 손상된 상태라는 것을 의미하기도 한다. 훼손의 욕구를 지닌 팔은 '接木'처럼 돋아나 '사기컵'을 내동댕이친다. 그러나 자아의 내면에 자리하는 또 다른 팔은 '사기컵'을 '死守'한다. 자아 분열로 인한 이중 자아는 파괴와 사수의 욕망을 지닌 이중적 신체를 갖는다.

이 시는 장 콕토의 영화 〈시인의 피〉에[164] 나온 장면들과 비슷한 부분이 많다. 특히 신체에서 떨어져 나간 신체의 부분들, 머리나 팔, 다리 등이 스스로 행동하거나 말을 한다는 점이 그렇다. 뇌와 연결되지 않은 상태에서 행동하는 신체 부위들은 저마다 지니고 있는 특징을 강화한 행동 양태를 보인다. 그 모습은 신체 부위들이 지니고 있는 특징과 그와 연관된 욕구를 상징적으로 드러나게 한다.

〈烏瞰圖「詩弟十二號」〉는 전쟁의 상처로 이미 불결해진 '흰비닭이의떼'가 작은 평화를 누리기도 전에 때려죽이는 '방맹이', 즉 전쟁의 횡포 때문에 평화를 영위할 수 없는 현실을 그려내고 있다. '때무든빨내조각'과 '흰비닭이'는 처절하게 내동댕이쳐지는데 이 시의 상황과 뒤이어 진행되는 〈烏瞰圖「詩弟十三號」〉의 상황을 헤아릴 때, 시적 자아의 분열에 영향을 미치며, 불결한 전쟁으로 오염된 공기 속에서 살지 못하고 손바닥만 한 하늘을 찾아서 날아가는

---

164) 1930년 작, 장 콕토의 첫 장편영화. 마약, 동성애 등을 소재로 한다는 점 때문에 퇴폐영화로 낙인찍히지만 탁월한 아방가르드 영화로 대접받게 된다. 물질화된 예술, 운명적인 자살, 동성애, 마술, 관음증, 마약, 복장 도착증 같은 환상을 보여주는데 〈파우스트〉의 갈등을 배경으로 한 베데킨트의 거울 상징, 살아 움직이는 조각, 거울 속 세상의 음침한 풍경, 시인의 갈등과 불합리적인 몽상의 풍경들이 펼쳐진다.

'흰비닭이'는 광폭한 상황 속에서 작은 위안을 찾으려 방황하는 자아의 내면을 상징한다.

> 내팔이면도칼을 든채로끈어저떨어젓다.자세히보면무엇에몹시 威脅당하는것처럼새팔앗타.이럿케하야일허버린내두개팔을나는 燭臺세움으로내 방안에裝飾하야노앗다.팔은죽어서도 오히려나에게快을내이는것만갓다. 나는이런얇다란禮儀를花草盆보다도사랑스레녁인다.
>
> —〈烏瞰圖「詩弟十三號」〉

〈烏瞰圖「詩弟十一號」〉에서 자아를 파괴하고자 하는 욕망을 실현하는 도구였던 팔이 이 시에서는 면도칼로 잘려 나간다. 면도칼을 든 채 떨어지는 팔은 욕망의 형체이다. 자아 파괴의 욕망을 근거로 양편에 돋아난 팔은 자아를 사수하고자 하는 또 다른 욕망에 의해 잘려 나간다. 분열된 이중 자아는 파괴하고자 하는 팔과 막아내고자 하는 팔의 행위로 나누어지며 팔의 파괴적 욕구를 막아내려고 스스로 돋아난 팔을 잘라냄으로써 문제를 해결한다. 면도날을 든 채 잘린 한쪽 팔은 '무엇에몹시 威脅당하는것처럼' 새파랗다. 그것은 면도날을 든 채 잘려나간 한쪽 팔이 파랗게 변색한 것에 자아의 감정을 투사하여 표현한 것이다. 팔은 잘린 후에도 나머지 한쪽 팔의 위협을 감당할 수 없다. 그러나 욕망을 향해 뻗어나가는 것도 그 욕망을 거세하는 것도 자아의 내면에서 일어나는 갈등의 모습이다.

신체훼손은 새로운 창조를 의미한다. 훼손된 신체의 일부는 새로운 형상으로 재탄생하면서 변형된 습성을 창출해낸다. 잘려진 두 팔의 변형된 습성은 장식성이다. '燭臺'로 세워져 '방안에裝飾'으로 놓인다. 팔이 지녔던 욕망은 제거되고 뇌가 시키는 데로 움직이는 신체의 일부가 아니라 욕망을 지녔던 부산물로 전락한다. 자아는 잘리기 전의 팔을 자아의 의지와 무관하게 움직이는 존재로 여겼던 것과 같이 잘려 나간 후에도 하나의 자생적인 존재로 여긴다. 그래서 '팔'이 잘려 나가 시퍼런 물체가 된 뒤에도 잘라내버린 자아에게 '怯을내이는것만' 같다. '팔'의 '怯'은 신체를 지닌 자아에 대한 '禮儀'처럼 여겨지고 그래서 신체를 지닌 자아는 잘려나간 욕망에 대해 '花草盆'보다 '사랑스레' 여기는 감정을 갖게 된다. 잘린 팔을 장식으로 방안에 둔다는 것은 섬뜩하고 그로테스크하다. 그러나 그러한 신체훼손의 잔혹한 설정은 당시 표현주의 영화나 연극에서 내재된 욕망이나 갈등을 나타내는 표현이었다.

　　古城압풀밧이잇고풀밧우에나는내帽子를버서노앗다.

　　　城우에서나는내記憶에꽤묵어운돌을매여달아서는내힘과距離껏팔매질첫다. 抛物線을逆行하는歷史의슮흔울음소리. 문득城밋내帽子겻헤한사람의乞人이장승과가티서잇는것을나려다보앗다. 乞人은城밋헤서오히려내우에잇다.或은綜合된歷史의亡靈인가.空中을向하야노힌내帽子의집히는切迫한하늘을불은다. 별안간乞人은 慄慄한風采를허리굽혀한개의돌을내帽子속에치뜨려넛는다.나는벌서氣絶하얏다.心臟이頭蓋骨속으로옴겨가는地圖가보인다.싸늘한손이내니마에닷는다.내니마에는싸늘한손자옥이烙印되여언제까지지어지지안앗다.

　　　　　　　　　　　　　　　　－〈烏瞰圖「詩弟十四號」〉

자아는 벗어놓은 모자 속에서 이중 자아의 형상을 본다. 이중 자아는 '乞人'의 형상으로 서 있으며 성 밑에서 위로 자유롭게 움직인다. 벗어놓은 모자를 쓰고 있는 이중 자아를 '乞人'이라 일컫는 것은 생을 구걸하는 자아의 모습이 내면에 도사리고 있기 때문이다. 걸인은 초라한 모습으로 '나'를 흉내 낸다. '내힘과距離껏팔매질'한 돌을 별안간 허리를 굽혀 모자 속에 '치뜨려' 넣는다. 그 행위는 자연스럽고 무심하다. '나'와 '乞人' 사이는 가상공간이 설정되어 있어 현실에는 있을 수 없는 상황들이 펼쳐진다. 모자와 '乞人'은 이 비현실적 공간에 우뚝 서 있다. 풍경과 사물 속에서 이질적인 요소로 서로 작용하면서 이질성으로 공간을 확보한다. 기억 속에 던져져 '抛物線'을 '逆行'하는 돌멩이는 결국 모자 속을 지나 자아의 두개골을 적중시킨다. 두개골을 맞은 자아는 기절하지만 심장이 두개골 속으로 옮겨가는 지도를 보게 된다. 벗어놓은 모자 속에서 열리는 가상공간의 세계는 현실 공간에 있는 사물과 풍경이 다르게 배치되어 있다. 심리적 상황에 따라 진행되는 사물의 이동과 배치는 현실에서는 불가능한 일이다.

표현주의 연극 기법인 무대 그림과 극중극은 극 속에서 꿈과 비현실의 가상공간을 표현해낸다. 특히 극중극은 주제를 상징적으로 나타낸다. 〈烏瞰圖「詩第十五號」〉는 극중극으로 자아 분열의 근원과 정신성을 보여주면서 연작시의 상징적인 부분으로 거울인간의 모티프를 적용했다. 거울인간은 이중 자아의 형상으로 거울 속 세계에 존재하는 대상이다. 이중 자아의 형상은 자아에게 결핍된 욕망과 자아의 이면에 도사리는 파괴의 욕망을 갖고 있다. 현실 세계의 자아를 파괴하고자 하는 욕망을 지닌 이중 자아는 거울 속 세계에서 자아의 분신인 자신의 형상을 살해한다. '模型心臟'과, 피 대신 '붉은잉크'가 엎질러졌다는 것은 그것이 극중 상황임을 나타낸다.

이중 자아를 살해하고자 하는 행위는 한정된 시공간에서 생을 유지하는 자아가 아닌 거울이라는 무한한 시공간에 존재하는 또 다른 자아를 불멸의 세계 속에서 살게끔 만들고픈 욕망에 따른 행위이다.

〈烏瞰圖〉연작시는 정거장식 연극의 특성을 살려 자아의 심리 상태를 주관적으로 표현한 것으로 보인다. 이는 당시 표현주의 극의 기법 가운데 하나인 정거장식 기법이 우리나라에 소개되었고 이를 시에서 시도했을 것이라는 추측에서 비롯된다. 특히 이 연작시는 기존의 시 형식과 전혀 다르고, 각 호마다 연결되지 않는 형태이며, 자아의 심리 상태를 표현하고자 했다는 점이 명백하게 정거장식 연극과 유사하다. 정거장식 연극은 극한 상황에 처한 내면 심리를 재현하는 데 목적이 있으며 심리 상태를 드러내는 매체인 꿈과 환상을 연극으로 표현한다. 〈烏瞰圖〉연작시에서는 자칫 몽유병적으로 흐를 수 있는 꿈, 환상 묘사에 실재성이 부여되었고 정거장식 연극에 쓰인 심리 표현 방식이 응용되었던 것이다. 이를 바탕으로 〈烏瞰圖〉연작시의 꿈과 환상, 또는 자아 분열 증상은 미학적인 구조가 충분히 확보되었으며 자아 분열의 원인과 결말을 연작 형식으로 병렬하는 특이한 구성임을 알 수 있다.

정리하면, 〈烏瞰圖〉연작시는 극의 주인공인 시적 자아의 자아

분열과 그것을 유발하는 갈등 요인을 그려내는 것이 목적이다. 시적 자아가 한평생 겪어 온 충격적인 사건과 심리적 장애로 작용한 요소들이 각 시편으로 구성되어 〈烏瞰圖〉 전편(全篇)의 주제와 긴밀하게 연결되어 있다.

2) 이중(二重) 자아와 내면의 공포 극적 표현

표현주의 예술 사조는 급속히 변화한 교통기관과 매스미디어, 현대적 산업문명이 가져오는 인간의 심리적 변화를 그려내었다. 또한 전쟁에 대한 공포와 인간 존엄성 말살은 지각적(知覺的) · 심리적 변화를 가속화하는 구실이 되었다. 표현주의 예술은 대도시 경험, 자아 파멸, 세계 종말, 전쟁의 예견과 경험, 그로테스크 등을 바탕사아 전개되었다.

1920년대를 풍미했던 표현주의 예술 사조의 성격을 가장 잘 표현한 장르는 연극이었다. 표현주의 연극의 성격과 기법은 첫째, '극의 분위기'가 꿈이나 악몽 같다. 둘째, '무대장치'는 철저히 단순하되 괴상한 형태와 선정적인 색을 이용한다. 셋째, 극의 '플롯 혹은 구조'는 각기 다른 의미를 갖고 있는 에피소드, 사진, 극적 장면으로 분리되어 있다. 넷째, '등장인물'은 개성을 상실하여 단지 이름 없는 보통명사로 지칭된다. 다섯째, '대사'는 시적이고 열정적이며 광상적이다. 서정적인 독백 형태를 취하다가도 한두 단어, 혹은 감탄사로 이루어진 단음적 전보문 형식을 취한다. 여섯째, '연기양식'이 과장되고 과감하며 기계적인 움직임을 취한다.[165]

당시 독일과 우리나라는 시대적, 사회적으로 어두웠던 정황이 통했고 현실에 대한 좌절과 절망감 때문에 새로운 시대가 오기를 기대하는 심리도 같았기 때문에 표현주의 문학이 독자나 연극 관객들에게 수용되기 좋았을 것이라는 논의도 있다.[166]

(가) 현실과 몽상의 경계, 시적 상상의 극화

자아 분열 의식은 시와 연극 등 표현주의 문학을 비롯해 영화, 회화 등 다양한 매체에 적용되었다. 이상 시 또한 이런 특성을 띠고 있다. 표현주의 문학은 '자아의 사물화와 사물의 의인화'를 은유하는 기술과 연관된다. 그 가운데 '사물의 의인화'는 주위 세계를 공격하여 활기 있게 하고, 주체를 역전시키는 두 가지 기능을 발휘한다. 이러한 경향은 마성화(魔性化)된 인물을 우의(寓意)하는 형태로 나타난다.[167] 1차 세계대전이 지속되는 동안 표현주의 예술가들은 시보다 연극을 선호하게 된다.[168] 우리 연극계에서 신파극을 비롯한 대중적 극형식이 대중의 사랑을 받아온 것과 달리 표현주의 연극은 주로 순수예술을 지향하는 학구파에게 지지를 얻었다. 그들은 심리적 상황에 초점을 맞춘 과장된 표정연기와 심리적 흐름에 따라 왜곡된 물상을 표현하는 무대연출 등 시대적 갈등을 그려내는

---

165) J. L. Styan, 윤광진 옮김, 《표현주의 연극과 서사극 - 현대 연극의 이론과 실제》, 현암사, 1988, 14~15쪽.

166) 이상호, 〈한국 표현주의극의 수용과 작품 연구〉, 《한국문예비평연구》3, 1998, 372쪽.

167) 고위공, 앞의 책, 56쪽.

168) 이양헌, 〈독일 표현주의 희곡 연구(1)〉, 《독어독문학》22, 1983, 2쪽.

데 적절한 장르라는 인식으로 표현주의 연극을 대했다.

연극과 영화를 비롯한 여러 예술 장르에 걸쳐 마성적 인물을 우의한 작품으로는 〈파우스트〉와 〈지킬박사와 하이드〉가 대표적으로 꼽힌다. 1920년대 우리나라에서는 〈파우스트〉와 〈지킬박사와 하이드〉가 영화·연극으로 상연되고 있었다.169) 욕망을 채우려고 악마에게 영혼을 팔거나(〈파우스트〉) 인간의 한계를 극복하고자 새로운 자아를 형성하는 캐릭터(〈지킬박사와 하이드〉)는 일반화되고 있었다. 두 작품은 주인공이 이중 자아를 가졌다는 것이 공통점이다. 파우스트의 이중 자아는 선악의 양면성을 갖고 있다. 인간으로서 한계를 인정하고 운명에 순응하는 선의 측면과 한계에 도전해 불멸의 생을 얻으려 악마와 타협하는 악의 측면이 공존한다. 또 지킬 박사와 하이드의 이중 자아는 한 인격체에서 선과 악을 공존시키는 것이 아니라 분리된 두 인격체로 존립시킬 수 있다는 점에서 파우스트의 캐릭터와 다른 양상을 보인다.

파우스트의 상징성은 불합리한 현실에 대항해 인간의 한계를 극복하고자 하는 1920년대 연극과 영화의 소재로 다양한 캐릭터를 창조하게 했으며 영화와 연극 등으로 매체 교체 되었다. 그 가운데 대표적인 것이 프란츠 베르펠(Franz Werfel)의 1921년 작 《거울인간》170)이다. 표현주의 파우스트류의 연극으로 분류되는 《거울인간》에 등장하는 거울인간은 '거울'이라는 세계 안에 존재하며 메피스토펠레스 같이 악으로 말미암아 변형된 형상을 갖고 있다.

---

169) 이영일, 〈초창기 한국영화의 발전과정〉, 《광장》111, 1982, 350쪽.

170) Franz Werfel, 〈거울인간〉, 김충남 옮김, 지식을 만드는 지식, 2012.

자아와 거울인간의 대화 · 갈등 양상은 여러 새로운 캐릭터로 재창조되었는데 오스카 와일드의 1891년 작《도리언 그레이의 초상》이나 장 콕토가 1930년에 제작한 영화〈시인의 피〉가 그 예이다. 위에서도 인용한 바 있는〈시인의 피〉에서는《거울인간》에서 묘사되었듯 거울 밖 자아가 거울 속 자아인 거울인간에게 총을 쏘는 장면이 연출된다. 두 작품 모두 권총 자살하는 캐릭터가 등장한다.

1

나는거울업는室內에잇다. 거울속의나는역시外出中이다.나는至今거울속의나를무서워하며떨고잇다.거울속의나는어디가서나를어떠케하랴는陰謀를하는中일가.

2

罪를품고식은寢床에서잣다. 確實한내꿈에나는缺席하얏고義足을담은軍用長靴가내꿈의 白紙를더럽혀노앗다.

3

나는거울잇는室內로몰래들어간다. 나를거울에서解放하려고. 그러나거울속의나는沈鬱한얼골로同時에꼭들어온다.거울속의나는내게未安한뜻을傳한다.내가그때문에圖圄되어잇듯키그도나때문에圖圄되어떨고잇다.

4

내가缺席한나의꿈. 내僞造가登場하지안는내거울. 無能이라도조흔나의孤獨의渴望者다. 나는드듸어거울속의나에게自殺을勸誘하기로決心하

얏다. 나는그에게視野도업는들窓을가르치엇다. 그들窓은自殺만을爲한
들窓이다. 그러나내가自殺하지아니하면그가自殺할수업슴을그는내게가
르친다.거울속의나는不死鳥에갓갑다.

5

내왼편가슴心臟의位置를防彈金屬으로掩蔽하고나는거울속의내왼편가
슴을견우어拳銃을發射하얏다.   彈丸은그의왼편가슴을貫通하엿스나그
의心臟은바른편에잇다.

6

模型心臟에서붉은잉크가업즐러젓다.   내가遲刻한내꿈에서나는極刑을
바닷다. 내꿈을支配하는者는내가아니다. 握手할수조차업는두사람을封
鎖한巨大한罪가잇다.

― 〈烏瞰圖「詩弟十五號」〉

이 시의 화자도 《거울인간》이나 〈시인의 피〉와 마찬가지로 권총
자살을 꿈꾼다. '자신의 왼편 가슴에 총을 쏘는' 것은 파우스트류
연극 《거울인간》이나 그 외 파우스트류 영화나 연극에 자주 등장하
는 극적 상황이다. 이 시는 꿈이 극적 상황으로 전이되었다가 다시
시로 매체 교체되는 현상을 보여준다.

꿈은 비현실적이지만 욕망을 표현하는 도구로서 개인의 소망 성
취를 비춘다. 현실에서는 할 수 없는 일도 꿈에서는 가능하며 초현
실적인 구도와 비현실적인 행위도 꿈이라는 표현 방식으로 이해할

수 있다. 꿈을 배경으로 하는 표현주의 연극 형식은 꿈의 초현실적 구조를 구현한 것으로 상연이 불가능한 희곡도 많았다. 꿈을 재현한 연극은 내면 심리에 실재성을 부여하며 욕망의 근원을 현실화하는 매체 전이에 목적을 두고 있다.

꿈속에서 '나'를 보는 자아는 '내가 아닌 나' 즉 이중 자아이다. 내가 있건 없건 항상 자유로운 상태로 유랑하는 '내가 아닌 나'는 나를 살해하려고 한다. 그것은 자살 충동이기도 하고 한편으로는 새로운 삶을 살고자 하는 욕망이 빚어낸 새로운 심리상태이기도 하다. 이는 죽음에 대한 강박을 지니고 살아가는 자아를 해방시키려는 욕구이다. 한편 자아는 자신의 가슴에 총구를 들이대는 이중 자아에 대한 공포에 시달리기도 한다. 그러나 '나'를 죽이려 하는 것도 '나'이고 '나'를 죽이려 하는 '나'에 대한 공포에 시달리는 것도 '나'이다. 이중 자아는 서로의 존재에 대해 갈등하고 연민하지만 결국 살해 충동에 휩싸인다.

이중 자아로 분열되도록 이끄는 매개체는 거울이다. 이 시의 '거울'은 심리적 기제이다. 그래서 그 안의 형태가 보이기도 하고 때로 보이지 않기도 한다. '거울업는室內'에서 거울을 볼 수 있는 것도 거울이 실재해서가 것이 아니라 내면의식 속에 이미 분열의 형상이 존재하기 때문이다. 이중 자아의 형성은 현실에 대한 괴리감과 존재의 무력감에서 비롯된 세기적 현상이다. 세계대전으로 말미암은 인간 가치에 대한 훼손은 허무의식을 낳았고 지식인들은 내면으로 침잠했다. 절대적 진리는 없어졌고, 개인적인 무력감은 능력을 증대시키려면 영혼조차 팔 수 있는 존재가치에 대한 불신을 가져왔다. 폭력에 저항할 수 없었던 개인적 무력감은 '罪'로 인식되고 '내가 缺席한 내 꿈'은 '義足을 담은 軍用長靴'가 더럽힌다.

이중 자아가 개별적인 형상으로 존재하는 극적 상황은 심리극(psycho drama)의 설정으로 의사가 환자를 분석하는 것처럼 자신이 스스로를 관찰하게 한다. 이는 꿈에서 간혹 경험하며 심리극에서는 역할 연기(role-playing)라고 한다. 현실적 자아가 아닌 '내가 아닌 나'는 내면의 억압기제 때문에 형성된다. 꿈과 소망 성취가 실현 불가능한 상황이기 때문에 억눌린 욕망으로 형성된 '내가 아닌 나'는 또 다른 욕망의 표상이다.

이중 자아는 분리된 자아를 인식하는 것에서부터 자각된다. '나'를 '그'로 호칭하는 것이다. 거울 속의 '나'를 '그'로 존립시키는 매개체는 '거울'이다. '거울업는室內'에서 '거울속'의 '나'는 '外出中'이다. '거울없는' 상태의 '거울'은 '들窓', 즉 '自殺만을위한' 통로가 없는 사물로서의 거울이다. '들窓'이 있는 '거울'은 《거울인간》을 비롯한 파우스트류의 연극과 영화에 등장하는 미지의 세계로 이어진 통로로서의 '거울'이다. 장 콕토의 〈시인의 피〉에서 형상화되었듯 거울 속의 세계는 꿈으로 이루어져서 모든 대상이 비현실적이다.

'거울잇는室內'는 '들窓'이 있는 거울의 세계이다. '나'는 '거울'에 갇혀있는 나를 '解放'하려 한다. 이중 자아는 '沈鬱한얼골'로 몽환의 세계로 들어온다. 이중 자아와 자아는 양립하지만 자아가 이중 자아의 존재 속에 유폐되어 있으며 이중 자아는 그 때문에 '未安한 뜻'을 전한다. '거울'은 '내가 아닌 나'가 존재하는 공간이지만 그 속에 '나'도 '그'도 갇혀있다. '나'는 갇혀있는 이중 자아의 형상을 자신이라 인정하지 않고 '그'라고 지칭한다. 그것은 자기 존재에 대한 부정이다.

　그래서 '나의꿈'에 내가 등장하지 않고 거울 속에는 '내僞造' 즉 '나'가 아닌 자아의 형상이 서 있다. 그것은 결코 '나'라고 명명할 수 없는 대상이다. 나는 '無能이라도조흔', 무능력을 비관하지 않는 '孤獨의渴望者'인 이중 자아에게 자살을 권유하기로 결심한다. 그것은 억제되어 있던 욕망이 무기력하고 무가치한 자아를 살해하고자 하는 충동에 휩싸였기 때문이다. 자아가 현실을 각성할수록 자살 충동은 격렬해진다.

　'視野도업는들窓'은 몽환의 세계로 들어가는 통로를 뜻한다. 그러나 그 세계에 들어가는 자아에게는 '視野'가 없다. 즉 꿈을 꾸고 있을 때 사물을 인지하지만 실제 사물을 보지 못하는 '눈동자'이다. 그것은 꿈의 세계를 바라보는 시각의 세계를 의미한다. 실제가 없는 세상에서 할 수 있는 일은 이중 자아 즉 '거울속의나'가 자살하는 것이다. 그러나 거울 속의 세계에서 '그'는 '나'에게 '내'가 자살하지 아니하면 '그'가 자살할 수 없음을 상기시킨다. 즉 '나'는 나의 생명을 끊는 자살이 아닌 '無能이라도조흔', 자신의 무기력에 대해 무관심하고 '孤獨의渴望者'인 자아의 이면을 소멸시키고픈 것이다. 그러나 이중 자아는 독립적으로 자살할 수 없고 '나'가 자살해야 소멸된다. 왜냐하면 이중 자아의 무능하고 고독한 내면은 자아와 분리될 수 없는 것이기 때문이다. 이는 자아가 '無能'하지만 고독을 갈망하는 존재 그 자체이고 없애버리고 싶은 특성이지만 한편으로는 그 특성에 애정을 갖고 있다는 것을 뜻한다. 그래서 '거울속의나' 는 결코 소멸할 수 없는 '不死鳥'에 가깝다.

'나'는 생명을 유지하기 위해 '왼편가슴心臟'에 방탄장치를 숨기고 '거울속의내왼편가슴'을 겨누어 총탄을 발사한다. '나'는 내 왼편 가슴을 겨누었으나 거울 속에 존재하는 '그'에게는 '바른편'임을 계산한 '나'의 생존 전략이다. 무능력한 이면을 억누르려는 자아의 갈등은 소원에 대한 성취 욕구는 있으나 능력의 한계를 인지하고 방황하는 지식인의 시대 반영적 산물이며, 이중 자아의 형상이 모두 개인 내면심리에 존재한다는 자각을 반영한다.

이 시의 '6'은 '내꿈'이지만 '模型心臟'에서 '붉은잉크'가 엎질러졌다는 묘사에서 연극적 상황임이 암시된다. '義足을담은 軍用長靴'와 '防彈金屬', '붉은잉크'를 쏟아내는 '模型心臟' 등은 연극 소도구로서 이 시가 극중극임을 간접적으로 암시한다.

'내가遲刻한내꿈'은 꿈의 상황이 진행되고 있는 중에 자아의 존재가 드러난 것으로 꿈꾸고 있는 주체가 꿈속에 개입하지 못하고 그저 바라보고만 있는 처지를 의미한다. 자아는 꿈속에서 이중 자아에게 총을 쏜 죄로 극형을 받는다. 자아의 생은 본인의 가치관이나 의지에 상관없이 진행되고 있으며 그에 따른 갈등이 꿈에 반영되는 것이다. 그래서 '내꿈을支配하는者'에서 '꿈'은 두 가지 의미를 갖는다. 성취하고픈 소망과 생물학적 현상인 꿈 자체이다. 자아는 소망과 꿈을 자신의 의지에 따라 실현하지 못하고 지배당하고 있다는 강박관념에 시달린다. 그것은 자아가 가치실현을 하지 못하는 상황에 대한 변명이다.

자아는 이중 자아에 총을 쏜 행위를 '罪'로 인식한다. 그것은 '握 手'를 할 수도 없는 이중적 세계에 존재하는 대상인 이중 자아를 살 해한 것이 더 이상 무능력하고 고독한 자아의 이면을 만날 수 없게 만든 해악이라 보기 때문이다. 자아는 비사회적이지만 예술가로서 의 속성을 지닌 이중 자아를 공존할 수 없게 만든 일을 '巨大한罪' 라고 인식한다. 그것은 자아의 생존을 위한 것이지만 창조적 예술 가 한 사람을 살해하는 일이다. 프로이트를 비롯한 정신분석학자들 의 심리분석과 꿈에 대한 해석은 초현실주의 예술과 심리극 등 많 은 분야에 영향을 미쳤다. 특히 악령은 존재하지 않고 심리적 불안 과 소원 성취에 대한 욕망 사이에서 산출되는 내면 갈등임을 명시 했다. 이중 자아는 두 인격이 동시에 존재하기 때문에 욕망을 갖기 도 하고 억압을 받기도 한다. 그래서 서로를 연민하기도 하지만 동 일한 인격으로 존재할 수 없다.

이 시의 구조는 '현실 - 꿈 - 현실 - 꿈 - 현실 - 꿈'의 극적 상황으 로 이루어졌다. 이는 현실과 가상현실을 결합해 내면 의식의 작용 을 보여줌으로써 이중적 시간을 창조해내기 위한 것이다.[171] 이 시 는 정거장식 기법으로 구성된 〈鳥瞰圖〉 연작시에 삽입되어 있는 극중극(play-within-a-play)[172] 형식을 띤다. 꿈과 현실의 순환구

---

171) 〈꿈의 연극〉은 꿈의 체험을 따르도록 고안된 환각적 단축을 목표로 하며 일 관성은 없지만 명백하게 논리적인 꿈의 형식을 모방하려 했다. 시간과 공간은 존재하지 않지만 상상력으로 형성된 추억, 경험, 환상, 즉흥적인 것들이 만들어 내는 개인적인 꿈의 체험을 중요하게 생각한 스트린드베리의 작품이다. Christopher Innes, 앞의 책, 62쪽.

172) 극중극은 연극 속에 또 다른 상황이 존재하는 것을 말한다. 소설에서의 피카

조를 갖추고 있으며 연극과 시가 매체 전이된 형식으로 심리적 응축이 표현되었다. 극중극은 당시 연극계에서도 상연하기 까다로운 형식이었으나 시로 구현하니 심리적 리얼리즘을 표출하는 데 효과적이었다. 이는 표현주의 연극의 특성인 현실과 비현실의 영적 교류를 매체 전이한 것이며 이 시의 주제 의식인 자아 분열을 표현해 내기 위한 기법이었다.

(나) 소외된 인간형 묘사

자아 분열과 함께 표현주의의 특성은 대도시의 위협과 부작용을 작품의 토대로 한다는 것이다. 당시 기계 문명의 급속한 발전은 가속화된 생산 속도와 매스미디어의 발전 등 눈부신 성과가 있었지만 급속한 변화가 주는 소외감과 공포는 심리적 부작용을 낳았다.

이런 소외감과 공포를 표현해내는 데 중점을 둔 표현주의 연극은 언어적인 측면에서 강렬한 주관적 독백으로 구성되어 있으며 표현이 열광적이며 반복된다. 리듬이 자유스러운 반면 수식하거나 설명하지 않고 주어만 나열하거나 문장 뒤 수많은 감탄부호를 열거하며 구두점을 찍지 않기도 한다. 정상적인 대화보다는 내면 고백, 단편적인 어구 나열, 문법에 어긋나는 용어 등이 쓰였다. 문법을 무시한 단어의 생략과 도치법이 쓰이며 단문 형태의 문체인 '電信文體(Telegrammsti)'는 표현주의 문학을 상징한다.[173] 또 독백으로 주인공이 현실에 대한 주관적 인상을 표현하는 '一人劇(Mono-Drama)'적 요소가 있다.[174]

레스크 기법처럼 극 속에서 연극을 함으로써 극의 주제를 간접적으로 전달한다.
173) J. L. Styan, 앞의 책, 15쪽.

鸚鵡 ※ 二匹

　　　　二匹

　　※ 鸚鵡는哺乳類에屬하느니라.

내가二匹을아아는것은내가二匹을아알지못하는것이니라.　勿論나는希望할것이니라

鸚鵡　　　二匹

『이小姐는紳士李箱의夫人이냐』『그러타』

나는거기서鸚鵡가怒한것을보앗느니라.　나는붓그러워서　얼골이붉어젓섯겟느니라.

鸚鵡　　　二匹

　　　　　二匹

勿論나는追放당하얏느니라.　追放당할것까지도업시自退하얏느니라.　나의體軀는中軸을喪失하고또相當히蹌踉하여그랫든지　나는微微하게涕泣하얏느니라.

『저기가저기지』『나』『너의─아─너와나』

『나』

sCANDAL이라는것은무엇이냐.『너』『너구나』

『너지』『너다』『아니다 너로구나』나는함

뿍저저서서그래서獸類처럼逃亡하얏느니라.　勿論그것을아아는사람或은보는사람은업섯지만그러나果然그럴는지그것조차그럴는지.

　　　　　　　　─〈烏瞰圖 詩弟六號〉

---

174) Christopher Innes, 앞의 책, 73쪽.

이 시는 표현주의 전신문체가 두드러진 시이다. '鸚鵡'는 남의 말을 흉내 내고 같은 단어를 되풀이하는 짐승이다. '鸚鵡'를 '哺乳類'라고 한 것은 대상이 조류가 아닌 인간임을 의미하며 스스로의 의견을 말하기보다 남의 말을 되풀이하는 우스꽝스러운 행동을 하고 있음을 빗댄 것이다. 표현주의 연극 〈녹색 앵무〉는[175] 극중에 가상과 현실, 농담과 진담이 얽혀 있다. '녹색 앵무'라는 극장식 술집은 연극 〈녹색 앵무〉의 극중극의 배경이다.

이 시의 '鸚鵡 二匹'은 극중극의 주인공이자 시적 자아인 '紳士李箱'이 불륜을 저지른 '夫人'과 그의 애인 두 사람을 은유적으로 지칭한 것이며 한편으로는 그들이 형식적으로 답변하는 모습을 의성적으로 묘사한 것이다. '鸚鵡 二匹'과 '紳士李箱'이 함께 서서 심판당하는 장소이자 '追放'당하는, 또는 '自退하는' 공간은 극중극의 무대이다. 가상현실 속의 가상현실, 극에서 극으로 반복되는 구조를 지닌 이 시의 어휘는 강렬한 주관성을 띠고 있으며 열광적이고 중첩적인 전신문체로 쓰였다.

---

175) 슈니츨러(A. Schnitzler)는 1920년대에서 1930년대에 활발히 수용된 작가로 표현주의 연극 〈녹색 앵무〉는 1933년 조희순에 의해 번역, 출간되었다. 극중 '녹색 앵무'는 파리의 극장식 술집 이름이다. 〈녹색 앵무〉의 극중극에서 발타자르와 조르제트가 기둥서방과 창녀의 관계를 연기한다. 극중극은 질투로 말미암아 창녀의 고객을 살해하는 내용과 사랑을 배신하고 살해하는 내용이 펼쳐지며 극으로 돌아와서 다시금 삼각관계가 폭로되고 여배우는 귀족을 살해한다. 극중극의 내용이 극에서 반복되어 꿈과 현실이 혼동된다. 또 〈녹색 앵무〉의 불합리하고 비윤리적인 애정행각은 당시 화제를 불러일으켰다.송전, 〈시니츨러의 희곡세계 연구(1) - 녹색의 앵무새를 중심으로〉,《뷔히너와 현대문학》7, 1994에서 발췌.

이 시에 쓰인 산문 투의 문장은 내적 독백이고 대화 투의 문장은 극의 대사로 기능한다. '내가二匹을아아는것은내가二匹을아알지못하는것이니라.'며 '紳士李箱'은 더듬거리는 어조로 '鸚鵡 二匹'을 부정한다. '夫人'이지만 서로의 애정에 대해 확신이 없고 남편으로서의 자신감을 상실했기 때문에 단정적인 답변을 하지 못하는 것이다. '勿論나는希望'한다는 것은 아직도 '鸚鵡 二匹' 중의 한 사람인 부인에 대한 희망과 애정이 남아 있음을 의미한다.

'鸚鵡 二匹' 가운데 한 사람은 '小姐' 또는 '紳士李箱의夫人'이고 '鸚鵡 二匹'의 죄는 남편을 두고 외간 남자와 애정 행각을 벌인 것이다. 무대 중앙에는 '紳士李箱'과 '鸚鵡 二匹'이 서 있으며 또 다른 목소리인 심판자는 '小姐는紳士李箱의夫人이냐'고 묻는다. 그러자 죄지은 일에 대해 부끄러워하고 주눅이 들어야 하는 '紳士李箱의夫人'은 당당하게 『그러타』라고 대답한다. '紳士李箱의夫人'인 '鸚鵡'는 자신의 죄에 당당하게 대응하여 부정을 저지른 것에 타당성을 부여한다. 자신의 죄가 드러나는 자리이지만 애정행각에 대해 당당한 '鸚鵡'는 도리어 '怒'한다. 법정과 같은 무대 위에 서 있는 세 사람 중에 '紳士李箱'만이 '夫人'을 빼앗긴 능력 없는 자가 되어 '붓그러워서 얼골이붉어'진다. 제3의 목소리는 두 사람의 관계를 폭로하지만 남편을 두고도 부적절한 관계를 맺어 '鸚鵡 二匹'이 된 남녀보다 부인을 지키지 못한 남편 '紳士李箱'이 '붓그러워서 얼골이붉어'지는 것이다.

한편으로는 두 사람의 관계를 비난해야 할 관객조차도 부정한 '鸚鵡 二匹'보다 무능력한 '紳士李箱'을 조롱하는 '분위기'를 형성하고 있다. 그래서 부정한 '紳士李箱의夫人'인 '鸚鵡'는 당당하게 분노를 표출한다. 적반하장 격으로 분노하는 '鸚鵡' 앞에서 비참한 꼴로 '追放당할것까지도업시自退'하는 남편 '紳士李箱'의 모습이 결혼이라는 제도적 장치를 적용하고도 법적 효력이나 윤리적 규제력을 발휘하지 못하는 가상현실의 상황임을 암시한다. 거기다가 부인을 뺏긴 남편 '紳士李箱'은 '體軀는中軸을喪失하고' 비틀거리는 무기력한 모습으로 '相當히蹌踉하여그랫든지' '微微하게涕泣'하면서 그 자리에서 도망친다.

이 시의 대화는 표현주의 문학에서 쓰이는 전신문체의 독특한 양식을 수용한 부분으로 설명적인 첨가어를 떼어버리고 주어만 나열하거나 문장부호로 강조하고 문법을 무시한 단어의 생략과 도치 등이 쓰였다. '『저기가저기지』'는 문법상 모순을 지닌 도치 형식이고 '『나』『너의―아―너와나』『나』'는 주어만 나열하거나 문장부호를 살린 부분으로 남편인 '紳士李箱'이 다른 사람의 정부가 되어 '鸚鵡 二匹'로 변해버린 부인에게 자신과의 관계를 재강조하며 비참한 심리를 열광적이고 반복적인 문맥으로 표현하고 있다.

'sCANDAL이라는것은무엇이냐'에서도 부정한 '鸚鵡 二匹'을 대하고 나서도 그 사실을 인정하지 못하는 무기력한 남편의 태도가 드러난다. 눈앞에 보이는 상황 앞에서도 부인에 대한 미련을 버리지 못하고 소심하게 표현하는 '紳士李箱'의 태도는 문자를 이용한 심리적 표현인 소문자 's'에 나타난다. 이 시의 문자 변형이 다다이즘 시의 문자 변형과 다른 점은 다다이즘 시의 문자가 앞뒤 문맥의 의미 없이 문자 자체만 변형된 것과 달리 이 시의 문자 변형은 문맥의 뜻과 어울려 강조의 도구로 쓴다는 점이다. '紳士李箱'은 '『너』 『너구나』『너지』『너다』『아니다 너로구나』'라는 비명에 가까운 울분을 토해내며 땀과 눈물로 '함뿍 저저서' '獸類처럼逃亡'한다. 그 뒤에도 '紳士李箱'은 자신 없이 더듬는 말투로 '아아는사람或은 보는사람'이 없었을까를 걱정하고 또 그 사실에 대해 부정하며 '그 러나果然그럴는지그것조차그럴는지' 하며 제3의 목소리나 무대 밖 의 대상들에게 자신의 비참한 모습을 들키지 않았을까 걱정한다.

이 시는 상식적으로 이해할 수 없는 상황을 그려내고 있으며 상 황에 따른 대상의 행동도 과장되어 있다. 외도한 부인이 화를 내자 몸의 중심을 잃고 비틀거리고 눈물을 뿌리며 도망치는 것은 과장연 기(overact)이다. 표현주의 연극은 배우가 도취해 몰아의 경지에서 분출되는 과격한 연기를 선보였으며 과장된 표정과 몸짓, 수식이 없는 단어의 외침은 감정의 깊이를 반영했다.176) 특히 주관적인 요 소에 따른 언어 표현은 경련적인 외침, 흐느낌, 또는 무의미한 중얼 거림 등으로 표현되었다.177) 또한 어색할 정도의 과장된 행동양식 은 내면의 상실감과 슬픔을 표현하기 위함이며 심리 흐름을 드러내 는 주관극의 특징을 나타낸 것이다.

I

虛僞告發이라는罪名이나에게死刑을言渡하였다. 자취를隱匿한蒸氣속 에몸을記入하고서나는아스팔트가마를睥睨하였다.

---

176) Christopher Innes, 앞의 책, 75~81쪽.

177) 이양헌, 〈독일표현주의희곡연구(1)〉, 《독어독문학》22, 1983, 17쪽.

－直에關한典古一則－

其父攘羊 其子直之

나는아이는것을아알며있었던典故로하여아알지못하고그만둔나에게의

執行의中間에서더욱새로운것을아알지아니하면아니되었다.

나는雪白으로曝露된骨片을줏어모으기始作하였다.

「筋肉은이따가라도附着할것이니라」

剝落된膏血에對해서나는斷念하지아니하면아니되었다.

　Ⅱ 어느 警察探偵의秘密訊問室에있어서

嫌疑者로서檢擧된사나이는地圖의印刷된糞尿를排泄하고다시그것을嚥

下한것에對하여 警察探偵은아아는바의하나를아니가진다. 發覺當하는

일은없는級數性消化作用.　사람들은이것이야말로卽妖術이라말할것이

다.

「勿論너는鑛夫이니라」

參考男子의筋肉의斷面은黑曜石과같이光彩나고있었다한다.

　Ⅲ 號 外

磁石收縮을開始

原因極히不明하나對內經濟破綻에因한脫獄事件에關聯되는바濃厚하

다고보임.斯界의要人鳩首를모아秘密裡에研究調查中.

開放된試驗管의열쇠는나의손바닥에全等形의運河를掘鑿하고있다.　未

久에濾過된膏血과같은下水가汪洋하게흘러들어왔다.

　Ⅳ

落葉이窓戶를滲透하여나의禮服의자개단추를掩護한다.

暗 殺

地形明細作業의至今도完了가되지아니한이窮僻의地에不可思議한郵
遞交通은벌써施行되어있다. 나는不安을絶望하였다.
日曆의反逆的으로나는方向을紛失하였다. 나의眼睛은冷却된液體를散
散으로切斷하고落葉의奔忙을熱心으로幇助하고있지아니하면아니되었
다.
(나의猿猴類에의進化)

　　　　　　　　　　　　－〈建築無限六面各體「出版法」〉

　시적 자아는 '虛僞告發'이라는 죄명으로 사형을 언도받고 '蒸氣'
속으로 자취를 감추게 된다. 사형 중에서도 혹형을 받았으므로 시
적 자아는 곧 들어가게 될 아스팔트 가마를 흘겨본다. '直에關한典
古一則'은 '허위고발을 한 것에 대해 전고를 밝히자면'의 뜻이며
'其父攘羊 其子直之'는 아버지가 양을 훔치는 것을 아들이 알린다
는 뜻으로 가까운 사람이지만 잘못을 덮어주지 않고 고발한 죄로
사형을 언도받았다는 것이다.
　이 시의 '아아는, 아알지, 아알며' 등의 표현은 표현주의 희곡의
전신문체의 기법을 적용한 것이며[178] 「筋肉은이따가라도附着할
것이니라」' 부분은 독백형태의 대사를 적용한 것이다. 아스팔트 가
마에 들어가는 집행의 중간에 시적 자아는 새로운 사실에 대해 듣
기를 강요당한다. 시적 자아는 형 집행으로 하얗게 재가 되어버린

---

[178] 시의 '아아는, 아알지, 아알며' 등의 표현은 원문에 없었던 표현이지만 번역하
는 과정에서 추가하였다는 설이 있다. 김주현 주해, 《정본 이상문학전집》1, 소
명, 2005, 71쪽.

'骨片'을 주워 모으며 '「筋肉은이따가라도附着할것이니라」' 라고 스스로 위안한다. 그러나 '剝落된膏血'은 단념할 수밖에 없는 상황이다. 시적 자아가 당한 사형집행은 신체에 대한 사형이 아닌 시적 자아의 분신처럼 생각하는 작품에 대한 것이다. 그 작품은 태워지고 삭제와 수정을 강요당하여 원래의 모습을 찾을 수 없다.

'Ⅱ'에서 혐의자로서 '警察探偵의訊問室'에 끌려가 취조를 받게 된 '사나이'는 시적 자아로 추측된다. 그러나 여기서 시적 자아는 두 번째 장면을 미화하려고 '사나이'라는 표현을 쓰고 있다. 집요하고 혹독한 고문으로 '사나이'가 분뇨를 배설하는 과정이 있어 '나'로 표현하지 않고 '사나이'라는 표현을 의도적으로 쓴 것이다. 개인적 수치를 은유적으로 표현한 이 부분에서 참혹한 고문의 과정이 희화화되었다. 검거된 '사나이'는 고문 때문에 분뇨를 배설하는데 두려움으로 분뇨를 다시 삼킨다. 그래서 '警察探偵'은 그 사실을 알지 못한다. '級數性消化作用'으로 발각당하지 않은 사실을 사람들이 '妖術'이라고 할 것이라며 희화화한다. 이 시에서 시적 자아를 '鑛夫'로 칭한 것은 그의 뼛속 깊이 '黑曜石'이 빛나고 있기 때문이다. 작가의식이 뼛속까지 박혀 연필 심지처럼 굳어 있다는 비유이다.

'Ⅲ'의 호외에서 '磁石收縮을開始'했다는 것은 수감자가 '磁石收縮'이라는 방법을 써서 탈옥을 감행했다는 뜻이다. 원인을 찾을 수 없지만 '對內經濟破綻'이 관련되어 있다고 하는 것은 감옥 안에서도 식사를 제공받기 힘들었음을 의미한다. 여러 요인들이 머리를 맞대고 연구조사하고 있지만 열린 열쇠는 '나'의 손바닥에서 땀에 젖다 못해 운하를 파고 있다. 그리고 여과된 고혈과 같은 '下水'가 끝없이 흘러들어온다. 탈옥에 대한 긴장감을 나타내는 부분이다. 여기서 탈옥을 감행한 수감자인 '사나이' 또한 시적 자아임을 짐작할 수 있다. 시적 자아는 자석으로 자물쇠를 열어 탈옥을 감행하고 그 열쇠를 손바닥에 올려놓고 들여다본다.

'IV'에서는 '落葉이窓戶를滲透'하여 '禮服' 단추를 엄호하고 있다고 한 것으로 보아 시적 자아가 중요한 일을 앞두고 예복을 차려 입은 것 같은데 그 중요한 일은 '暗殺'이다. 어떤 대상인지 밝히지 않았지만 지형을 알지도 못한 상태에서 궁벽한 의지만 불태워 역시 잘 알지 못하는 '郵遞交通'이 시행되었다. '郵遞交通'은 암살에 쓰이는 도구를 받는 것이다. 시적 자아는 불안해한다. 그리고 '方向을 紛失'할 정도로 절망한다. 시적 자아의 눈동자는 '冷却된液體', 즉 얼어붙은 눈물을 산산이 '切斷'하고 낙엽이 흩뿌리는 것을 방조하고 있다. 그 행위들을 시적 자아는 '猿猴'가 되었다고 표현한다. 여기서 원후가 되었다는 것은 '원숭이'가 아니라 과녁이 되었다는 것이다. 암살을 하려 했으나 도리어 총알받이가 되었음을 말한다.

이 시의 연극적인 부분은 장으로 이뤄진 시의 연과 독백형 대사, 단문 표현이다. 출판법을 어긴 시적 자아는 고문을 당하고 탈옥하며 다시 암살에 투입되는 과정을 거친다. 그러한 과정은 참혹하고 고통스럽지만 이 시에서는 회화화되었다. 그 또한 표현주의 연극의 특징이다. 표현주의 연극은 대부분 등장인물들의 감정이 격렬하고 연기가 지나치게 과장되어 있고 특히 죽음이나 공포 등 경악스러운 감정 묘사를 우스꽝스럽게 표현하는 특징이 있다. 연극의 장점은 주제에 따른 요소들을 현재 시점에서 보여주는 극성(劇性)이다. 특히 표현주의 연극은 내면심리를 나타내기 위해 꿈과 환상적 체험을 매개체로 활용했고, 정거장식 기법 등을 구사한 극의 구조와 문장 표현은 이상 시의 내면적 갈등과 그에 따른 주관적 요소들을 표현하는 데 효과적이었다. 이상 시에 나타난 연극 매체의 형식 적용은 꿈 또는 환상을 연극적인 요소를 갖춘 장면들로 매체 전이하는 형식으로 이루어졌으며 연극의 장점인 극성(劇性)을 운용하여 심리적 리얼리티를 확보하고 있다.

2. 종합예술작품의 시적 실현

1) 종합예술작품이론의 개념과 역사

종합예술작품(Gesamtkunstwerk)은[179] 문학, 음악, 무용, 조형예술 등을 통일적으로 결합시켜 만든 예술작품이다.[180] 종합예술작품의 목적은 여러 장르의 예술 매체를 통합시켜 하나의 작품으로 제작해내는 것으로 18세기 음악가였던 바그너의 오페라 형식이 근원이다. 바그너는 음악과 미술, 문학을 통합한 예술 형식인 오페라를 탄생시켰으며 바그너의 오페라 작품 트리스탄은[181] 예술 매체가 결합된 작품 가운데 최초로 무대에서 상연되었다. 바그너의 종합예술작품이론은 그 시대 낭만주의자들의 공감각 원리 위에 구축된 것이다. 그들은 시, 음악, 회화와 조각 등 예술가에 의해 형상화되는 매체들이 모두 통일성을 갖고 있으며 세계와 우주를 표현하는 기호라고 믿었다. 또 각각의 예술 매체뿐 아니라 수용자의 감각 또한 본래 하나라고 생각했다. 그것은 예술의 사회화와 연결되는 종

---

179) 리하르트 바그너(Richard Wagner, 1813~1883)가 원류인 종합예술은 총체예술(total art)이라고 부르기도 한다.

180) 김병욱 외, 《도이치문학 용어사전》, 서울대학교 출판부, 2001, 659쪽.

181) 바그너의 트리스탄은 1845년에 초연되었다.

합예술의 특징이다.[182]

바그너가 창작한 오페라 형식은 예술의 기능과 감각을 통합한 형식으로서 19세기 말과 20세기 초에 이르기까지 종합예술무대와 퍼포먼스 등 획기적이고 다양한 형태로 발전한다. 또 한편으로는 종합예술작품이론에 근거를 제공한다. 종합예술작품이론의 장점인 혼합과 공감각적 특성에 영향을 받은 유파는 미래파, 입체파, 구성주의, 다다이즘 등이고 칸딘스키, 슐레머, 모홀리 나기, 쇤베르크, 그로피우스, 메이에르 홀드 등이 실험적인 작품을 통해 종합예술작품을 구현했다. 종합예술작품은 특성상 주로 무대예술로 상연된 예술 형식이므로 시와 연관성을 떠올리기 힘들다. 다른 텍스트와 달리 이상 시는 일반적인 문학 유형이나 시 형식과 전혀 다른 형태를 띤 것이 많다. 그래서 해석이 불분명하고 갈래 매김조차 하기 힘들다. 그러나 정신적인 순수를 표방하며 추상 기계와 기하학적 구성을 소재로 한 종합예술작품을 선보인 바우하우스와의 연관성을 배제할 수 없다. 이상 시의 소재였던 추상 세계는 매체의 혼합을 전제로 창작되었을 가능성이 있다.

종합예술작품은 여러 예술 장르가 혼합되어 만들어진 창작물이므로 경계가 불분명하고 해석도 분분하다. 그러나 한 가지 분명한 것은 종합예술작품을 실현한 작가들이 예술의 통합과 탈경계를 통해 독특한 역동성을 추구했다는 점이다. 남상식은[183] 종합예술작

---

182) 남상식, 〈총합의 미학-칸딘스키의 '무대구성' 연구〉, 《한국연극학》17, 2001, 299쪽.

183) 남상식, 〈종합예술의 개념과 현대연극운동〉, 《드라마논총》23, 2004, 137~184쪽.

품의 계보를 바그너 이후 유겐트 양식의 예술가들, 미래파와 바우
하우스, 유럽의 구성주의자와 보이스(Joseph Beuys) 등 2차 대전 후
의 멀티미디어 행위예술가들로 연결시켰다. 아피아, 크레이그 등
현대연극운동에 나타난 종합예술작품의 유형도 한 부류에 속하며
예술 통합을 목표로 했던 바우하우스의 종합예술연극와 조형예술
도 한 조류로 구분되었다.

그 가운데 이상 시와 연관성이 있는 종합예술작품으로는 바우하
우스가 실천한 종합예술무대와 종합예술작품을 들 수 있다. 기계의
정신성을 묘사하려 한 슐레머의 초인간적 기계인형의 무대, 선과
면, 색상에 깃든 음악적 특성을 묘사한 칸딘스키의 회화, 모홀리 나
기의 기계를 사용한 종합예술연극의 무대에서 사례를 찾을 수 있
다. 특히 모홀리 나기의 〈빛-공간 변조기〉[184] 같은 조형물은 기하
학적이고 과학적인 사고를 바탕으로 시공간을 묘사하는데 주력해
이상 시에 표현된 시공간 또는 우주에 대한 관념적 표현과 연관성
을 찾아낼 수 있다.

2) 이상 시에 표현된 종합예술 무대

우리나라에서 처음으로 '종합예술'이라는 용어가 쓰인 것은 1927
년 종합예술협회가 주최한 안드레예프의 '〈빰맛는 그자식〉'을 소개
하는 매일신보와 중외일보의 기사에서부터이다.[185] 그러나 여기서

---

184) 모홀리 나기의 키네틱 조각인 〈빛-공간 변조기(Light-Space Mosulator)〉는 바
  우하우스의 이념을 실현한 작품으로 빛과 그림자를 통해 영상 언어를 만들어내
  는 종합예술작품이다.

쓰인 종합예술의 의미는 단순히 '연극'을 가리키는 데 그쳤다. 실제로 연극의 종합예술적인 면에 집중한 음악과 건축, 조형, 회화 등 매체 결합은 바우하우스의 칸딘스키, 그로피우스, 모홀리 나기가 시도한 종합예술무대의 실현에서 비롯된다.[186]

이상이 살고 있었던 시대에 다양한 예술 매체의 변형이 시도되었고 그 과정에서 매체의 융합과 종합예술작품이 시도된 것은 거대한 시대적 흐름이었다. 서양의 예술 매체 형태와 기법이 우리나라에도 소개되었고 그에 따라 유래 없이 파격적이고 과감한 시도를 접할 수 있었다. 서양과 일본 등지에 소개된 예술 융합의 형태는 우리나라에 어떤 경로로든 전달되었으며 당시의 추상적이고 매체 통합적인 예술 무대는 경성고등공업학교의 교수들을 통해서도 전달되었다. 이전에 경험하지 못했던 예술의 유형은 우리 예술계에 신선한 충격으로 다가왔다. 신문과 잡지 등을 통해 칸딘스키나 모홀리 나기의 작품세계가 전해졌다. 20세기 초에 만들어진 실험적 예술작품의 충격과 새로운 경험을 얻으려는 다양한 시도는 이상 시의 근본적인 정서로 유입되었고 예술사조들의 범람 속에서 싹텄다.

바우하우스는 여러 편의 종합예술작품을 무대에 올렸다. 칸딘스키, 클레, 슐레머, 모홀리 나기 등 당대를 주름잡는 화가와 예술가들이 이끌었던 바우하우스는 건축부터 공예, 시각예술에 이르기까지 종합적인 조형 분야를 교육하고자 한 독일의 국립교육기관이었다. 바우하우스는 종합예술의 이념을 내세워 각 예술 매체의 교류

185) 《매일신보》, 1927. 11. 3, 3면. 《중외일보》, 1927. 11. 3, 3면.
186) 남상식, 앞의 논문, 157쪽.

를 강조했다. 예술과 과학, 기술의 결합을 목표로 한 교육 이념에 따라 매체 결합을 중시한 교육 과정을 만들었다. 그래서 과학은 기본 과목이었으며 예술 창작에 과학적 분석 방법이 도입됐다. 그 결과 작품구성은 물질, 빛, 에너지 등 과학적인 요소에서 추출되는 경향이 있었다. 바우하우스에서 조형예술은 단순히 대상의 재현이 아니라 새로운 사실의 의미를 상징하는 물질, 형태, 에너지의 관계로 파악되었다.[187]

당시 예술 사조의 흐름에 맞춘 바우하우스의 교육은 예술 통합과 종합 예술 창조로 집약되었다. 바우하우스 교육의 선진성은 이상 시의 개성적 특질과 부합하는 부분이 많다. 특히 슐레머와 칸딘스키, 모홀리 나기의 종합예술작품과 무대는 다양한 예술 매체의 공감각적 요소를 조화롭게 융합한 결과물로서 이상 시에 나타난 드넓은 상상적 세계를 구상하게 한 계기를 주었으리라 짐작할 수 있다. 칸딘스키의 내적인 음악을 실현한 '색 오페라'와 '그림연극'은 이미지로써 관객에게 내적인 울림을 전달하는 방식이다. 그러한 무대에서는 상징적인 추상 요소들이 관객과 소통하는 전달 요소가 되었다. 슐레머의 종합예술무대에 등장하는 인물들은 기하학적이고 기계적인 인간형이었다. 미래주의 인물들이 무대에 올라 단순하고 기계적인 동선을 만들어냈고 그에 따른 관객의 내적인 경험이 극을 완성했다. 또 이상이 여러 글들에서 인용한 바 있는 모홀리 나기의

---

187) 송남실, 〈바우하우스와 모더니즘 회화정신–바우하우스와 현대 추상미술운동〉,《현대미술연구소논문집》, 2001, 157쪽.

무대는 우주와 시공간을 주제로 했다. 그것을 표현해 내려고 빛의
조형으로 무대를 채웠다.

물론 이상 시에 적용된 예술 매체의 특성은 풍부하고 다채로워서
어느 한 매체의 특징으로 한정지을 수 없다. 그러나 이상 시에 재현
된 무대예술은 일반적인 문학의 정서적 배경과 현저히 다른 특징을
보인다. 시적 대상이 적용된 범위와 특징이 한정적이지 않고 환상
적인 다른 공간을 재현해 냈음을 볼 때 무대예술이 적용되었음을
유추해 볼 수 있다.

(가) 내적 울림을 통한 추상 표현

이상 시 여러 편에서 점 · 선 · 면과 도형에 의미를 부여하고 형
태의 동선에 따른 내적 울림을 표현한 부분을 찾을 수 있다. 특히
색을 포함한 점 · 선 · 면이 응용된 종합예술무대에서 표현의 방법
으로 사용된 동선과 추상성을 응용함으로써 그것만으로도 살아 있
는 상징이 되었다.

내적 울림은 각 도형의 성격과 정신성을 부여하는 것으로서 추상
적 상징이 되어 인물을 대신해서 무대예술에 올랐다. 내적 울림은
예술의 정신적인 것으로서 내적 필연성의 원리(principle of internal
necessity)와 연결된다.[188] 바우하우스의 칸딘스키는 내적 울림을
지닌 선, 형태, 색채, 숫자 등 추상적인 요소에 상징을 부여했다.
《점과 선에서 면으로》[189]에서 칸딘스키는 '색채나 형태는 영혼의

---

188) Wasily Kandinsky, 권영필 옮김,《예술에 있어서 정신적인 것에 대하여 - 칸딘
스키의 예술론》, 열화당, 1979, 68-69쪽.

진동을 갖고 있으며 그러한 색채나 형태를 살려 영혼에 영향을 미칠 수 있다'며 내면적이고 본질적인 것에 기초한 필연성의 원리를 주장한다. 그에 따라 창조된 것이 기하학적인 점과 선의 의미, 물질적인 성격의 면의 의미이다. 칸딘스키의 내적 울림에 대한 표현은 그의 종합예술무대에서 드러나는데 색과 소리, 형체만으로 의미를 전달하고자 했던 〈노란 소리〉에는190) '색 오페라', '다매체적 그림 연극' 같은 수식어가 붙었다.191)

 이미지가 주가 되는 종합예술의 극 형식을 운용한 시는 관객의 내재적 경험에 의해 흐름을 만들어 나간다. 종합예술무대를 이루는 색이나 음악은 어떠한 설명이나 자막 없이 상연되고 극은 그것을 관람하는 관객이 갖고 있는 개인적 체험에 따라 완성된다. 관객이 경험하는 감각적 체험은 상상력을 불러일으키고 각자 개인적으로 체험했던 사회적 상황들을 바탕으로 극에 대한 내재적 경험을 갖게 된다. 친절한 설명보다는 던져주기식의 극 전개와 마찬가지로 종합예술 무대의 형식을 빌어온 극 형식의 시 또한 추상적 대상이 시의 내용 속에 나열된다.

---

189) Wasily Kandinsky, 과학기술편집부 옮김, 《점과 선에서 면으로》, 바우하우스 총서 9, 과학기술사, 1997.

190) 칸딘스키의 색 오페라. 이 오페라는 색과 음악이 혼합된 6개의 무대로 이루어져 있다. 1912년 《청기사》에 발표.

191) Wasily Kandinsky, 앞의 책, 60쪽. 〈노란 소리〉 등 칸딘스키의 종합예술무대는 첫째, 음악적인 톤과 움직임, 둘째, 인간과 물체에 의해 표현되는 육체적-내면적 울림과 움직임, 셋째, 색깔의 톤과 움직임으로 내용을 전달한다. 극은 관객의 내적 체험으로 완성된다.

任意의半徑의圓(過去分詞의 時勢)

圓內의一點과圓外의一點을結付한直線

二種類의存在의時間的影響性
(우리들은이것에관하여무관심하다)

直線은圓을殺害하였는가

顯微鏡
그밑에있어서는人工도自然과다름없이現象되었다.
　　　　　　　　×
같은날의午後
勿論太陽이存在하여있지아니하면아니될處所에存在하여있었을뿐만
아니라그렇게하지아니하면아니될步調를美化하는일까지도하지아니하
고있었다.

發達하지도아니하고發展하지도아니하고
이것은憤怒이다.

鐵柵밖의白大理石建築物이雄壯하게서있던
眞眞5″의角바아의羅列에서
肉體에대한處分法을센티멘탈리즘하였다.

目的이있지아니하였더니만큼 冷靜하였다.

太陽이땀에젖은잔등을내려쪼였을때
그림자는잔등前方에있었다.

사람은말하였다.
「저便秘症患者는富者ㅅ집으로食鹽을얻으려들어가고자希望하고있
는것이다」
라고
·················

－〈異常한可逆反應〉

　이 시에서 원과 점, 직선은 인격을 지닌 존재로 그에 따른 정신성
과 행위가 표현되었다. 이 시에서 눈여겨볼 점은 거시적인 관점에
서 미시적으로 진행되어 간다는 점이다. 임의로 설정된 과거의 원
과 직선은 곧 현미경의 원과 초점으로, 다시 살인적으로 내리쬐는
태양을 받고 전전긍긍하는 사람으로 진행된다. 그 모습을 원과 직
선으로 표현할 때 그러한 형태로 간소화할 수 있다. 이 시에 '任意'
로 설정된 '半徑의圓'은 현재가 아닌 과거에 존재했던 형태이다. 칸
딘스키에 따르면 직선과 곡선은 근원적으로 대립하는 한 쌍의 선이
다. 원은 가장 불완전하기도 하고 한편으로 안정된 평면이다.192)

---

192) Wasily Kandinsky, 앞의 책, 74~75쪽. 칸딘스키는 예술을 통합하고 서로 교류
　　하는 데에서 내적인 울림을 중시했으며 그것으로 각 예술이 종합예술작품을 이

원을 이루기 전인 직선의 상태는 따뜻하지만 각이 넓어질수록 차가워진다. 예각일수록 온도는 뜨겁고 둔각일수록 차가워진다. 직선은 직선인 상태에서는 공격성이 있으나 각이 넓어지면서 공격성과 천공성, 따뜻함을 잃게 된다. 결국 제3의 중요한 평면 형태인 원을 형성하게 되는데 원은 가장 차가운 색인 청색을 갖게 된다.[193]

위의 시에서 '圓'안의 점과 '圓'밖의 점이 연결된 상태인 '直線'은 원 내부에서 외부로 연결된 형태이다. 원 자체는 안정되어 있는 차가운 형태이지만 원을 이루기 전 직선은 온도가 집약되어 있는 뜨거운 상태로 원을 '殺害'할 수 있는 공격적인 성향을 지니고 있다. 직선은 원이 될 수 있다. 반대로 원을 없앨 수도 있다. 원이 생기기 전의 직선이 직선화가 되면 원이 생성될 수 없다. 직선이 각을 넓혀 둥글게 펼쳐지면 원을 형성하게 되지만 반대로 각을 좁힐 경우 직선이 된다. '圓'은 성질이 연약하고 부드러워 다른 대상에게 쉽게 노출당하는 평면이지만 내부에 존재하는 '直線'은 공격성을 지니고 있다. 원을 형성하는 내부의 직선은 셀 수 없이 많아서 어떤 것이 시초가 되었는지 모른다. 그러나 내부의 점과 외부의 점이 결부된 직선은 원을 벗어남으로써 원을 찌르는 듯한 형상을 이루게 된다.

'二種類의存在의時間的影響性'은 원과 직선이 시공간에 존재하는 경향에 대해 언급하는 부분이다. 직선은 원에서 비롯되었고 원 또한 직선 때문에 생성되었으나 서로의 존재를 생성하거나 소멸하는 것 또한 시간의 흐름에 따라 결정된다. 직선이 원을 만들어 내기

룰 수 있다는 이론을 펴면서 창작에 임했다.
193) 위의 책, 67쪽.

도 하고 없애기도 하는 '影響性'은 시간 속에서 결정되는데 그것은 현미경의 원 형태로 사물을 들여다보는 것과도 일치하고 태양의 둥근 형태가 광선을 내리쬐는 것과도 일치한다. 그러나 시적 화자를 비롯한 인간들은 원과 직선으로 이뤄지는 여러 작용들에 대해 무관심하다. 그것은 여러 형태의 존재성이 시공간에 미치는 영향과도 연관되는 문제이다. 특히 원과 직선의 형태는 이상 시 〈建築無限六面角體「診斷 0：1」〉과 〈烏瞰圖「詩第四號」〉에 등장하는 0과 1의 형태와도 이어져 있으며 광전자의 이진법 결합수인 0과 1은 빛의 형성과 연결된다.

이처럼 이상 시 여러 편에서 공통적으로 쓰이는 몇몇 단어와 의미들은 시의 형상 및 주제와 연결되어 있다. 그래서 '直線은圓을殺害하였는가'는 원의 소멸과 연관되어 있으며 원의 소멸은 점, 0, 원자의 이미지와도 결합된다. 하지만 그것은 의미로서의 소멸보다는 단순히 형태가 주는 이미지를 의미한다. 그러한 내부의 형태를 들여다 볼 수 있는 최대한의 첨단 기술로 이 시에서는 '顯微鏡'이 동원되었다. 초미세까지 관찰할 수 있는 현미경의 첨단기술은 인공으로 제작된 물체까지도 존재를 적나라하게 보여준다. 이 시에서 물체의 내부까지 들여다보는 '現象'은 '殺害'와 동등하게 취급된다.

2연의 '圓'인 태양은 '冷情'하고 태양의 직선인 태양빛은 뜨겁게 '憤怒'하여 그 때문에 하나의 인격이 볼품없이 전락하게 되는데 그러한 형태를 '殺害'에 견주는 것이다. 이 시의 1연이 '圓'과 '直線'의 상관관계에 대해 묘사하고 있다면 2연은 그 묘사에 따라 상황을 만들고 극적인 표현으로 1연의 논리를 이미지화한다.

2연의 상황은 1연과 동시적 상황이다. 전혀 다른 공간에서 일어나는 상황이지만 서로 영향을 준다는 의미이다. 그래서 '二種類의存在의時間的影響性'은 '圓'과 '太陽'의 상관관계를 설명한다. 즉 '勿論太陽이存在하여있지아니하면아니될處所에存在하여있었을뿐'의 의미는 낮 시간에 태양이 떠 있어야 할 곳에 있지만 그 일조차 시적 자아로서는 이해가 되지 않는다는 것이다. 태양이 움직이지 않고 그 상태로 계속 내리쬐는 것은 '憤怒'로 묘사된다. 거대한 대리석 건물에서 시작된 태양의 분노는 육체를 땀에 젖게 만든다. 태양 광선의 내리쬠을 구태여 '眞眞5"의角바아의羅列'이라고 표현하여 1연의 '直線'의 형태와 연관성을 부여한다.

현미경 아래에서 존재를 드러낸 '人工' 또는 '自然'의 물체와 마찬가지로 시적 자아는 적나라하게 존재를 드러낸다. 그림자가 육체와 일직선이 될 만큼의 각도로 내리쬐는 태양광선 앞에 노출된 시적 자아의 전전긍긍하는 모습은 마치 '便秘症患者'와 같고 그 모습이 허름해 '富者ㅅ집으로食鹽을 얻으려들어가고자' 한다고 묘사되었다. 부잣집에서 소금을 얻는다는 것은 거지 취급을 받는다는 것이며 그만큼 더럽고 비참한 존재를 드러내고 있다. 뜨겁지만 '冷情'한 존재는 태양이다. 1연과 2연의 상황은 다른 공간에서 일어나지만 동시성을 지니고 있다. 현미경 아래 어떤 물체를 놓아 관찰하는 것만큼 냉정한 태양은 광선을 내리쬐고 인간을 무기력한 존재로 만들어 버린다. 두 상황은 다른 공간에서 일어나지만 형태가 같고, 서로 영향을 미친다고 서술된다. 이 시는 동시성의 원리에 따라 일어나는 다른 상황을 설정하고 있다.

이 시에서 영향을 주고받는 원과 직선, 태양과 태양 광선은 형태에 내재된 내적 울림을 통한 움직임을 그려낸 것으로 추상적 요소에 상징을 부여해 묘사하고 있다.

(나) 인체의 동선으로 이루어진 무대

20세기 초 추상회화의 유파들은 작품을 통해 인간에 대한 변형적 묘사를 추구했다. 일반적으로 두 가지 유형으로 나눌 수 있는데 첫 번째는 심하게 왜곡 . 변형된 독일화단의 인물묘사로 게오르크 그로츠(Georg Grosz)와 오토 딕스(Otto Dix) 등의 작품을 들 수 있다. 그리고 두 번째는 파블로 피카소(Pablo Picasso)와 조르주 브라크(George Braque)가 이끌어낸 입체주의의 기하학적 인물묘사와 그 영향 아래 성립된 페르낭 레제(Fernand Léger)의 로봇형 인물, 속도 감을 느끼게 하는 미래주의 인물묘사 등이 있다.[194] 인물들의 변형된 모습은 회화뿐 아니라 종합예술 무대를 꾸미는 요소가 되었다. 바우하우스의 오스카 슐레머는 두 번째 유형인 기하학적인 인물과 기계형 인간, 미래주의 인물의 형태를 선호해 창작에 활용했다.[195] 슐레머는 회화와 조각을 통해 직선과 곡선이 융합된 기하학적 특성의 인물을 보여주고 있는데 인물의 구도를 이루고 있는 것

---

194) Rainer K. Wick, Bauhaus Kunstschule der Moderne, Sttuttgart, Hatje Canntz, 2000, 265쪽. 송혜영, 〈바우하우스의 교육이념과 슐레머의 '인물과 공간'〉, 《미술사연구》 19, 2005, 282쪽에서 재인용.

195) Schlemmer 외, 《BAUHAUSBUCHER(바우하우스의 무대 1, 2)》, 편집부 옮김, 이엔지북, 2002, 5쪽.

은 평면 기하학과 입체 기하학의 관계로 이루어진 선의 그물망이다.196) 직접 연출한 무용 무대에서는 인형처럼 기계적인 동작을 반복하는 기괴한 옷차림의 무용수들이 추상적 기계인형의 무대를 선보인다. 슐레머의 추상적 인체와 기계형 인간에 대한 추구는 신의 모습처럼 새로워진 인간의 순수한 모습, 본질적이고 영원한 모습에 대한 열망 때문에 빚어진 것이다.197)

이상 시 중에도 종합예술무대와 비슷한 배경을 지닌 시들이 여러 편 있다. 종합예술무대는 일반적인 무대처럼 현실적인 상황을 꾸며내지 않는다. 단순한 형태의 직선과 곡선으로 이루어진 추상적 무대는 현실성을 기피하는 독특한 스타일이어서 비현실적인 다른 공간의 이미지를 갖는다. 그래서 언어적 서술로 묘사된 종합예술무대는 전혀 가늠할 수 없는 공간을 창출해 내기도 한다. 또 추상적 기계인형의 무용은 고전 무용의 기교적이고 화려한 몸짓과 달리 단순하고 기계적이다. 선을 따라 이동하거나 기계적인 손짓 또는 몸짓으로 동작을 표현해낸다.

종이로만든배암을종이로만든배암이라고하면

▽은배암이다

▽은춤을추었다

---

196) 위의 책, 5쪽.

197) 오스카 슐레머의 〈삼부작 발레〉는 수학과 기하학을 통해 육체와 공간의 법칙을 실현한 추상적 무대이다.

▽의웃음을웃는것은破格이어서우스웠다

슬립퍼어가땅에서떨어지지아니하는것은너무나소름끼치는일이다
▽의눈은冬眠이다
▽은電燈을三等太陽인줄안다

×

▽은어디로갔느냐

여기는굴뚝꼭대기냐

나의呼吸은平常的이다
그러한데탕그스텐은무엇이냐
(그무엇도아니다)
屈曲한直線
그것은白金과反射係數가相互同等하다

▽은테이블밑에숨었느냐

×

1

2

3

3은公倍數의征伐로向하였다
電報는아직오지아니하였다

— 〈▽의 遊戲 「△는 나의 AMOUREUSE이다」〉

'▽'의 모습은 〈破片의 景致〉에서보다 구체적이다. 춤추는 것을 좋아하는 유희적인 여성인 '▽'은 '종이로만든배암'처럼 춤을 춘다. 뱀은 공격적이며 잔인한 성품을 의미하고 한편으로 사악한 유혹을 상징한다. 그러나 종이로 만든 뱀인 '▽'은 외면에서 풍기는 이미지만 뱀과 같을 뿐 내면은 유약하다. 잘 구겨지는 종이 같이 약해서 범하기 쉬우며 물에 젖는 속성을 가졌기 때문에 감상에 젖기를 잘하는 여성이고 외모도 종잇장과 같이 가녀리고 창백하다.

그래서 '▽'이 춤을 추는 모양은 종이가 구불거리는 것 같다. 잘 웃지 않는 '▽'의 웃는 모습은 파격적이다. 웃는 모습을 '破格'이라고 표현하며 우습다는 시적 자아의 심리에는 '▽'에 대한 연민이 있다.

이 시에 나오는 몇몇 시어는 다른 시들에 묘사된 것과 같은 의미로 쓰였다. '슬립퍼어'는 〈鳥瞰圖 「LE URINE」〉에 묘사된 것처럼 축음기 바늘이 끌리는 것이다. 그러나 이 시에서는 동음이의를 활용해 이중 의미를 지닌 시어로 쓰였다. '슬립퍼어'가 '땅에서떨어지지아니하는것'은 춤을 멈추지 않는 것과 한편으로 음악이 멈추지 않는 것을 뜻한다.

'▽'의 눈은 '冬眠'이다. 〈興行物天使〉에 묘사된 것과 같이 '冬

眠'은 시각의 힘을 잃어 사물을 제대로 인지하지 못하는 눈이다. 그래서 '▽'은 '電燈'을 '三等太陽'으로 인식한다. '電燈'은 〈破片의 景致〉에 묘사된 것과 마찬가지로 '▽'의 전류로 인해 불이 켜진 대상이며 문맥적으로 볼 때 '▽'이 흠모하는 대상이다. '▽'을 사랑하는 '나'는 '▽'이 보잘 것 없는 '電燈'을 '三等太陽'인 줄 안다고 빈정댄다.

'▽'을 향한 '나'의 감정과 기억은 〈破片의 景致〉와 마찬가지로 편린으로 존재한다. 결국 시적 자아는 '▽'이 존재하지 않는 시공간에서 '▽'에 대한 기억을 떠올린다. '굴뚝꼭대기'라는 공간은 현실과 동떨어져 있으며 사물을 내려다볼 수 있는 허공에 뜬 공간이다. '나'는 그렇게 낯선 공간에 존재하는 것을 생명이 다한 것으로 생각했으나 '呼吸은平常的'이다. 이 시에서도 의식은 있지만 꿈인지 생시인지 모르는 시공간에 존재하는 자아를 발견한다.

허공 중에 단단한 금속이 '탕그스텐'처럼 가로질러 있다. 그러나 그것은 무의미한 물질이다. '屈曲한直線'은 휘어지는 시공을 의미한다. 상대성 이론에서는 시공의 휘어짐을 백금에 비유한다. 광자의 속도가 가속화될 때 시간은 변화를 일으키며 시공이 휘어지게 된다. '白金'과 시공의 휘어짐의 '反射係數'가 '相互同等'하기 때문이다. '나'는 시공의 휘어짐을 목도하는 공간에 떠 있다. 그것은 '내'가 빛이 되어야만 가능한 상황이다. 죽음인지 생인지 모를 광자화된 순간은 임의로 설정된 비현실적 상황이다.

〈破片의 景致〉와 이 시의 상황은 시공간 변화에 따른 '4차원'의 상태를 묘사한 것이다. '내'가 광자화된 상태의 기억은 명료하지 않고 꿈처럼 왜곡되며 감정의 기복도 심하다. 그래서 어느 순간 '▽' 의 정체는 '테이블밑'으로 숨은 것처럼 사라진다. 그리고 '3'이 '公 倍數'인 뇌수의 회전으로 기억들이 모두 소멸된다. '電報'는 '나'의 기억들이 휘어지는 곡선, 즉 변화되는 시간 속으로 빨려 들어갔음 을 알리는 신호다.

이 시의 상황은 가상공간에서의 경험을 묘사한 것이다. 현실 상 황에서는 경험할 수 없는 기억이 파편으로 흩어지는 순간이다. '나' 의 뇌수에 남은 기억들은 편린이 되어 만화경처럼 펼쳐진다. '나'는 〈三次角設計圖「線에關한覺書 1」〉의 상황처럼 '고요하게나를電 子의陽子로' 한 것이다. 이는 '나'의 내부인 뇌수의 원자 때문에 발 생하는 시공의 흐름 속으로 유입되어 뇌수가 인식하는 차원의 시공 을 겪는 것이다.

이 시의 기억은 완벽한 형태를 이루고 있지 않다. 개별적으로 분 리되어 형성된 타인의 존재는 완벽하지 않고 망각 속에서 흩어진 다. 그것은 기억이 사물화되는 현상이며, 휘어지는 곡선의 형태가 존재한다는 것 또한 우주 공간에서나 가능한 일이다. 즉 이 시에서 묘사된 공간은 4차원적 공간이며 설정할 수 없는 배경이다.

인간으로서가 아니라 4차원의 공간에서 시공의 흐름을 묵시하는 시각적 존재인 '나'는 여전히 '▽'의 기억을 버리지 못하고 있다. 불 안정한 성격을 지닌 '▽'이 '나'의 꿈이었기 때문이다. 이는 시적 자 아가 인간의 생을 버리고 광자화되어 시공을 초월한 존재가 되고픈 소망을 갖고 있지만 생의 기억이 소멸되는 순간 사라질 세상에 대 한 애착이 여전히 남아있음을 의미한다.

이 시의 추상의 중심은 도형 '▽'과 '△', 직선과 곡선이다. 또한 차원을 초월한 시공과 기억의 형태가 추상적으로 묘사되어 있다. 배경과 등장인물이 파격적이다. '▽'은 '배암'처럼 은밀하고 조용히 움직이는데다 '종이'처럼 구불거린다. 이 시의 배경이 종합예술무대라고 가정한다면 '▽'은 추상적인 기계인형을 가리키는 호칭이다. '▽'은 종이뱀처럼 구불거리며 춤을 추는데 그것은 대상과의 직접 대면이 아닌 커튼 뒤 그림자의 형태로 인물을 보여주는 것일 수도 있다. '▽'는 느닷없이 파격적인 웃음을 웃는다. 비현실적이고 평범치 않은 행동으로 일관된 침묵이 깨진다. 이 시의 시적 자아는 '▽'이 하는 행위를 관람하는 관객의 입장에서 서술하는데 '▽'의 낯설고 파격적인 행위를 낯설어 하지 않고 해프닝으로 받아들인다. '▽'의 비상식적인 행위 또한 이 시의 배경이 종합예술무대 위의 상황이라고 가정한다면 타당성이 있다. 또 '▽'이라는 기하학적인 기호의 이름이 붙게 된 이유 또한 짐작할 수 있다. '▽'은 종합예술무대에서 추상적 기계인형을 연기하는 인물로 기계인형의 규칙적인 동작을 연기한다.

종합예술무대는 특정한 의미나 줄거리가 없이 움직임만으로 이루어지는 것이 특징이다. 그래서 '슬립퍼어'가 땅에 붙어 떨어지지 않는 듯 절제된 동작이나 갑자기 파격적으로 웃거나 '冬眠'의 눈을 지녀 맹인처럼 더듬거리는 추상적 기계인형의 동작은 무대를 이끌어 가는 중요한 요소로 작용한다.

무대의 배경은 어둡고 단순하다. '굴뚝꼭대기'로 묘사되는 직선과 '탕그스텐', '屈曲한 直線' 등은 추상적 기계인형과 공간의 밀접한 관계를 보여주는 긴장된 선을 묘사한 시구이다. 추상적인 기계 인형의 움직임은 규칙적이어서 기하학적인 공간의 범위를 인식시 킨다. 이 시의 '1 2 3'은 추상적 기계인형이 무대에서 움직임으로 인해 인식되는 공간의 범위를 뜻한다.

또 '▽'은 공간이동을 하듯 무대와 굴뚝 꼭대기, 테이블 밑으로 이동한다. 이동의 경로를 자상하게 설명하는 사건이나 과정 없이 공간에 존재하는 인물 자체를 보여준다. 그것은 인물과 공간의 관 계가 무대의 목적이기 때문이다. 동작을 연결하는 가공의 긴장된 선들을 통해 각각의 인물들이 비밀스럽게 연결되고 있음을 확인하 는 것이다.[198] 즉 인물은 각각의 위치에서 자신의 존재를 확인하는 정신적 존재로 그려진다. 또 그들은 관람자들에게 차단의 동작을 보여줌으로써 접근과 차단이라는 긴장감 속에 균형을 이룬다. 동작 에 잠재된 역동성은 공간과 밀접하게 관계된 바닥과 벽의 단축된 선을 통해 강화된다.

이 시는 무대에서 표현되는 동작과 긴장된 무대의 상황을 시 형 식으로 묘사했다는 점에서 의미가 있다. 뿐만 아니라 시적 자아가 관람자로서 무대의 긴장감을 표현하고 종합예술무대의 경이로운 파격에 대한 감상을 생생히 묘사해냈다는 점이 두드러진다.

---

198) Schlemmer 외, 앞의 책, 23쪽.

(다) 빛과 기계적 시공간의 종합예술

20세기 초 예술의 실험의식은 반전의식에서 생겨난 것이며 실험의 성향은 극도의 순수성과 다른 한편으로 현대문명의 상징인 기술과 기계화의 '종합예술성'으로 집약된다. 그 종합예술성 획득의 중심에 '기하학'이 있었다. 기하학은 현대기술의 결정성을 상징하는 아이디어이며 동시에 표현의 대상이었다.[199]

바우하우스의 미술가 가운데 이상이 가장 많이 인용했고 관심을 보였던 모홀리 나기는[200] 슐레머와 함께 종합예술무대를 제작했다. 바우하우스가 1924년에 발표한 〈연극, 서커스, 버라이어티〉에서 모홀리 나기는 퍼포먼스와 무대미술, 음향에서 극적인 효과를 내려고 광학 기재, 필름, 반사 설비, 자동차, 엘리베이터 등 여러 기계의 사용을 강조하고 응용한다. 그리고 그러한 실험적 무대를 종합 연극 또는 총체 연극(Total Theatre)이라 이름 붙인다.[201]

이상 시에 '시-공간(space-time)', '빛(light)', '가상적 입체

---

199) Hans Sedlmeyr, 남상식 옮김,《현대예술의 혁명》, 한길사, 2004, 119쪽.

200) 이상이 편집부장으로 있었던《朝鮮と建築》에는 곳곳에 바우하우스 조형 이론이 발견되는데 이상의 이니셜로 알려진 R이 쓴 권두언에서 모홀리 나기의 《재료에서 건축으로》의 내용이 확인된다. 1932년 7월호, 1932년 8월호, 1932년 10월호, 1933년 5월호에 모홀리 나기 저서의 내용이 서술되어 있다.

201) 모홀리 나기는 종합예술작품이 '전반을 포괄하는 전체 작품인 생을 향하여 모든 생의 계기가 스스로 구축되어가는 종합이고 어떠한 고립도 지양하며 그에 있어서 모든 개별적 준비가 생물학적 필연성에서 성립되고 보편적 필연성으로 통하는 것'이라고 주장한다. L. Moholy Nagy, 편집부 옮김, 《BAUHAUSBUCHER (회화·사진·영화)》, 과학기술, 1997, 15쪽.

(virtual volume)' 등이 응용된 것은 일종의 종합예술작품의 실현이
다. 종합예술작품은 편중된 주제의식보다는 전체적이고 보편적인
주제의식을 탐구할 것을 요하는 지침으로 제작되었다. 그것은 인류
전체가 풀어야 될 문제로서 근원적인 생의 탐구에 집중한다. 종합
예술작품을 제작하는 데에 과학적이고 기하학적인 사고를 필요로
하는 재료들이 쓰이는 것도 그러한 이유에서였다. 모홀리 나기의
작품이 빛의 시각적인 측면에 중심을 두고 표현된 것과 달리 시적
인 묘사에 치중한 이상 시는 빛에 대한 사고와 의미에 중심을 두고
서술되었다.

〈三次角設計圖「線에關한覺書 7」〉는 '光線'과 존재에 대해 각
성하며 '音波'의 존재성이 '光線'에 비해 '劣等'하다고 표현하고 있
다. 〈三次角設計圖「線에關한覺書」〉는 '光線'과 '視覺'이 중심 소
재인데 빛의 특성과 시공간을 비롯해 존재에 대한 성찰이 서술되어
있다. 빛은 시공간을 운행하는 물질로 빛의 흐름은 시공간의 변화
를 의미한다. '사람'에게 빛은 존재의 여부를 의미하는 불멸의 존재
이자 우주와 같은 불사의 생이다. 그래서 사람의 존재와 생의 희로
애락은 빛에 따라 결정될 뿐이다. 그래서 사람 자체는 존재하지 않
고 빛이 존재하며 사람은 그것을 모으고 비추는 '거울'일 뿐이다.

또 인간의 '視覺'은 빛에 대한 '計量'이다. 스스로가 지닌 만큼이
존재가 된다. 그러한 존재의 틀은 '視覺'의 '이름'이 된다. 곧 시각을
비롯한 감각이 존재가 된다는 결론에 다다른다. 감각에 따라 존재
를 각성하게 된다는 이론은 상대적 세계관과 연결된다. '거울'은 존
재를 비추는 것이고 거울에 비친 형상에 대한 시각적 감각으로 존

재함을 깨닫게 된다. 그래서 '거울'이라는 매개체는 상대적이다.

사람의 존재 여부는 시각이고 그래서 붙여지는 사람의 이름 또한 사람 자체의 이름이 아닌 시각이 갖는 이름이다. 결국 살아 있다는 것은 감각을 느끼는 것이다. 감각이 없는 생은 살아 있는 것이 아닌 것이다. 과거든, 미래든 시공간을 볼 수 있는 존재도 시각이다.

'나'의 이름은 '□'이고 '안해'의 이름은 '△'이다. '나'와 '안해'는 다른 형태의 존재이다. 그것은 앞에서 서술된 것처럼 칸딘스키가 제시한 인격적 도형으로서 '□'은 중재자의 형태이다. 중재자는 물질적인 것과 하강을 의미하는 '▽'이나 정신적인 것, 또는 신을 의미하는 '△'의 상승적인 것도 아닌 중간자적 성향을 뜻한다. 이러한 존재들은 내면의 공간이거나 다른 시공간에 존재한다. 즉 내가 갈구하는 '안해'는 같은 시공간에서 만난 사람이 아니라 다른 공간에 존재했던 사람인 것이다. 그래서 '나'는 이미 '오래된過去'의 사람인 '안해'이자 'AMOUREUSE'를 만날 수 있는 '視覺'의 '通路'를 설치하기를 희망한다. 그리고 '안해'를 만나기 위해 '最大의速度'를 부여하고자 한다. 다른 시공간의 연인을 그리워한다는 것은 현재 시공간이 아닌 다른 시공간에 존재했던 누군가를 그리워하고 있다는 것이다. 또 그를 만나기 위해 시공간을 넘나들기를 고대한다.

'하늘'이라는 대상은 뒤의 시구에 나오는 '天'의 이름과 같은 의미로 쓰였다. 시각은 곧 존재 자체이다. 시각이 있으므로 대상을 보고 현재를 느낄 수 있다. 그래서 현재의 위치나 상태를 의미하는 명명은 곧 시각의 이름이다. 시각의 존재에서 수로 인식되는 시공간은 '數字的인어떤 一點'이다. 연도를 매기거나 달력에 표기된 숫자나 시간들은 모두 시공간을 표기하는 '一點'일 뿐이다. 사람이 현재를 살아가며 느끼게 되는 시공간의 형태는 모두 '運動의코오스'를 갖는다. 그러나 빛은 빛으로 존재할 뿐이고 사람이 느끼게 되는 상대적인 시공간의 의미는 중요치 않다. 그래서 사람이 존재하고 있는 시공간에 얽매여 의미를 부여하거나 '이름'이라 부를 수 있는 자기 구속의 영역을 벗어나려 하는 것 또한 의미 없는 일이다. 그래서 시각의 '이름'들, 즉 자신을 구속하는 모든 영역들을 '健忘'하고 '節約'하는 것은 사람의 영역을 벗어나는 일이다.

'사람'이 '光線보다빠르게달아나' 과거와 미래를 '淘汰'한다는 것은 상대성 이론의 원리이다. '光線'보다 빠른 속도로 운행하게 되면 존재가 소멸되고 오직 '視覺'만이 남기 때문에 '사람'의 '視覺'은 곧 불멸의 존재가 될 수 있다는 논리가 이 시의 강조점이다.

이 시는 빛이라는 우주의 시간과 인간의 존재에 대한 각성을 주제로 하고 있다. 〈三次角設計圖「線에關한覺書」〉 연작은 빛과 시공간에 대한 성찰을 주제로 하고 있으며 특히 〈三次角設計圖「線에關한覺書 1」〉의 조형적 형상은 모홀리 나기의 1922년 작 〈빛-공간 변조기〉가 변조되며 만들어낸 그림자의 형태와 연결되는 부분이 있다. 〈三次角設計圖「線에關한覺書」〉 연작은 인간 존재에 대해 깊이 사유하고 거기서 얻어진 철학적인 명제를 기하학과 과학으로 응용해 조형적 형상과 문학적 서술을 접목시켜 이해를 도운 종합예술작품이다.

제5장. 시각에 대한 통찰과 영화 기법 적용

1. 카메라의 응시와
현실에 대한 관점의 전이

　문학과 영화의 매체 융합은 문자와 영상, 활자매체와 시청각매체라는 이원적 관계에서 시작된다. 시청각 기재가 필요한 영화의 특성상 단일 감각으로 형성된 매체의 인식체계와 구별된다. 하지만 문학이 주는 상상의 확장은 영화의 공감각적 상상과 결부되는 면이 있다. 이는 문학의 생생한 묘사가 인식되는 기저에는 영화적 상상력의 영향이 작용하고 있기 때문이다. 또 문학과 영화는 서로 영향을 주고받으며 상상적 세계의 기저를 넓히고 서로의 모티프가 되고 있다. 그래서 영화 화면의 이미지 전달은 시적 모티프와 연결된다. 영상과 문학의 재전이에서 확인되는 사실은 문학작품을 영화로 각색하는 일이건 영화를 문학 작품으로 만드는 일이건 결과적으로 볼 때 텍스트의 원본으로 돌아가기는 어렵다는 것이다.202) 매체 교체로 발생된 텍스트의 가치는 변화의 역동성 자체이며 그로 말미암아 이전 텍스트와 구별되는 독자적인 예술성이 확보된다.

　영화와 문학이 매체 간 상호작용에 따라 변화되는 양상은 영상과 영화기법을 들 수 있다. 라예브스키(Rajewsky)는 영화의 예를 들어

---

202) J. Paech, Literature und Film, 2. Aufl, Stuttgart 1997, 고위공, 앞의 책. 307쪽에서 재인용.

예술의 상호매체성에 대해 설명하고 있다. 상호매체성은 '매체 간 관련', '매체 교체', '매체 결합'의 세 유형으로 나뉘는데 문학과 영화가 교류하는 세 유형에는 각기 '문학텍스트와 영화의 관련', '문학의 영화화와 각색', '영화'가 있다.203) 매체 교체는 두 매체 사이에 일어나는 교환 작용으로 문학의 영화화 또는 영화의 문학화를 들 수 있으며 이에 따른 매체 간의 상호작용은 문학에서 영화로의 전이와 영화가 문학에 미치는 영향으로 나타난다.204)

1) 20세기 초 영화 이론의 양상

20세기 초, 예술 매체의 교류 양상은 매체 간에 변혁을 가져온다. 문학, 미술, 음악, 사진, 영화 등 다양한 장르에서 텍스트의 경계가 와해되고 그에 따른 표현의 변화가 두드러진다. 그러한 매체미학의 성향은 제7의 예술인 영화의 생성과 연결된다. 영화의 발달은 여러 예술 매체에 영향을 주었고 영화 또한 여러 매체와 결합하면서 발전하는 양상을 띠었다.

1910년에 들어서면서 발레 · 무언극 · 무성영화 등의 예술 매체가 세계적인 주목을 받게 되고 특히 영화는 공감각예술의 전면에 떠오르게 된다. 1920년대부터 영화의 부흥이 시작되었고 1930년대에 이르러서는 제2미디어인 영화의 전성기가 온다. 그 시대 영화인들은 기법은 물론이고 예술성 향상에 주력해 독일 표현주의 영화를

---

203) I. O. Rajewsky, 앞의 책, 19쪽.

204) 고위공, 〈문학과 영화 - '매체교체의 양상'〉, 《미학예술학연구》21, 2004, 308쪽.

포함한 실험 영화들은 의식(意識)을 표현해내는 데 초점이 맞춰져 있었다.[205] 다수의 다다이즘 · 아방가르드 예술가들은 시대에 맞춰 영상기법에 대한 관심을 갖고 창작에 임했다.[206] 특히, 프랑스 아 방가르드 영화의 작품성은 타 매체 예술인들에게 신선한 충격을 주었다.[207] 바우하우스의 슐레머와 모홀리 나기는 영화의 전위적 특성을 살려 파격적인 실험을 한다. 한편, 영화의 종합예술성에 주목한 카뉴도는 1916년 미래파 영화 선언에서 영화를 '제7의 예술'이라고 선언한다.[208] 제7예술론은 예술의 통합성과 결부된다. 영화는

---

205) 1920년대에서 1930년에 이르는 시기에는 예술영화라 할 수 있는 작품들이 유럽에서 제작된다. 특히 독일 표현주의 영화의 대표격인 〈칼리가리 박사의 밀실〉(1919)과 〈인조인간〉(1920)이 제작되었고 이후에 독일 표현주의 작품들은 내면 심리 표현에 중심을 두고 이에 따른 촬영술과 배경 제작을 비롯하여 배우들의 심리 표현과 그로테스크한 화장술 등을 발전시킨다.

206) 다다의 성향은 르네 클레르(Rene Clair)와 만 레이(Man Ray)의 작품에서 파악된다. 특히 만 레이의 〈이성으로의 회귀〉 같은 작품은 순수한 욕망의 이미지를 시각화한 영상이며 뒤샹의 〈빈혈증 영화〉(1926)는 오브제의 무작위한 배열로 기존의 추상영화의 고정된 이미지를 전복시킨다.

207) 르네 클레르의 다다이스트 영화 〈막간〉(1924), 페르낭 레제의 〈기계 발레〉(1924), 브뉘엘과 달리의 초현실주의 영화 〈안달루시아의 개〉(1928)는 몽타주 편집으로 시각적인 충격을 주었으며 내용면에서도 기존의 관념과 가치를 전복시키는 역할을 했다.

208) 1911년 카뉴도(Ricciotto Canudo)는 '제7예술선언'에서 영화를 활동사진 또는 영화극이 아닌 제7의 예술로 명명하고 새로운 시대의 새로운 예술로 칭한다. 그는 영화가 단순한 하나의 장르일 뿐 아니라 '전체적 총화의 예술', 즉 종합예술 이라고 주장한다. 예술은 조형예술과 리듬예술로 나뉘는데 건축, 조각, 회화와 음악, 무용, 시라는 줄기로 나뉘어 발전해왔고 영화는 다른 예술에 뒤이어 태어났으며 앞서 존재한 다른 예술을 집대성한 예술이라는 것이다. 김동규 외, 《문학과 영화이야기》, 학문사, 2002, 103쪽.

이미지 표현은 말할 것도 없고 주제 의식의 표출과 문학적 상징뿐 아니라 보여줄 수 있는 매체(showing media)라는 점에서 여러 예술 매체를 통합할 수 있는 특성을 갖고 있다.

당시 창출된 영화 이론 가운데 영화의 공감각과 시적인 부분을 부각시킨 것으로는 시각주의, 리듬론, 순수 영화시 등이 있다. 1920년 영화의 포토제니론을 제시한 델뤽은 영화라는 새로운 미디어를 눈으로 인식하려는 노력을 기울여 영화의 시각주의를 제창한다.[209] 뒬락은 리듬론을[210], 클레르는 '순수 영화시'[211]라는 글을 통해 순수 영화예술 창조는 모든 극적이고 기록적인 요소에서 분리되어야 한다는 주장을 펼친다. 이들의 주장은 영화를 연극의 영향에서 해방시켰고 실험영화정신을 불러일으키는 계기가 된다.

또 몽타주 기법을 비롯한 영화 기술의 혁신적 발전을 이룬 그리피스[212]의 영화 제작은 프랑스 영화 예술은 물론이고 러시아의 실

---

209) 델뤽(Louis Delluc)은 영화에서 빛과 리듬의 창조적인 사용을 강조했으며 영화가 사실을 전달하는 기능뿐 아니라 심리 상태를 표출하는 기능도 있다고 역설했다.

210) 뒬락(Germanine Dullac)은 선구적인 페미니스트 작품 〈뵈데 부인의 미소〉(1923) 같은 추상영화를 만들었다.

211) 실험 영화인들은 영화의 서사적 표현에 반대하며 순수하게 시각적인 경험과 리듬의 체험을 제공하기 위해 영화 매체만의 독특한 장치를 고안해내자고 주장한다. 역동적 편집, 빠르거나 느린 화면, 속임수 쇼트, 카메라의 이동 쇼트 같은 것은 인물뿐 아니라 생명 없는 피사체에까지 시각적, 리듬적 생명력을 부여하기 위해 사용된 기술이다.

212) 영화가 독자적인 표현방식을 구축한 데는 그리피스(David Wark Griffith)의 공이 크다. 롱숏에서 클로즈업에 이르는 컷, 시점의 교체, 심리적인 몽타주, 사건 진행의 가속화, 심리학적인 연기술 등이 그것이다. Ralf Schnell, 강호진 외 옮김,

험적 몽타주 이론가 베르토프, 클레셔프, 프도프킨, 그리고 에이젠슈타인에게까지 영향을 미친다. 문학과 몽타주는 기존 사물이나 인물의 새로운 의미를 만드는 점이 비슷하다. 몽타주(montage)[213]의 숏과 숏의 병치나 충돌은 시적 상상력을 내포하고 있다. 또 장면의 급격한 전환 때문에 이해되지 않는 부분은 경험으로부터 유추하게 되는데 이때 시적 긴장감이 발생한다.

우리나라 영화 이론과 비평은 1895년 세계 최초의 영화인 〈열차의 도착〉의 영사막 설치와 영사기 상영이 신문에 기사화되면서 시작된다. 1920년대 이후에는 영화 비평이 본격적으로 확장되었지만 전근대적인 세계관에서 벗어나려는 근대주의적 시각, 계몽주의적 영화관과 단평 그리고 영화를 예술운동으로 정당화하려는 시도, 프롤레타리아의 선동적 영화 이론 등이 대부분이라 아직 체계적이고 전문적인 비평에 이르지는 못하였다.[214]

조선영화의 출발점이라고 할 수 있는 '연쇄극(Kino-drama)[215]' 시대에는 근대의식의 흐름에 따라 계몽주의적 영화관이 팽배했다. 예술에 가까운 영화보다는 영화라는 매체의 대중성을 고려해 사람들의 근대화 의지를 고취하고 계몽하는 영화가 상영되었고 영화 평

『미디어미학-시청각 지각형식들의 역사와 이론에 대하여』, 이론과실천, 2005, 100쪽.

213) 몽타주는 주제와 연관된 필름을 모아 하나의 연속물로 결합시키는 편집기술이다.

214) 전평국, 〈초창기 한국 영화비평에 관한 연구〉, 《한국콘텐츠학회》5권 6호, 2005, 196쪽.

215) 연쇄극(kino-drama)은 영화를 섞어 상연하는 특수한 연극이다.

도 초보적인 수준에 머물렀다. 무성영화 시대로 접어들면서 영화 자체에 대한 관심이 증대되었고 형식과 예술성을 추구하는 비평적 기조가 형성된다. 그로 말미암아 조선영화의 첫 번째 황금기인 1926년부터 1930년까지 한 해 평균 14편의 국산영화가 만들어진다. 초기 영화에는 자막이나 변사가 필요했으나 영화의 기법이 발전해 가며 점차 사라지게 되었다. 영화 형식이 연속적 서술로 전환됨에 따라 조선영화에서는 몽타주 기법이 쓰인다. 또 그리피스에서부터 에이젠슈타인까지 체계화된 몽타주 이론이 영화 미학의 핵심 요소로 부각된다.[216]

이상 시에 나타난 영화와의 매체 간 상호작용에 당시 전개되었던 다양한 영화 이론과 실험 영화의 파격적인 구성, 영상들이 영향을 미쳤다.[217] 그 요인들은 이상 시에 재구성되어 다양성을 두드러지도록 하는 요소로 작용했다.

이상 시에서 카메라 시각의 논리는 두 가지로 요약된다. 집중해서 사물을 투시하는 카메라 옵스큐라(Camera Obscura)의 디오라마(Diorama, 투시)와 펼쳐진 풍경을 관찰하는 파노라마(Panorama, 전경)이다. 디오라마 시각은 시적 자아의 내면으로의 집중을 뜻하고 파노라마 시각은 세계에 대한 성찰을 의미한다. 카메라 옵스큐라에

---

216) 정재형, 《한국 초창기의 영화 이론》, 집문당, 1997, 267쪽.

217) 조영복은 이상이 평소 음악, 미술, 영화 등 예술분야에 조예가 깊었음을 지적하고 예술 장르에 대한 이상의 체험을 탐색하면서 이상 문학 연구의 저변을 확대할 필요가 있음을 역설한다. 조영복, 〈이상의 예술체험과 1930년대 예술공동체의 기원 - '제비'의 라보엠적 기원과 르네 끌레르 영화의 수용〉, 《한국현대문학연구》23, 2007, 203~250쪽.

대한 자각의 시초는 유클리드(기원전 300년)와 아리스토텔레스(기원전 384~322년) 시대로 거슬러 올라간다. 아리스토텔레스가 구체화시킨 것으로 알려진 이 원리는 천문학 장치를 만드는 데 쓰였다. 이후 레오나르도 다빈치는 '어두운 작은 방(der dunkle Kammer)'이라는 카메라 옵스큐라 장치를 만들어낸다. 어두운 작은 방에서 보는 풍경은 거꾸로 반사되어 나타난다. 그러나 카메라 옵스큐라는 대상과 대상이 만들어낸 환영에 몰입하게끔 만드는 위력을 갖고 있었다.218) 옵스큐라는 대상과 관찰자 사이의 관계, 주체로서의 관찰자의 위치, 신체에서 분리된 시각을 규정하는 마음의 눈이기도 했다.219) 또 은판사진술을 발명한 다게르는 어두운 사각형 안의 영상에 집중하는 기법의 카메라를 제작하는데 '다게레오 타입' 카메라가 그것이다. 다게레오 타입 카메라는 좌우 반전으로 거울과 같은 상을 보여준다. 다게레오 타입 카메라는 어두운 작은 방과 같은 상자를 매달고 있으며 상자 안에는 현실이라 착각할 정도로 사실적인 상이 어둠 속에 나타난다. 실제 감각이 지각하는 세계와 카메라를 통해 지각하는 세계에는 차이점이 있다. 카메라의 시각에 나타난 세계는 정해진 틀 안에 있으며 초점을 모아 상을 형성한다. 카메라가 프레임화한 시각은 관찰자의 시선을 모으는 동시에 주체적 인식도 결집시킨다.

---

218) Ralf Schnell, 앞의 책, 55쪽.
219) 권중운, 〈영상매체의 시각체제에 대한 인식론적 개관〉,《영화평론》11, 1999, 9쪽.

2. 디오라마 시각 속의 가상현실

1) 응시하는 눈

옵스큐라 시각은 하나의 구멍(peephole)을 통해 들여다보는 고립된 눈을 통해 이루어진다. 그래서 '일별(Glance)'보다는 '응시(Gaze)'의 논리를 따른다. 그것은 일종의 영속성을 갖게 되며 동굴의 우상을 만들어낸다. 또 영속적인 하나의 '시점(point of view)'으로 환원된다.[220]

前後左右를除하는唯一의痕迹에잇서서

翼殷不逝 目大不覩

胖矮小形의神의眼前에我前落傷한故事를有함.

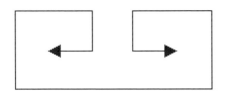

臟腑라는것은浸水된畜舍와區別될수잇슬는가.

— 〈烏瞰圖「詩第五號」〉

---

220) Hall Foster, 최연희 옮김, 《시각과 시각성》, 경상대, 2004, 28~29쪽.

이 시에 묘사된 카메라 옵스큐라의 디오라마의 시각은 '前後左右를除하는' 상황에서 드러난다. 앞뒤도 없고 좌우도 없는 '翼殷不逝 目大不覩'는 오로지 작은 상자 안을 들여다보는 시각이다. 즉 욕망 때문에 한 부분을 응시하느라 자신에게 닥치는 상황을 인식하지 못하는 어리석은 자의 시선을 의미한다. 날개가 커도 날지 못하고 눈이 커도 보지 못하는 새는 응시하는 자아이다. 이 부분은 장자의 〈山木篇〉에 나오는 부분으로 우화에 등장하는 인물은 장자를 의미하기도 하고 응시하는 시각을 뜻하기도 한다. '먹이에 눈이 멀어 달려드느라 사람이 다가가는 것도 모르는 새'를 보고 있던 그도 남의 과수원에 들어섰는지 모르고 정신이 팔려 그 광경을 응시하다가 과수원 주인에게 망신을 당한다.

이 시에서 시적 자아가 맞게 되는 위기 상황은 두 가지이다. 첫째는 '눈이 커도 보지 못하는 상황'이고 둘째는 '浸水된畜舍'의 상태이다. 끊임없이 찾아오는 식욕으로 꼬르륵거리는 '臟腑' 때문에 외부세력에게 침탈당하는 것도 모른다. '浸水된畜舍'와 같은 '臟腑'는 구멍이 있어 그곳으로 외부의 물질을 빨아들이고 꼬르륵대며 자신이 처한 처지와는 무관하게 속이 비었다는 소리를 낸다. 카메라 옵스큐라와 마찬가지로 '浸水된畜舍'와 같은 '臟腑'의 내부도 빈공간과 어둠, 구멍을 지니고 있다. 이 시의 시적 자아가 염려하는 상황은 '기아' 때문에 주체를 잃는 것과 빈공간의 어둠 때문에 '시각'에 대한 자각을 잃고 주어진 상황으로 빨려 들어가는 것이다. 즉 기아와 맹안은 시적 자아에게 동등한 난제이다.

이 시의 조형 형태는 카메라 옵스큐라를 의미하기도 하며 동시에 인간의 굶주린 위장을 나타낸다. 두 가지 모두 대상을 내부로 흡입하며 디오라마적 시각은 우매한 관찰자의 눈을 멀게 하고 기아는 굶주린 자의 이성을 멀게 하는 공통점을 갖고 있다. 결국 디오라마로 말미암은 맹목의 공포는 기아 때문에 이성을 잃게 되는 공포와 맞먹는 것이다. 어둠 속을 직시하는 디오라마적 시각은 상자 밖의 상황을 통찰할 수 없고 '目大不覩'의 상황에 직면하게 된다. 한정된 사각형 안의 어둠은 동굴의 우상과 마찬가지로 안으로 시각을 빨아들이는 힘을 지니고 있다.

2) 키노 아이(Kino eye)

카메라 옵스큐라의 디오라마는 동굴의 우상과 같은 특질을 내포하고 있다. 그러나 사진 매체의 응시적 시각은 뒤이어 영화의 발전이 가져다준 파노라마 시각의 성과로 종식된다. 카메라의 원근법적 시각 양식을 인지하고 영화의 양식을 창조적으로 모색하려 했던 실험영화의 제작자들은 작가의 눈과 카메라에 관한 미학적 문제를 제기했다. 그래서 눈과 카메라 시각의 관계에 대한 강박관념을 주제로 한 실험영화들도 제작된다.[221] 살바도르 달리와 루이 브뉘엘의 영화 〈안달루시아의 개〉에서는 시각의 중요성을 보여주는 장면[222]이 나온다.

---

221) 장민용, 〈영화적 시각의 변형에 대한 연구 - 실험영화를 중심으로〉, 《영화연구》24, 2004, 403쪽.

222) 영화의 첫 장면에 젊은 남자가 면도날을 가죽띠에 갈다가 발코니로 다가가 밤하늘을 응시한다. 이때 한 젊은 여인이 발코니에 서 있다. 은빛 구름이 달을

〈안달루시아의 개〉에서 여성은 눈망울을 도려내는데도 아무런 반항을 하지 않는다. 그것은 밤하늘의 달을 바라보는 응시의 힘 때문이다. 눈망울이 잘려나가고 난 후에도 여자의 몸은 달을 향해 앉아 있다. 영화에서 시각은 제작자의 주제의식을 전달한다. 러시아의 몽타주 제작자 베르토프는 카메라의 눈과 인간의 시각을 결합하는 실험을 하였고 영화적 인간의 시각을 '키노 아이(Kino eye)'라고 명명한다.[223]

整形外科는여자의눈을찢어버리고形便없이늙어빠진曲藝象의눈으로 만들고만것이다. 여자는싫것웃어도또한웃지아니하여도웃는것이다.

여자의눈은北極에서邂逅하였다. 北極은초겨울이다. 여자의눈에는白 夜가나타났다. 여자의눈은바닷개(海狗)잔등과같이얼음판우에미끄러져 떨어지고만것이다.

世界의寒流를낳는바람이여자의눈에불었다. 여자의눈은거칠어졌지만 여자의눈은무서운氷山에싸여있어서波濤를일으키는것은不可能하다.

여자는大膽하게NU가되었다. 汗孔은汗孔만큼의荊莿이되었다. 여자

가로지를 때 젊은 남자는 손에 쥐고 있던 면도날로 여인의 눈망울을 도려낸다. 여기에는 공포에 둘러싸여 강조되는 미의 편린이 보이며 예기치 않은 질서와 의도적인 모순으로 말미암아 관객은 미에 대해 새로운 인식을 갖게 된다.
223) 베르토프의 〈카메라를 든 사나이〉는 하루 동안 도시 사람들의 생활을 기록하며 동시에 영화를 제작한다. 카메라 자체가 주제인, 영화에 관한 영화인 셈이다.

는노래부른다는것이찢어지는소리로울었다. 北極은鍾소리에戰慄하였던
것이다.

◇   ◇

거리의音樂師는따스한봄을마구뿌린乞人과같은天使, 天使는참새와
같이瘦瘠한天使를데리고다닌다.

天使의배암과같은회초리로天使를때린다.
天使는웃는다, 天使는고무風船과같이부풀어진다.

天使의興行은사람들의눈을끈다.
사람들은天使의貞操의모습을지닌다고하는原色寫眞版그림엽서를산
다.

天使는신발을떨어뜨리고逃亡한다.
天使는한꺼번에열個以上의덫을내어던진다.

◇   ◇

日曆은쵸콜레이트를늘인(增)다.
여자는쵸콜레이트로化粧하는것이다.

여자는트렁크속에흙탕투성이가된스로오스와함께엎드려잔다. 여자
는트렁크를運搬한다.

여자의트렁크는蓄音機다.
蓄音機는喇叭과같이紅도깨비靑도깨비를불러들였다.

紅도깨비靑도깨비는펜긴이다.   사루마다밖에입지않은펜긴은水腫이
다.

　여자는코끼리의눈과頭蓋骨크기만큼한水晶눈을縱橫으로굴리어秋波
를濫發하였다.

　여자는滿月을잘게잘게씹어서饗宴을베푼다.   사람들은그것을먹고돼
지같이肥滿하는쵸콜레이트냄새를放散하는것이다.

　　　　　－〈鳥瞰圖「興行物天使 －어떤 後日譚으로－」〉

　이 시에서는 세 가지 상황이 묘사된다. 첫째는 응시로 인한 시각
속의 상황, 즉 현실감각을 잃어버리고 몽환의 세계로 빠져들어 달
이 불러일으키는 차갑고 하얀 이미지의 세계에 머무는 상황이다.
둘째는 걸인으로 사는 흥행물 천사에 대한 기억을 떠올리는 상황이
다. 그 상황은 ‘여자’의 과거에 대한 암시이다. 셋째는 ‘여자’의 현재
를 그려내고 있다.
　이 시의 상황은 초현실적이며 가학적이다. ‘여자’의 눈을 훼손하
는 대상은 ‘整形外科醫師’로 명명된다. 그러나 의사로서 본분을 잊
고 횡포를 부리는 그는 정신분열적인 분위기를 풍긴다. 의사는 눈
을 찢어버리고 눈동자를 유배시킨다. 그것은 존재와 시각이 각기
다른 개체로 분리되어 생존하고 있음을 의미한다. ‘여자’가 생존하
는 현실과 ‘눈’이 생존하는 비현실적 가상공간인 ‘北極’은 여자의
인식체계 안에 있는 공간이다. 그래서 눈을 훼손한 의사는 실재하

는 대상이 아니라 '여자'의 몽환 속에 존재하는 설정된 대상인 것이다.

'여자'의 시각은 '北極'이라는 공간에 갇혀있고 그 공간은 '초겨울'이라는 상황에 직면해 있다. 북극의 초겨울은 얼음으로 가득 찬 공간이라는 감각적 상황을 제시한다. '여자'의 눈동자는 얼음덩어리여서 뒤에 이어질 시구인 '水晶눈'의 이미지와 연결된다. 눈(雪)과 '水晶눈'은 하늘에서 내리는 눈과 시각적 기능을 하는 '눈', 눈동자의 수정체를 뜻하는 눈(眼)과 얼어서 맑은 눈(雪)의 동음이의어이다. 뿐만 아니라 '氷山'으로 이루어진 눈동자는 달을 연상하게 한다. '무서운 氷山에 싸여' 움직임이 없는 '水晶눈'은 〈안달루시아의 개〉에 등장하는 눈망울이 잘린 여자가 응시하던 둥글고 흰 달의 이미지와 연결된다.

눈은 흰자위에 검은 동자가 떠있지만 밤하늘에 떠있는 달은 그와 반대로 검은자위에 흰 동자가 떠있는 것으로 대치된다. 그것은 요철(凹凸)이 들어맞는 상황과 같이 상대를 흡수한다. 〈안달루시아의 개〉에 등장하는 여자가 눈동자를 도려내는 물리적인 자극을 인지하지 못하는 것은 이 시의 상황인 '여자'의 눈이 하얀 눈과 얼음에 싸인 '北極'의 세계로 빠져든 것과 동일한 경험을 겪고 있기 때문이다. 그것은 시각의 세계로 빠져들어 다른 감각을 잃어버리는 옵스큐라의 상황이다. 어둠 속 대상에 대한 응시는 생의 감각을 망각할 정도로 강력한 것임을 나타낸다.

'여자'의 시각은 '白夜'를 지나 '얼음판' 위로 미끄러진다. 이는 '여자'의 시각이 자아의 인식 체계 안에 남아 있지 않아 차갑게 식어 있으며 하얀 달의 감각으로 이루어진 상상의 세계 속에서 경험하는 인지 세계 안에 존재하고 있음을 의미한다. 그래서 '世界의寒流'는 달에 대한 상상의 세계를 이루는 차가운 기운이다. '여자'의 수정체는 '水晶' 같은 얼음덩어리가 된다.

'여자'가 대담하게 'NU', 즉 누드가 되었다는 것은 뒤이어 나오는 '흙탕투성이'가 된 속옷 위에 엎드려져 우는 상황과 연결된다. 여자는 눈동자가 도려진 채로 응시해야 하는 괴로움으로 고통스러운 비명을 지른다. 또 여자가 노래를 부른다고 하지만 그것은 공포에 겨운 비명소리로 들린다. 여자의 공포와 고통은 눈이 잘려진 데서 비롯되지만 육체의 고통을 느끼지 못한다. 그래서 노래를 부르려 한다. 고통스러운 상황이지만 노래를 부르는 여자는 환영에 사로잡혀 있거나 환각 상태이기 때문이다. 그래서 스스로의 노래 소리를 판단하지 못하는 상태이다. 여자의 조절이 안 되는 노래 소리는 비명과 비슷하다.

두 번째 상황은 '興行物天使'라고 불리는 걸인들의 모습을 묘사한 것이다. 거리에서 잔인한 퍼포먼스를 벌여 돈을 버는 그들은 '거리의 音樂師' 같지만 '乞人'과 다름없다. 이 시에서는 두 명의 '天使'가 등장한다. 그들은 가혹행위를 저지르는 자와 가혹행위에 못 이겨 도망가는 자로 이루어져 있다. 거리의 음악사는 걸인으로 불리지만 그들을 천사라 부를 수밖에 없는 이유는 사회의 구성원으로서 함께 경쟁하지 못하고 그들만의 세계에서 살아가기 때문이다. 그들은 인간 사회에서 볼 때 헤테로토피아의 세계 안에 존재하는 대상이다. 그래서 인간들의 사회에 존재하는 대상이 아닌 '天使'라는 용어로 그들을 구분짓는다. 천사들은 '봄'을 뿌리며 흥행을 시작한다. 겨울이 만연한 세상에 신이 내린 '봄'조차 흥행물로 전락한다. 니체의 말대로 신이 죽은 잔인한 세상에서 '천국'이라는 헤테로토피아에 존재하던 천사들은 속세의 길로 나와 생계를 유지한다.

절대선의 존재인 신을 잃은 그들은 인간과 다름없이 잔혹한 행위를 저지르며 생계를 꾸린다. 천사답게 선한 행위를 하지 않고 '배암과같은회초리'로 '참새와같이' 연약하고 어린 '천사'를 때린다. 어린 '천사'는 맞아서 '고무風船'처럼 부풀어 오르고 그 비참한 모습은 사람들의 눈길을 모은다. 어린 '천사'의 참혹한 상황은 군중들의 눈길을 끌어 그들이 판매하는 물건을 사들이게 만든다. 채찍을 휘두르는 잔혹한 천사의 횡포를 못 이긴 어린 천사는 도망치지만 잔혹한 천사는 어린 천사를 잡으려고 '덫'을 내던진다. 채찍을 휘두르고 덫으로 다시 잡는 그들의 행위는 서커스와 같다. 군중들은 이미 상처를 주고받는 잔혹한 흥행에 길들여져 있다. 그들이 잔혹행위를 스스럼없이 받아들일 수 있는 배경에는 전쟁이라는 상황이 있다. 전쟁은 사람의 생명이나 안위에 대해 무감각한 군중을 만들어 낸다. 사회는 무자비하고 잔혹한 군중을 산출해 낸다. 두 번째 상황에서 강조되는 악한 존재는 때리고 맞는 천사들이 아니라 그러한 상황을 즐기고 기념으로 그림엽서를 사는 군중들이다. 그래서 결국 때리고 맞는 걸인들을 천사라고 지칭하게 된 것이다.

세 번째 상황의 '日曆'은 시간을 뜻한다. 시간이 흐를수록 '쵸콜레이트'는 증가한다. 세월을 감내하며 견뎌야 하는 고통이나 악도 늘어나기 때문이다. 내면에 도사린 고통과 악은 타인을 방어하기 위한 도구로 쓰인다. 외부 세력을 위협하기 위한 방편으로 얼굴에 바르기도 한다. 어둡고 광폭한 세월 속에서 '여자'의 시각을 사로잡았던 달은 '여자'의 내면을 얼려버리고 시각을 잃은 내면은 어둠으로 가득 찬다. '여자'는 내면에 차오른 어둠의 액체로 화장을 한다. 욕망의 형상물인 '쵸콜레이트'는 달콤하지만 씁쓸한 이중적인 속성을 지닌 맛과 적색과 갈색이 뒤섞인 감각적 속성을 지녔는데 그것은 '여자'의 내면적 욕구와 음울한 심리를 표상한다.

굳어 있을 때는 딱딱하지만 열에 닿으면 녹아 흘러내리는 '쵸콜레이트'의 물질적 특성은 여자의 속성이자 욕구이다. 여자는 타인에게 웃음을 파는 '興行物天使'이지만 고통으로 가득 찬 내면을 가진 인물이다. 그것은 자유자재로 변형되는 '쵸콜레이트'를 얼굴에 바르고 나면 표면에 굳어 가면이 되어 버리는 것과 마찬가지이다. '쵸콜레이트'의 색상은 적색과 흑색의 융합이다. 빨강색은 힘, 에너지, 지향성, 결단성, 기쁨, 승리 등의 감정을 일깨우며 격렬한 감정을 지속시켜 작렬하는 격정을 품고 다른 것에 쉽게 압도당하지 않는 속성을 갖는다. 검정색은 어두움과 죽음을 뜻하며 절대적인 무저항과 가능성이 없음을 뜻한다. 따라서 '쵸콜레이트'의 색은 작렬하는 격정과 발작적인 광포함을 품고 있지만 이면에 죽음처럼 음울하고 어두운 절망을 품고 있다. 그것은 '쵸콜레이트'의 상승적 맛인 달콤함과 하강적 맛인 씁쓸함의 결합과 같다. '쵸콜레이트'는 평소 고체로 굳어 있지만 체온과 체액이 닿으면 녹아흐르는 속성을 지니고 있다. '쵸콜레이트'의 색상과 속성은 '여자'의 내면 심리와 그로 말미암은 행위에서 동일한 요소로 묘사된다. 그래서 절망에 휩싸인

‘여자’는 ‘트렁크’ 속에서 ‘흙탕투성이’가 된 속옷 위에 엎드려 울지만 이내 ‘蓄音機’를 켜고 흥행을 시작한다.

자본주의의 시민을 상징하는 ‘紅도깨비’와 ‘靑도깨비’는 ‘펜긴’과 같이 비만해진 몸에 팬티만 입은 흉물스러운 차림으로 등장한다. 그들은 곪아터지기 직전의 염증과 같이 부풀어 오른 역겨운 존재이다. 그러나 욕망이 가득한 ‘여자’는 대상의 우스꽝스러운 외모와는 상관없이 목적 달성을 위해 ‘秋波’를 던진다. 달을 향한 응시 때문에 하얗게 변질된 커다란 ‘水晶눈’을 굴리며 ‘秋波’를 던지는 여자의 목적은 오로지 생의 유지이다. 여자에게 생의 쾌락과 고통은 ‘쵸콜레이트’라는 물질로 응축된다. ‘쵸콜레이트’의 끝없는 방출은 여자뿐만 아니라 냄새를 맡고 모여든 주변인들까지 향락에 빠뜨리고 영혼을 병들게 한다. ‘여자’로 인해 눈 속에 가득 차오를 ‘滿月’을 잘게 썹어서 ‘饗宴’을 베풀고 향연에 초대된 사람들은 달의 일부를 먹고 다시 ‘돼지같이肥滿하는‘쵸콜레이트’냄새’를 뿜어낸다. ‘여자’가 뱉어내는 욕망의 ‘쵸콜레이트’는 체내에 흡수되어 새로운 욕망으로 끝없이 재생산되는 것이다.

달은 시각을 사로잡는 매체를 뜻한다. 시각을 사로잡힌 대중은 매체에 따라 행동하게 되고 가치관조차 사로잡혀 기계화 또는 물화된 인간으로 변모한다. 자본주의의 기름진 유혹은 ‘쵸콜레이트’라는 물질로 상징화되어 있다. 자본주의의 상징적 대상물인 ‘쵸콜레이트’의 달콤함은 끊임없는 욕구를 생산해내고 그 달콤함을 소유하기 위해 영혼을 파는 일도 서슴지 않는 여자는 자본주의의 대중을 상징하는 인간형이다.

이 시는 정해진 줄거리에 따라 에피소드 형식으로 구성되어 있다. 여자 - 홍행물 천사 - 여자의 등장인물을 중심으로 연결된 상황은 고급스러운 시설에서 공연하는 예술가가 아닌 길거리 판매상을 대상으로 펼쳐지고 있다. 여자의 시각을 지배한 달은 시각을 지배함과 동시에 존재를 지배하지만 거부할 수 없는 권력을 지니고 있다. 달의 형상은 이룰 수 없는 꿈의 세계에 존재하고 있다. 환상으로 이루어진 헤테로토피아이다. 그것은 어둠 속의 옵스큐라와 같아서 여자의 시각을 잠식하고 내면에 침투해 있다. 여자의 내면에 존재하고 있는 공간은 눈동자 속의 빙산으로 묘사된다. 그러므로 여자의 존재는 이중적이고 자아를 잃어버린 생을 유지하며 길거리에서 매춘한다.

이 시에는 가상현실과 현실 상황의 세 시퀀스(sequence)[224]가 등장한다. 카메라의 시각인 숏과 숏의 이동은 상상의 세계와 현실을 넘나들며 몽타주하고 있다. 장면의 시청각적인 요소들은 등장인물의 내면 심리를 묘사한다. 무엇보다도 이 시의 영화적인 요소는 바람소리, 비명, 종소리, 거리의 음악 등의 음향과 형태, 색상 등 시각적 요소인데, 이를 이용한 몽타주가 욕망에 비틀린 인물들의 생활을 보여줌으로써 하나의 영화 형식을 이루고 있다.

---

224) 시퀀스는 하나의 이야기가 시작되고 끝나는 독립적 구성 단위, 영화의 장소, 행동을 뜻한다.

3. 삶의 통찰과 존재의 파노라마

파노라마는 18세기 말 구상된 회화 기법으로 주변의 경치를 원근법 또는 조형적으로 전시하는 기술이다. 여러 장의 그림을 둥글게 전시해 전체적 조망을 펼쳐 보이는 효과가 있다. 19세기 초 파노라마는 시각의 해방을 의미하는 한편, 한 번에 전체를 감시하는 판옵티콘(panopticon)으로 속박을 위한 도구를 뜻하기도 했으며 최초의 시각적 매스미디어로 숭배되었다.[225]

파노라마 시각은 풍경의 움직임을 기초로 한 영상의 시초이다. 관찰자에게 풍경의 편람을 보여줌으로써 많은 상황을 보여주지만 한편으로는 시각적 관념을 지배하는 역할을 해낸다. 즉 정태적 상황의 정밀 묘사인 디오라마는 한 상황으로 빨려 들어가게 하는 집약적 효과를 내는데 파노라마는 동력으로 말미암은 심리적 배회를 창출해낸다. 한편 파노라마 시각이 노리는 바는 통찰이다. 파노라마는 모든 것을 보고 싶어 하는 관찰자에게 많은 상황들을 보여주며 한편으로는 펼쳐진 화면의 상황에 대한 의미를 자의적으로 되새기게끔 한다. 파노라마의 특징은 움직임이다. 움직이는 상황은 관

---

225) 디오라마(투시회화)가 고정된 관찰자를 전제로 하는 것과 달리 파노라마는 갇힌 시각을 두려워하는 시각의 자유의지에서 비롯된다. 파노라마는 모던의 컨트롤테크닉과 똑같은 정신에서 태어난 대중의 미디어이다. Norbert Bolz, 윤종석 옮김, 《구텐베르크 - 은하계의 끝에서》, 문학과지성사, 2000, 140쪽.

찰자에게 한꺼번에 많은 상황을 보여줌과 동시에 시각적 욕망을 자극하는 양면성이 있다.

1) 시공간의 동적 이미지

十三人의兒孩가道路로疾走하오.
(길은막달은골목이適當하오.)

第一의兒孩가무섭다고그리오.
第二의兒孩도무섭다고그리오.
第三의兒孩도무섭다고그리오.
第四의兒孩도무섭다고그리오.
第五의兒孩도무섭다고그리오.
第六의兒孩도무섭다고그리오.
第七의兒孩도무섭다고그리오.
第八의兒孩도무섭다고그리오.
第九의兒孩도무섭다고그리오.
第十의兒孩도무섭다고그리오.

第十一의兒孩가무섭다고그리오.
第十二의兒孩도무섭다고그리오.
第十三의兒孩도무섭다고그리오.
十三人의兒孩는무서운兒孩와무서워하는兒孩와그러케뿐이모혓소.

(다른事情은업는것이차라리나앗소)

그中에一人의兒孩가무서운兒孩라도좃소.
그中에二人의兒孩가무서운兒孩라도좃소.
그중에二人의兒孩가무서워하는兒孩라도좃소.
그중에一人의兒孩가무서워하는兒孩라도좃소.

(길은뚫닌골목이라도適當하오.)
十三人의兒孩가道路로疾走하지아니하야도좃소.

― 〈烏瞰圖「詩第一號」〉

　동일한 상황을 되풀이해 보여줌으로써 시적 자아의 정신영역을 묘사하고 있다. 시에 묘사된 장면은 '막달은골목'에서 '뚫닌골목'으로 전개되며 한 명에서 열세 명의 아이까지 도로로 질주하는 상황이 연결되어 있다. 시각적 통찰을 염두에 두고 있으며 상황을 관찰하는 대상이 상황에 대한 의미를 부여함으로써 완성을 이루는 객관적 대상물로 이루어진 시이다. 이 시의 객관적인 통찰은 곧 주제와 연결된다. 질주하는 아이들은 무섭다고 하는데 공포의 대상은 묘사되어 있지 않고 아이들의 공포만이 존재한다. 뚫린 골목으로 질주하는 아이들은 골목의 막다른 곳에 존재하는 알 수 없는 대상에 대한 공포 때문에 열린 공간으로 질주하게 된다. 이 시에 존재하는 공간은 막다른 공간과 뚫린 공간이다. 뚫린 공간은 도로와 연결되어 있고 한편으로는 사회와 연결되어 있다. 막다른 공간은 집과 연결되어 있으며 그 속에 있는 가정이라는 공간과 연결되어 있다. 그러나 어떤 골목이든 골목은 공간이 아닌 공간의 사이에 존재하는 헤테로토피아이다. 헤테로토피아에 존재하는 아이들은 어떤 공간에든 구속되어 있지 않다.

이 시에 대한 해석의 중심은 개인의 내면의식이 아니라 관찰되는 상황이어야 한다. 이 시의 화면이 펼쳐지면 독자는 시를 읽고 감정적 의미를 이해하려 하지 않고 화면 속의 상황을 관찰하게 된다. 이것이 파노라마 기법의 상황 전달 방식이다. 이 시의 '兒孩'는 달리고 있다. '兒孩'는 생존시간이 긴 존재이고 '부분'이자 '전체'이며 미약하지만 많은 존재들의 영속성을 상징하는 대상이다. 〈三次角設計圖「線에關한覺書 1」〉의 '陽子'와 마찬가지로 이 시의 '兒孩'는 빛 속에 존재하는 빛의 일부분이다. 질주하는 '兒孩'는 시간 속을 달리는 빛의 운동이다.

시공간은 인간에게 생존의 공포를 준다. 인간은 살아 있다는 것 이면에 죽어 가고 있다는 절망을 마주한다. 인간은 생 앞에서 존재가 파괴되어 가는 절망과 공포를 매순간 실감한다. 그래서 '무섭다고'하는 것은 생존 이면에 도사린 존재의 명멸 때문이다. 이 시에서 '兒孩'가 등장하는 것은 '兒孩'가 '어른'보다 더 오래 시공간 속에 머무르며 살아야 한다는 절망 때문이다. 그러나 한편으로 이 시를 지배하는 의식은 공포가 아닌 갈망이다.

이 시에 등장한 13이라는 숫자는 〈一九三一年, 十〉과 연결된 시간관을 갖는다.

나의 방의 時計 별안간 十三을 치다. 그때, 號外의 방울소리 들리다. 나의 脫獄의 記事.

不眠症과 睡眠症으로 시달림을 받고 있는 나는 항상 左右의 岐路에 섰다.

나의 內部로 向해서 道德의 記念碑가 무너지면서 쓰러져 버렸다. 重複. 세상은 錯誤를 傳한다.

13+1=12 이튿날(卽 그때)부터 나의 時計의 침은 三個였다.

— 〈一九三一年(作品 第一番)〉

시계가 '12'가 아닌 '13'을 치는 것은 현실적인 시공간의 체계가 무너졌음을 뜻한다. 13시는 헤테로토피아에서 가능한 시간체계이다. '不眠症'과 '睡眠症' 때문에 시적 자아의 의식은 현실과 비현실의 갈림길에 서 있다. '脫獄'은 꿈속에서 빠져나왔다 들어감을 의미한다. 꿈을 '감옥'이라고 표현하는 상황은 시적 자아가 의지대로 빠져나올 수 없다는 것을 표현한 것으로 현실과 다른 꿈의 세계는 개인의 사고 체계 속에 존재하는 헤테로토피아이다. 자아의 의지로 빠져나올 수 없는 꿈의 세계는 한번 빠져나오고 나면 다시 들어갈 수도 없는 우연의 세계이다. 개인의 의식의 틈 속에 존재하는 꿈 세계에서 빠져나오는 것을 탈옥이라고 표현하는 까닭은 꿈의 세계에서 일어나는 일이 고통스럽고 공포스럽기 때문이다. 꿈의 헤테로토피아 안에서 인간의 인식체계는 그 상황이 현실인지 비현실인지 구분할 수 없다. 비현실적 시간 개념에 대한 서술은 존재가 생과 사에 따라 좌우되는 인식 세계에서 탈출함을 뜻한다. 탈출은 또 하나의 시곗바늘이 존재하는 세계로 들어감을 의미한다. 두 개의 시곗바늘이 세계에서 탈출했으므로 현실과 비현실을 구분하는 것은 무의미해졌다. 상대성 이론의 시간 인식은, 시공간이 상대적이며 이것은 곧 시공간 개념으로 통합되고 그로 인해 시공간이 물질의 존재와 연계된다는 것이다.

상대적인 시공간에서 13이라는 숫자는 ±1이 적용된 숫자이다. 12라는 숫자는 낮과 밤을 열두 부분으로 나누어 되풀이하는 것이므로 인위적인 시간 개념일 뿐이다. 그러므로 더해지는 숫자 1은 빼지는 숫자 1이기도 하다. 가감의 숫자 1은 현실로 돌아오는 숫자이므로 현실과 비현실 사이에 있는 시공간의 숫자 1이 더해지면 비현실의 13시는 현실의 12시가 되는 것이다. 이는 꿈에서 현실로 돌아오는 시간이기도 하며 현실에서 꿈으로 들어가는 시간이기도 하다. 시적 자아는 현재와 과거와 미래를 넘나드는 빛과 같은 연속체이기를 소망한다.

이 시는 회중시계가 시각을 알리는 종소리의 청각적 특성을 시각적으로 영상화한 것이다. '兒孩'가 1인에서 13인까지 달려가는 영상은 화면의 질감을 위해 시각적, 청각적 리듬을 살린 것이며 영화가 지닌 공감각적 특성을 염두에 두고 표현한 묘사이다. '골목'이라는 공간은 망각과 죽음을 상징한다. 좁고 닫힌 화면은 '감춤'으로 피사체에 대한 집중의 효과를 발휘한다. '도로'는 열린 공간으로서 안에 있던 것이 밖으로 드러남을 의미하고 그것은 시각을 알리는 소리로 표현된다.

'兒孩'는 막다른 골목에서 모였다가 질주한다. 질주하는 '兒孩'는

모두 무엇인가에 쫓기며 무서워한다. '兒孩'들의 질주인 빛의 운동
은 영위되는 시간이며 생존이다. 빛의 운동은 심리적으로 관찰자의
본질적 관심을 끌게 된다. 그와 반대로 도로로 질주하지 않아도 좋
다고 한 것은 '兒孩' 전체가 아닌 '그中一人'이나 '그中二人'으로,
열두 시간 가운데 한두 시간의 가감, 즉 ±1을 의미한다. 달려 나가
는 '兒孩'는 에너지와 열망으로 과거에서 미래까지 생존하는 존재
이며, 달려 나가지 않는 '兒孩'는 생의 법칙, 無에 굴복하는 '兒孩'
를 나타낸다. 존재하고 있는 동안의 시간은 생과 사에 좌우되지 않
는 비어있는 시간이다.

　이 시의 드러냄과 감춤은 시각적 요소뿐만 아니라 청각적 요소에
서도 적용된다. 이 시의 1인에서 13인의 '兒孩'가 '무섭다'고 하는
소리는 음계가 1에서 13까지 올라가며 다시 1에서 2로 2에서 1로
줄어든다. 소리의 높이와 음량을 나타내는 숫자에 따라 '무섭다'고
하는 소리는 점점 크게 또는 높게 들렸다가 다시 작아진다. 청각적
효과는 피사체의 원근을 나타낸다. 이상의 시에서 청각적 표현은
생동감 있는 영상과 장면의 조형미를 살리기 위해 응용된 것이다.
영상 이미지는 감각의 고리로 연결되어 청각, 시각적 요소가 후각,
미각적 요소까지 불러일으키며 그것은 생의 본질적 요소이다. 영화
의 몽타주는 생의 본질적 요소를 드러내는 기법으로 유용하게 쓰인
다.

　생에 대한 욕구는 시 전체를 지배하고 있는 의식이며 미시적으로
본다면 이상 개인의 주제 의식이지만 거시적인 관점에서 본다면 인
류가 품고 있는 생존의 법칙에 대한 회의가 주제이다. 즉 메피스토

펠레스와 파우스트의 물음인 존재인가 비존재인가는 드러냄과 감춤, 빛과 어둠의 형상화와 연결된 것이다. 당시 전 인류를 존재와 무의 갈등에 몰아넣은 요인은 세계대전이었다. 일부 논의에서 이상 시의 주제의식을 극히 개인적인 욕구에서 비롯한 것이라 해석하는 경우가 있지만 실제로 이상 시를 주도하는 주제의식은 당시 인류 전체가 품고 있던 철학적인 회의에서 출발했다.

2) 추상적 공간의 몽타주

영화에서 시적 상상력을 불러일으키는 몽타주 기법은 내면의 흐름을 나타내는 도구로 쓰였다. 몽타주의 시각적 형태를 배치하려면 필연성이 필요하다. 연관성이 없어 보이는 소재들은 주제의 필연성을 따라 배치된다. 영화의 몽타주가 의식의 흐름을 표현해내기 위해 인물의 표정이나 행동, 대사는 말할 것도 없고 사물들의 배치와 구도를 중요시하는 것과 마찬가지로 몽타주를 적용한 시의 주제의식을 파악하려면 화면 속에 구성된 여러 오브제들을 분석해내야 한다.

久遠謫居의地의一枝 · 一枝에피는顯花 · 特異한四月의花草 · 三十輪 · 三十輪에前後되는兩側의 明鏡 · 萌芽와갓치戱戱하는地平을向하야금시금시落魄하는 滿月 · 淸溷의氣가운데 滿身瘡痍의滿月이劓刑當하야運淪하는 · 適居의地를貫流하는一封家信 · 나는僅僅히遮戴하얏드라 · 濛濛한月芽 · 靜謐을蓋掩하는大氣圈의 遙遠 · 巨大한困憊가운데의一年四月의空洞 · 槃散顚倒하는星座와 星座의千裂된

死胡同을跑逃하는巨大한風雪 · 降霾 · 血紅으로染色된岩鹽의粉碎 · 나의腦를避雷針삼아沈下搬過되는光彩淋漓한亡骸 · 나는塔配하는毒蛇와가치地平에植樹되어다시는起動할수업섯드라 · 天亮이올때까지

— 〈鳥瞰圖「詩第七號」〉

이 시의 배경은 비현실적이며 시적 자아의 고통과 공포를 표현하고 있다. 주관적인 몰입과 광폭한 환경적 요인은 극한의 상태를 보여주는 표현주의 영화 장면과 흡사하다. 이 시에 형상화된 오브제의 특성은 피폐하고 어둡다. 최악의 상황에 직면한 시적 자아는 무기력하다. 극심한 내면의 고통에 시달리는 시적 자아의 의식은 흙비가 내리는 피범벅된 화면 속에서 읽어낼 수 있다. 이 시는 현실적인 배경을 형상화한 것이 아니라 몽상 속의 공간을 형상화한 것으로서 공포의 헤테로토피아를 묘사한 것이다.

이 시는 시각적인 측면을 중시한 몽타주 기법이 쓰였으며 개인의 현실 상황이 직접적으로 제시되는 대신 폭넓은 상징적 배경들에서 추출되는 방식이 쓰였다. 그것은 극한 속에 놓인 인물의 의식을 몽타주하는 방법이다. 몽타주는 숏과 숏의 결합이 중요하며특정한 미학적 효과를 위해 시각적 요소, 청각적 요소, 극적 요소가 결합된다. 또 이 시에는 화면을 한 컷씩 잘라가며 보여주는 아이리스(Iris) 기법226)이 적용되었다. 카메라의 시각이 옮겨갈 때마다 기호 ' · '가

---

226) 아이리스 화면 기법(Iris Shot)은 무성영화시대에 사용된 기법으로 사선, 원형, 타원형으로 뚫린 여러 모양의 검은 막을 사용해 화면의 피사체를 열었다가 닫는 기법이다. 아이리스는 강력한 극적 진술 효과를 발휘할 수 있지만 1920년대 이후 많이 쓰이지 않게 된다.

표시되어 있고 화면과 화면 사이에 암흑이 들어가 있다.

극심한 고통에 놓인 인물은 극한 가상현실 속에 서 있으며 장면에 재현된 여러 상징물들은 내면의 황폐함을 나타낸다. '久遠謫居의地의一枝 · 一枝에피는顯花 · 특이한四月의花草'식의 짧은 문장은 숏과 숏 사이로 서서히 움직이는 시각의 이동이 묘사된 것이다. 또 이 시의 형식은 병렬적이고 문장이 단순화되어 있으며 긴장상태가 최고조에 이르러 표현주의적 특성을 배제할 수 없다. 장면에 표현된 형상들은 개별적이고 이질적이다. 또한 통일된 사상이나 서정성 또는 공간적 연관성이 없이 각각 독립적으로 묘사되어 있으며 앞뒤의 행들과 단절된 채 고립적인 주제나 내용이 묘사되어 있다. 이 시는 전체적으로 통일되어 있기 보다는 개별적으로 분리되어 있다.

이 시의 배경은 현실과 멀리 떨어져 홀로 남겨진 땅이다. 그곳에는 특이한 검은 꽃이 피어 있다. 그 꽃은 죽음을 상징한다. 한 달 삼십 바퀴를 끊임없이 돌아가는 거울과 같은 달이 허허로운 지평을 향해 지고 있다. 내면 풍경 속의 달은 밤을 상징한다. 달은 맑은 기운 속에 떠 있지만 만신창이가 되었고 코를 베였다. 홀로 고립된 땅에 떠 있는 달은 한 통의 편지와 같다. 시적 자아는 겨우 살아남아 흐릿한 달이 지는 것을 본다. 시의 배경은 대기권이 아득한 고요한 곳이다. 시적 자아는 극심한 곤궁함 속에서 1년 4개월을 동굴 속에서 살았다. 절뚝이며 넘어지는 성좌와 성좌가 흩어진 죽은 거리를 도망 다니는 세월이 흘렀다. 흙비가 내리고 피범벅이 된 암염의 분말이 흩어지고 시적 자아의 뇌는 피뢰침이 되어 번개가 통과되었다. 해골이 그 빛으로 번쩍했다. 시적 자아는 하늘이 도울 때까지 탑에 갇힌 독사처럼 땅에 꽂혀 꼼짝도 할 수 없었다. 그러한 상황 속에서 벼락이 몸에 꽂혀 움직일 수 없을 정도의 극심한 고통을 겪는다. 흙비가 내리고 피가 쏟아졌으며 몸에 번개를 맞는 고통스러운 사건이 일어나서 번개 맞은 몸은 독사처럼 땅에 꽂혔다.

이 시의 배경은 흙비가 내리는 고원이다. 달이 떠 있는 것으로 보아 밤인 것 같고 성좌가 흩어진 죽은 거리와 피범벅이 된 암염의 분말이 흩어지는 것으로 보아 사회화된 공간이라기보다 군중과 동떨어진 헤테로토피아로 추측된다. 누구 도움도 받을 수 없는 공간에 갇힌 시적 자아는 번개 맞은 몸으로 피뢰침이 되어 외로운 고원에 있다. 이 시에 쓰인 몽타주는 보이는 것보다 감추어진 이미지와 충동 또는 욕망의 대상이 화면을 이룬다. 화면 속의 모든 행위와 사물이 내적 필연성으로 묶여있다. 그 고리를 이루는 것은 대상에 대한 연상 작용이다. 몽타주는 의식의 밑바닥에 영향을 줄 수 있는 긴장 요소가 통합되고 구성된 것이다. 그러므로 몽타주는 내적 언어와 긴장된 외적 표현물의 이중 구조를 갖게 되며 그 때문에 풍경이 재배치된다.

몽타주를 위해 운용되는 사물은 상황에 맞게 심리를 표출할 수 있는 것이어야 하고 속성이 두드러진 것이어야 한다. 즉 대기권과 멀리 떨어진 아득하고 고요한 곳과 동굴, 거울 같은 달은 절대 이성을 향해 끊임없이 번민하며 갈등하는 시적 자아의 의식세계를 표상하며 절뚝이며 넘어지는 성좌, 죽어 흩어지는 성좌, 피범벅이 된 거리, 피뢰침이 된 뇌, 빛으로 반짝이는 해골, 땅에 수직으로 꽂힌 몸

등은 고통에 시달리는 시적 자아의 내면 의식을 나타낸다. 몽타주 기법에 따라 이 시에서 연상되는 것은 피범벅이 된 거리에 선 시적 자아가 피뢰침이 되어 겪는 고통이다.

이 시의 영화 매체적 특성에서 가장 두드러진 것은 영화적 상황, 즉 미장센(mise en scène)[227]의 확보이다. 미장센이 확보됨으로써 영화적 사실성과 생동감이 시에 표현되었다. 또 디오라마와 파노라마, 몽타주 등의 영화적 기법이 시에 적용되었다. 이 시는 영화적 기법을 적용함으로써 문학적 간접 묘사에 직접적 형상 서술을 더해 생동감을 극대화시킨 것이다.

龜裂이生긴 莊稼泥濘의地에한대의棍棒을꽂음.

한대는한대대로커짐.

樹木이盛함.

 以上꽂는것과盛하는것과의圓滿한融合을가리킴.

沙漠에盛한한대의珊瑚나무곁에서돌과같은사람이산장을當하는일을當하는일은없고 심심하게산장하는것에依하여自殺한다.

滿月은飛行機보다新鮮하게空氣속을推進하는것의新鮮이란珊瑚나무의陰鬱한性質을더이上으로增大하는것의以前의것이다.

 輪不轉地 展開된地球儀를앞에두고서의說問一題.

棍棒은사람에게地面을떠나는아크로바티를가르치는데사람은解得하는것은不可能인가.

地球를掘鑿하라

227) 미장센은 영화나 연극에서 관객에게 보이는 등장인물의 배치나 역할, 무대장치, 조명 등에 대한 종합예술적인 계획이다.

同時에

生理作用이가져오는常識을抛棄하라

熱心으로疾走하고 또 熱心으로疾走하고 또 熱心으로疾走하고 또 熱心으로疾走하는 사람 은 熱心으로疾走하는 일들을停止한다.

沙漠보다도靜謐한絶望은사람을불러세우는無表情한表情의無智한한대의珊瑚나무의사람의脖頸의背方인前方에相對하는自發的인恐懼로부터이지만사람의絶望은靜謐한것을維持하는性格이다.

地球를掘鑿하라

同時에

사람의宿命的發狂은棍棒을내어미는것이어라 *

*事實且8氏는自發的으로發狂하였다.   그리하여어느듯且8氏의溫室에는隱花植物이꽃을피워가지고있었다.   눈물에젖은減光紙가太陽에마주쳐서는희스므레하게光을내었다.

—〈建築無限六面各體「且8氏의 出發」〉

'龜裂이生긴莊稼泥濘의地'는 가뭄으로 바닥이 갈라진 척박한 땅이다. 가뭄으로 갈라진 땅에 비료로 주어진 것은 다름 아닌 '사람'이다. '사람'은 산 채로 땅에 '棍棒'처럼 꽂혔다. 곤봉 한 대로 비유된 사람의 신체는 두 배로 부풀어 올랐다. 사람이 산 채 땅에 꽂혀 수목의 자양분이 된다는 것은 잔혹한 일이다. 그러나 잔혹한 상황을 객관적이고 담담한 어조로 그려내고 있어 긴장을 더한다. 사람이 토양이 된 땅에서 수목은 무성하게 자라난다. 시적 자아는 그러한 상황을 '圓滿한融合'이라고 표현한다. 수목은 '사람'에서 나온 자양분으로 척박한 대지에서 살아남는다.

시적 자아는 오히려 황망한 '沙漠'에서는 잘 자라는 나무 한 그루도 없어서 자양분이 될 수도 없고 피뢰침이 된 사람이 '돌'과 같이 굳어버리는 상황도 없어서 '심심하게' 장사지내지거나 자살하는 상황을 맞는다. 곧 이 시의 심심하지 않은 상황은 나무의 자양분이 되거나 산 채로 장사지내지는 상황이다. 시적 자아는 산 채로 장사지내지는 것을 관망하는 사람의 입장에서 자신의 신체가 훼손되는 것을 지켜본다. 관찰자의 입장에서 '심심하게'라는 표현을 쓰고 있으며 '산葬'에 대해 냉소적이다. 비참하게 죽음을 맞이하는 것에 대해 냉소적인 것은 자신의 죽음에 대한 냉소라기보다 죽음 자체를 대하는 입장이다. 즉 어떤 방식의 죽음이건 개의치 않는다는 것이다.

'滿月'이 뜨는 상황은 〈烏瞰圖 詩第七號〉에도 쓰인 바 있다. '滿月'의 기운은 비행기보다 더 신선하게 공기 속을 가르고 있으며 그것은 '珊瑚나무'의 음울함을 증대시키기 이전에 벌어진 상황이다. '輪不轉地'에서 수레바퀴는 30일 동안 운행되는 달을 뜻하며 달이 바닥에 닿지 않음은 《장자》〈천하〉편의 글귀를 인용하고 있다. 이 상황이 가상현실 속의 상황이라는 것은 '展開된 地球儀'에서 알 수 있다. 지구 위에서 지구를 바라보는 것이 아니라 지구 밖의 우주 공간에서 관망하는 관점으로 묘사하고 있는 것이다. 이미 굳어져 돌처럼 딱딱한 상태가 된 '棍棒'은 살아 있는 '사람'에게 '地面'을 떠나는 방법을 가르친다. 이미 굳어버려 물화된 곤봉은 곡예와 같이 몸을 굴려 지면을 떠나는 방식을 익힌 것이다. 그것은 살아 있는 사람이 이해할 수 없는 과정이다. 곤봉이 가르치는 곡예는 몸이 못처

럼 단단하게 굳어 지구를 뚫고 들어가는 동시에 사람으로서 생리작
용을 포기하는 일이다.

이 시에 나오는 '疾走'라는 용어는 〈烏瞰圖 詩第一號〉의 질주와
마찬가지로 시간과 연관되어 있다. '疾走'는 시간을 벗어나는 방식
이며 그렇게 하려면 사람의 몸뚱이가 단단한 못처럼 되어 지구가
뚫리도록 질주해야 한다는 것이다. 그것은 곤봉이 곡예를 부리는
것과 같은 형태를 취한다. '아크로바티'라는 서술은 '疾走'를 우스
꽝스럽게 표현한 것이다. 빠른 속도로 달리는 모습이 곤봉처럼 둥
글게 된 상태에 대해 묘사한 것이다. 빛보다 빠른 속도로 달리는 것
만이 시간을 넘나들 수 있다는 발상에서 나온 논리이다. '地面'은
사람을 생에 한정시키는 곳이다. 사람은 땅 위에서 생을 유지한다.
이 시에서는 가만히 죽음을 기다리는 상태를 나무에 자양분을 제공
하거나, 심심하게 '산葬' 당하는 것이라고 서술하고 있다. '棍棒'의
상태는 산 채로 땅에 꽂혀 죽음을 기다리거나죽어서 식물의 자양분
이 되는 상태이다. 그러나 '棍棒'이 가르치는 지구를 떠나는 방식은
살아있는 상태가 아니라 생명을 버리고 '發光'하는 일, 즉 빛이 되
는 일이다.

'棍棒'이라는 딱딱한 막대의 형태로 변형된 사람은 굴착기처럼
돌면서 지구를 뚫고 들어간다. 동시에 사람으로서의 '生理作用'을
포기하고 사람의 뇌수와 신경조직은 '熱心으로疾走'하는 가운데 빛
으로 환원된다. '沙漠보다도靜謐한絶望'은 사람이 사람의 생을 포
기하고 지구가 뚫어지도록 열심히 앞으로 질주하는 상황을 뜻한다.
'絶望'은 희망을 잃은 상황인데 이 시에서는 '絶望'하는 것이 새로

운 생을 찾을 수 있는 방법으로 쓰였다. 왜냐하면 '絶望'은 생을 포기하는 것이고 포기를 하는 것이 새로운 생을 시작하는 것을 의미하기 때문이다.

사람으로서 가장 공포스럽고 고통스러운, 산 채로 장사지내지는 상태에서 세포 하나하나가 분쇄되도록 돌아가는 행위를 자청한다는 것은 의외의 일이다. '沙漠의 모래알보다도 더 精密한'은 입체를 구성하고 있는 원자를 모래알에 비유한 것으로서 원자의 분산을 절망으로 보고 있다. 질주는 제자리에서 진행되므로 '棍棒'처럼 보일 수밖에 없다. '熱心으로疾走'하는 사람은 둥근 볼링 핀의 형태로 변하는데 이 시에서는 '8'로 묘사되었다.

〈烏瞰圖「詩第七號」〉와 이 시를 비롯해 여러 편의 시에서 보이는 거침없는 신체훼손과 무자비한 공포 상황이 별다른 감정 표현 없이 진행되는 이유는 전쟁의 무자비함과 공포에 무뎌진 시대 상황이 배경이기 때문이다. 이런 공포스러운 상황들이 우스꽝스럽게 그려진다. 이는 독자들을 상황에 대한 견자(見者)로 둠으로써 저자의 비인간적인 시각을 비판하게끔 하며 더 나아가 비인간적인 시대를 비판하도록 하는 데 목적을 두는 것이다.

'且8氏'는 '어떤棍棒씨'로 해석할 수 있다. 이상 시 여러 편에서 표현된 '△, ▽'과 마찬가지로 이름을 붙일 때 의미를 두고 가리키는 것이 아닌 형태를 표현한 방식의 표기이다. 이 시에서 사람은 사람의 생을 사는 것이 아니라 '疾走'하여 '發光'해서 영원히 시공간을 떠도는 불멸의 존재로 거듭나고 싶어 실험에 참여한 어떤 이름 모를 한 사람을 뜻한다. 질주하는 과정에서 사막에 서 있는 무지한

'珊瑚나무'와 같은 무명씨가 발탁되기도 한다. 그러나 정밀한 것을 유지하는 사람은 그러한 상황조차도 무시한다. 이 시에 쓰인 색이 진한 부분의 글씨는 강조의 문구이자 명령하는 어투로 쓰였다. 흑백영화의 숏과 숏 사이 끼워 넣는 것과 같은 명령 문구는 곤봉 형태의 사람이 내뱉은 대사이다. 즉 실험에 참여한 '且8氏'가 무사히 '發光'할 수 있도록 명령을 내리고 있는 문구로 유추할 수 있다.

마지막 연에 첨가되는 주에서는 '且8氏'가 '發光'하게 된 결과를 영화의 엔딩 신과 같이 처리하고 있다. '減光紙'는 빛을 내기 위해 실험도구로 쓰였으며 빛이 되는 과정에서 흘린 '且8氏'의 눈물은 절망의 흔적임을 알 수 있다. '且8氏'가 자체적으로 '發光하였다'는 것은 두 가지 의미로 해석할 수 있다. 하나는 '發光', 빛을 낸다는 뜻이고 또 한 가지는 '發狂'으로 정신 발작을 일으켰다는 의미로 해석된다. 즉 마지막 부분에서 눈물에 젖은 '減光紙'가 날리는 장면은 '發狂'하는 '且8氏'가 강제적으로 끌려간 후의 상황으로 짐작할 수 있는 것이다.

시적 자아는 이 시의 상황이 빛으로 변해 새로운 불멸의 생명을 얻는 실험임을 표출하고 있지만 한편으로는 일반 대중이 이해할 수 없는 '미친 짓'이라는 것을 암암리에 드러낸다. 이 시는 초현실적인 시공간에서 진행된 불가능한 상황을 그려 냈다. 또 대상도 불분명하다. 실험은 초현실적이며 시공간의 규칙을 거스를 정도로 획기적인 것이다.

4. 거울 이미지와 자아의 갈등

거울 속 이중 자아에 대한 묘사는 위 부분에서 제시된 바와 같이 파우스트류의 연극과 영화에서 이따금 등장하는 상징적인 소재이다. 그러한 소재가 영화화된 시기는 주로 1920년대로 프랑스 인상주의와 독일 표현주의 영화가 활발하게 제작된 시기이다. 거울 속 이중 자아를 나타낸 '거울인간'의 상징은 장 콕토의 작품 가운데 〈시인의 피〉, 〈오르페〉 등에 묘사되어 있다. 유럽의 전위적인 영화들은 비록 무성영화의 틀에서 벗어날 수 없었지만 내면의 고통과 절망을 형상화한 점은 탁월했다. 그러한 영화들은 몽환적이고 비관적인 내용으로 이루어졌으며 영화 스타일은 주관적이고 과장되었다. 특히 장 콕토의 〈시인의 피〉는 영상미가 훌륭한 영화로 호평을 받았다. 거울 속에 비친 자아의 모습에 집착하던 시인은 어느 날 거울 속 세상으로 빨려 들어간다. 〈烏瞰圖「詩第十五號」〉를 비롯한 시들에 묘사된 거울에 비친 이중 자아의 형상과 거울 속 가상현실의 세계는 〈시인의 피〉에 등장하는 시인의 경험과 동일하다.

개별적인 형상으로 존재하는 이중 자아가 살고 있는 거울 속의 생은 현실에서 살아가는 자아에 대한 연민에서부터 생성된 것이다. 한편으로는 현존하는 자아가 자신의 실존을 확인하는 장치가 거울이지만 거울 속 이중 자아는 인식할 수 없도록 존재를 드러내지 않다가 현존하는 자아가 거울 속 자아를 대상으로 직시할 때 모습을 드러낸다. 자아가 거울 속에 내재된 세계와 아울러 현실과 분리된 생을 상상하는 것은 현실의 생에 대해 만족하지 못하는 심리 때문이다.

거울속에는소리가업소
저럿켜까지조용한세상은참업슬것이오

◇

거울속에도 내게 귀가잇소
내말을못아라듯는짝한귀가두개나잇소

◇

거울속의나는왼손잡이오
내握手를바들줄몰으는―握手를몰으는왼손잡이오

◇

거울째문에나는거울속의나를만저보지를못하는구료만은
거울아니엿든들내가엇지거울속의나를맛나보기만이라도햇겟소

◇

나는至今거울을안가젓소만은거울속에는늘거울속의내가잇소
잘은모르지만외로된事業에골몰할쎄요

◇

거울속의나는참나와는反對요만은
쏘쫴닮앗소
나는거울속의나를근심하고診察할수업스니퍽섭々하오

― 〈거울〉

시적 자아는 거울 속에 또 다른 세계가 존재한다는 가정 아래 거울 속에 존재하는 또 다른 자아에 대한 연민을 갖는다. 그러나 그것은 시적 자아의 현실감각에 따른 것이므로 거울 속에 존재하는 또 다른 자아가 어떤 상태인지 알 수 없다. 거울 속 세상이 소리가 없는 '조용한세상'이라고 인식하는 것은 헤테로토피아에 대한 자의적 해석이다. 시적 자아가 볼 수 있으나 보이지 않는 이중적인 세상이다. 현실의 시각으로는 관찰할 수 있을 뿐 거울 안 세상이 어떻게 돌아가고 있는지 알 수 없다. 그래서 거울 안 세상에 대해서는 자기 의지대로 추측해보는 것만이 가능하다. 그러나 시적 자아는 끊임없이 거울 안 세상과의 접촉을 시도한다. 그것은 나이지만 '내말을못 아라듯는' 두 귀를 지닌 거울 속 자아와의 대화인 것이다. 뿐만 아니라 시적 자아는 거울 속 자아에게 악수를 청한다. 거울 속에 현실의 자아가 아닌 또 다른 자아가 존재한다고 가정하는 것은 현실세계가 아닌 또 다른 세계에 대한 동경을 암시하고 있는 것이다.

그러나 시적 자아와 이중적인 자아 사이를 가로막는 것은 '거울'이라는 헤테로토피아이다. '거울'은 또 다른 차원으로 들어가는 문이자 시적 자아가 해결할 수 없는 막막한 장애물이다. 그러나 시적 자아는 '거울속의나'를 만나게 해주는 '거울'의 반사작용에 대해 감사한 마음을 표한다. '거울'은 이중적인 자아를 만날 수 없도록 가로막는 장애물이지만 한편으로 이중적인 자아의 존재를 깨닫게 해주는 도구이기도 하다.

시적 자아는 거울이 없는 상태에서도 거울 속 이중 자아의 존재를 인정하고 자신이 오른편의 사업을 하고 있는 것과 달리 '외로된

'事業'에 골몰할 것이라는 추측을 한다. 오른편의 사업이란 현실적인 생활을 의미한다. 그와 달리 '외로된事業'은 현실적인 것과 다른 반대의 생을 영위하는 것을 의미한다. 시적 자아가 생을 영위하면서 죽음에 다가가고 있는 것과 달리 거울 속 이중 자아는 제한적인 생을 살지 않으며 죽음과 연관 없는 생을 누리고 있다. 생활에 얽매인 현실의 생과 달리 정신적인 생을 추구할 것이라는 추측을 하게 된다. 그래서 시적 자아는 거울 속 이중 자아가 자신과 '反對'지만 비슷하다고 판단한다. 이는 시적 자아가 자신의 생활 방식이 비현실적이며 현실과는 연관 없는 정신적인 문제만을 추구하고 있다고 생각하고 있음을 나타낸다. 이런 생의 방식은 '診察'을 받아야 하는 비정상적인 생활이라는 타인의 평가를 은유적으로 나타내고 있다.

이중적인 자아의 생은 한편으로는 시적 자아의 생을 나타내지만 시적 자아는 눈에 보이지 않는 세계가 있음을 확신하고 거울 속 이중 자아가 자신과는 다른 활동을 하고 있다고 추측한다. 거울은 다른 세계로 가는 통로이자 자신을 비추는 도구로서 세상을 반사하는데 그것은 모습을 투영하는 것과 존재를 부정하는 두 가지의 의미를 갖는다. 이는 시적 자아가 비현실적인 이중 자아를 대하는 태도이기도 하다.

第一部試驗	手術臺	一
	水銀塗沫平面鏡	一
	氣壓	二部의平均氣壓

溫度   皆無

爲先痲醉된正面으로부터立體와立體를위한立體가具備된全部를平面
鏡에映像식힘. 平面鏡에水銀을現在와反對側面에塗沫移轉함. (光線侵
入防止에注意하여)徐徐히痲醉를解毒함.   一軸鐵筆과一張白紙를支給
함. (試驗擔任人은被試驗人과抱擁함을絶對忌避할것) 順次手術室로
부터被試驗人을解放함.翌日.平面鏡의縱軸을通過하여平面鏡을二片에
切斷함. 水銀塗沫二回.
ETC 아즉그滿足한結果를收得치못하얏슴.

第二部試驗   直立한平面鏡   一

                 助手   數名

野外의眞空을選擇함. 爲先痲醉된上肢의尖端을鏡面에附着식힘. 平面
鏡의水銀을剝落함. 平面鏡을後退식힘. (이때 映像된上肢는반듯이硝子
를無事通過하겟다는것으로假說함)上肢의終端까지. 다음水銀塗沫.(在
來面에)이瞬間公轉과自轉으로부터그眞空을降車식힘.   完全히二個의
上肢를接受하기까지. 翌日.硝子를前進식힘. 連하여水銀柱를在來面에
塗沫함 (上肢의處分) (或은滅形)其他.水銀塗沫面의變更과前進後退
의重複等.
ETC 以下未詳

                              ―〈烏瞰圖「詩第八號 解剖」〉

이 시에 묘사된 실험은 인체를 해부하는 의료실험이라고 보기에
비현실적인 부분이 많다. 특히 거울이 등장하는 부분과 신체 대신

입체가 등장하는 부분이 일반적인 해부의 과정과 상이하다. 이 시의 실험은 인간의 신체를 해부하는 의료실험이 아니고 사진술의 일종인 은판사진술로 보인다. 다게르(Louis Daguerre)가 1839년에 시행했던 은판사진술[228])의 제작 과정에는 수은과 거울이 필요하며 현재의 사진과 다르게 인간의 모습이 신비한 형태로 촬영된다. 은판사진술이 발명되기 이전 비슷한 방식으로 제작되었던 사진의 수준이 조악했던 것과 달리 은판사진술로 제작된 작품들은 사실적이고 완벽한 묘사를 해냈으며 광선의 각도나 음양에 따라 대상의 형태가 다르게 보이기도 하는 신비한 사진술로 예술성이 뛰어났다. 당시 역사상 최초의 사진으로 인정된 은판사진술이 인류에게 미친 영향은 컸다. 현재의 사진술과 달리 은판사진술의 제작 과정은 대상 인물이 중도에 포기할 정도로 번거롭고 고통스러웠으나 인물의 상을 그대로 복원해 새로운 형상을 창출해내는 것에 대한 신기함으로 전 세계의 눈길을 끌었다.

이 시는 은판사진술에 따라 사진이 제작되는 과정을 소상히 기록하고 있으며 파노라마 형식으로 과정의 생동감을 살리고 있다. 실

---

228) 은판 사진술의 첫 과정은 순수 은 표면을 만든 다음, 요오드 증기에 그을려 요오드 층이 형성되도록 한다. 이 층은 감광화 과정을 거치며 은판 위에 층을 만들고, 옵스큐라로 작동되는 카메라를 밀어 넣어 광선을 비춘다. 빛을 받은 은판을 수은 증기로 인화하고 정착시킨 다음 그렇게 제작된 그림을 금도금해 틀을 씌우고 유리를 덮는 과정을 거쳤다. 은판 사진은 좌우 반전으로 거울과 같은 상이다. 제작과정이 수월치 않아 사진을 찍는 사람들은 땡볕 아래서 움직이지 않고 기다려야 했으며 움직임을 방지하는 도구까지 있을 정도로 노출시간이 길었다. Susan Sontag, 이재원 옮김, 《사진에 관하여》, 이후, 2005, 184쪽.

험 과정 가운데 수은이나 요오드, 은판은 사진을 찍는 도구이며 평
면경과 광선 등은 인화하는 과정에 필요한 도구이다. 이 시는 고통
스럽게 사진을 찍는 행위 자체를 하나의 해프닝으로 묘사하고 있
다. 제작 과정도 까다로울 뿐 아니라 대상의 고통도 극심한 초기의
사진 제작은 한 편의 영화로 제작될 정도의 만화경을 연출했다. 또
당시 사진을 찍는 행위는 개인의 새로운 탄생을 의미했다. 자신의
신체와 똑같은 형상이 창조된다는 사실만으로도 사진의 대상인 인
물은 제작 과정 자체를 엄숙하게 대했다.

　이 시는 사진을 찍기 위해 미동도 하지 않고 누워있어야 하는 번
거로움을 '解剖'라는 물리적 과정으로 묘사한다. '解剖'라는 소제목
에는 블랙유머와 위트가 깃들어 있으며 제작 과정에 대한 묘사도
특이하다. 인체 해부의 도구와 과정을 표현한 시구는 어떤 것을 대
상으로 해서 쓰이는 것인지 의아스럽고 낯설다. 수은, 평면경 같은
도구는 말할 것도 없고 기압과 온도를 측정함과 입체, 영상, 광선의
투과, 일축철필, 일장백지 등 의료 실험에서 접할 수 없는 용어들이
쓰이며 수은을 도말하는 것과 시험담당인과 포옹을 하지 말아야 한
다고 주의를 주는 것은 의료 실험에서 접할 수 없는 해프닝이다. 또
평면경이 등장해 종축을 통과하고 그것을 절단하며 다시 수은을 제
수하는 등 의료 실험에는 벌이지 않는 행위들이 실행되고 있다.

　'第一剖試驗'은 '解剖'라는 과정에 걸맞게 '手術臺'에서 시행된
다. 그리고 '平面鏡'에 '水銀'을 '塗沫'한다. 의과 실험인 해부와 달
리 사진 제작에서는 요오드와 수은의 변화가 작품의 수준을 좌우하
므로 기압이나 온도를 세밀하게 측정한다. 처음 단계에서는 사진의

대상을 '痲醉된' 것처럼 틀에 고정시키고 정면에서부터 '立體와立體를위한立體가具備된全部'인 대상인의 신체를 영사한다. 영사도구는 '平面鏡'인 다게레오 타입 카메라로 '映像'시키는 것이다. 시적 자아는 사진의 영상 고정을 위해 광선이 침입하는 것에 주의해야 한다는 충고도 잊지 않으며 수은을 사진이 영사될 평면경의 '反對側面'에 이전한다.

여기서 마취를 해독한다는 것은 사진 대상이 고정 틀에서 벗어나 자유롭게 움직일 수 있게 함을 말한다. 피시험인과 시험담당인의 포옹을 절대 기피해야 한다는 것은 사진 제작을 위한 대상의 고정 상태가 끝났다고 해서 제작 과정이 다 끝난 것이 아니므로 끝까지 신중하게 작업에 임해야 한다는 것이다. 이후 빛을 받은 은판을 수은 증기로 인화하고 정착시키는 과정을 '平面鏡의縱軸을通過하여' 다시 '平面鏡을切斷하고 水銀을塗沫함'으로 그려내고 있으나 '第一剖試驗'이 만족할 결과를 얻어내지 못해 '第二部試驗'은 진공상태에서 시행하게 된다.

이 시는 사진 제작의 과정을 신체를 해부하는 형식으로 묘사했다. 그것은 이상 시에 등장하는 거울 속 대상이 새로운 자아라는 사고에서 비롯된 것이다. 거울 속의 자아일지라도 대상의 형상을 그대로 재현하고 있으므로 거울 속 이중 자아를 끌어내 그림의 틀에 가두는 것은 잔인한 일이라는 것이다. 사진을 제작하는 과정을 영화화하여 묘사한 이 시의 풍경이 신체를 절단하는 '解剖'로 표현된 것은 거울 속 이중 자아에 대한 애착에서 비롯한다.

患者의容態에關한問題.

```
●1234567890
1●234567890
12●34567890
123●4567890
1234●567890
12345●67890
123456●7890
1234567●890
12345678●90
123456789●0
```

— 〈烏瞰圖「詩第四號」〉의 부분 —

반사된 거울 속 세상은 조용하고 평화롭지만 세상을 반대로 비추고 있다. 그래서 거울 밖에 서 있는 시적 자아는 거울 속 세상에 어떤 세계가 펼쳐져 있는지 알 수 없다. 거울 속 세상은 시적 자아의 상상을 통해 이루어지는 세상이다. 거울이라는 매개체는 시적 자아의 동시성을 통해 현실과 비현실의 경계에 서 있는 헤테로토피아이다. 거울이 지닌 빛을 반사하는 특성은 거울의 경계를 모호하게 만드는 방어책이다. 물리학 실험에 쓰이는 거울은 동시적인 시간을 예측할 때 쓰이는 중요한 도구였다. 비단 물리학에서 뿐만 아니라 태양광선을 반사하는 거울이라는 소재는 생존의 기본이자 영원히 시공간을 떠도는 불멸의 존재로 여겨지는 빛을 뿜어낼 수 있는 신비한 물질이었다.

　이 시에서 반영하고 있는 것은 초한수(超限數)의 시공간이다. 거울에 비춰진 형태이기 때문에 반대로 그려져 있다. 이 시에서 주목할 점은 거울이 비추고 있는 대상이다. 이 시는 거울에 비춰진 대상의 시점에서 묘사되었다. 그래서 형태는 거울을 보는 대상의 모습이고 보는 대상도 거울에 비친 대상이다. 그렇다면 초한수의 대상은 시적 자아 자신이 된다. 그리고 '患者의容態'는 대각선으로 가로질러 그려진 점의 배열에서 답을 구할 수 있다. 대각선으로 가로지른 점은 수의 규칙을 깨고 있다. 규칙을 깨는 점의 역할이 '容態'가 되는 것이다. '患者'는 인간의 모습을 잃고 있다. '患者'의 모습 변화는 '容態'이자 초한수로의 전환이다. 그것은 인간의 형태를 추상화한 것으로 시공간의 전환일 수도 있다.

　〈建築無限六面各體「且8氏의 出發」〉같은 시들에 묘사된 상황에 대입해 보자면 이 시의 상황은 빛으로의 전환을 묘사한 것이다. 거울에 비춰진 사람의 모습은 빛으로 변모되며 시공간을 이탈하고 있다. 그러나 이 시에서도 〈建築無限六面各體「且8氏의 出發」〉에서 그랬듯 빛으로의 전환을 '미친 짓'으로 규정하고 환자의 용태를 진단하고 있다.

　　여기 한페―지 거울이있으니
　　잊은季節에서는
　　엎은머리가 瀑布처럼내리우고

울어도 젖지않고
맞대고 웃어도 휘지 않고
薔薇처럼 착착 접힌
귀
디려다보아도 디려다 보아도
조용한世上이 맑기만하고
코로는 疲勞한 香氣가 오지 않는다.

만적 만적하는대로 秋心이平行하는
부러 그렇는것같은 拒絶
右편으로 옴겨앉은 心臟일망정 고동이
없으란법 없으니

설마 그렇랴? 어디觸診
하고 손이갈때 指紋이指紋을 가로막으며
선뜩하는 遮斷뿐이다.

五月이면 하로 한번이고
열번이고 外出하고 싶어하드니
나갔든길에 안돌아오는수도있는법

거울이 책장같으면 한장 넘겨서
맞섰든 季節을맞나렸만
여기있는 한페一지
거울은 페一지의 그냥表紙一

— 〈明鏡〉

이 시에는 〈烏瞰圖「詩第四號」〉나 〈建築無限六面角體「診斷 0 : 1」〉에 표현된 '患者의 容態'를 진단하기 위해 직접 '觸診'하는 모습이 그려져 있다. 시적 자아는 거울을 '한페―지'라고 묘사한다. 그렇게 표현하는 것은 거울 속 세상에서는 시간이 흘러가지 않으므로 책장처럼 넘겨볼 수 없고 오로지 한 장만 존재하기 때문이다. 거울 속 한 장의 시간은 표지이다. 거울은 한 장의 겹처럼 되어 있고 거울 속의 시간은 정지되어 있다. 하지만 신체적인 변화는 지속되어 길어서 '엎은머리'가 '瀑布'처럼 흘러내린다.

또 거울 속의 신체는 형상만이 존재하므로 '울어도 젖지않고' '웃어도휘지않'는다. '薔薇처럼 착착 접힌' 귀는 거울 속 형상이 소리가 없는 세상에 존재하므로 귀머거리처럼 아무것도 듣지 못하는 침묵의 대상일 것이라는 추측을 하는 대목이다. 거울 속 세상은 아무리 들여다봐도 '조용한世上'이다. 그러한 침묵의 세상에는 고난이 없을 것처럼 보인다. 거울 속의 침묵은 고요를 뜻하기도 하지만 가로놓인 두 공간의 단절을 뜻하기도 한다.

거울 속 세상은 뜨거움과 차가움이 없어 쓸쓸한 가을 느낌이 그대로 유지되어 있다. 시적 자아는 거울 속의 대상이 일부러 그러는 것 같고 '右편'의 '心臟'이 뛸 것 같은 착각에 빠진다. 그것은 시적 자아가 지닌 대상애이거나 자기애다. 그리고 한편으로는 대화할 상대가 없는 시적 자아의 고립감이 만들어낸 자아의 형태이다. 또 침묵하고 있는 자아를 불러내고 싶은 욕망에서 비롯된 자기애의 욕구이다. 그것은 자아에 내재되어 있는 이면의 자아와 단절되어 있어서 느끼게 되는 소통의 욕망이기도 하다. 이면의 자아는 현실을 살고 있는 자아가 아닌 불멸의 생을 사는 자아이면서 동시에 생의 공포를 느끼지 않는 자아이다.

'觸診'을 하지만 거울 밖 자아와 거울 속 자아가 맞댄 두 손에 연결된 '指紋과指紋'을 가로막는 것은 차단된 '한페―지' 거울이다. 자아의 진단은 이율배반적인 논리를 펼치게 한다. 거울 속 자아를 인정하는 것을 병증이라고 치부하지만 한편으로는 거울 속에 생존하고 있는 자아를 인정하고 있다. 자아의 관점에서 '觸診'을 하고자 손을 내미는 행위 자체가 비정상적이다. 그러한 행위에 대한 스스로의 질책은 '患者의容態'라는 시구에서 표출된다. 시적 자아는 자신을 '患者'라고 칭하면서 또 한편으로는 '診斷'하는 '責任醫師'로 표현하기도 한다. 그것은 현실 속 자아와 비현실적인 자아가 갈등하면서도 공존할 수밖에 없는 내면심리를 표현하고 있는 것이다.

거울 속 자아는 거울 밖의 자아가 그러하듯 '五月'이면 '外出'을 하고 싶어 한다. 그것은 시적 자아가 거울을 들여다보며 거울 속 자아를 탐색하는 시간이 적어졌음을 의미하고 '나갔든길에 안돌아오는수'는 생을 다해 거울을 들여다 볼 수 없음을 뜻하기도 한다.

시적 자아는 거울을 '한장' 넘겨서 '맞섰든 季節'을 만나기를 소망하는데 '맞섰든 계절'이란 새로운 세계를 맞이하고픈 개인적 갈망을 나타내며 그러한 거울 밖 자아를 비추어 내지 못하는 거울을 '그냥表紙'라고 표현한다. 이 시에서 시적 자아는 거울에 비친 자신에 대한 연민을 나타내지만 한편으로는 거울 속 세상과 접촉하고 싶은 욕구를 드러내기도 한다. 거울 속에 비친 초췌한 자아의 모습은 곧 거울 밖 자아의 모습이다.

6장. 맺음말

다매체 시대인 현대에 이르러 이상 시는 다양한 형태로 재해석되고 있다. 근래에 수학, 과학자들의 해석이 이루어졌고 시각 예술과 건축 등 문학이 아닌 분야에서도 다각적인 논의가 이루어졌다. 바야흐로 이상 시가 문학뿐만이 아니라 타 예술 분야를 아우른 종합 예술적 텍스트이자 다양한 매체의 장점을 수용한 열린 텍스트로 재평가되고 있다. 또 이상의 새로운 시도와 재창조 기법은 현대에 이르러 여러 예술 분야의 작가들에게 다양한 아이디어를 제공하고 있다.

지금까지의 이상 시 연구는 크게 두 갈래로 나눌 수 있다. 첫째는 인문학적인 이해를 중심으로 작품을 해석하는 경우고 둘째는 시 작품에 적용된 매체의 다양성을 통합적으로 점검하는 경우이다. 물론 전자와 후자 모두 이상 시에 형상화된 시 정신을 밝히는 데 주안점을 두고 있다. 전자는 본격적으로 이상의 문학 세계를 분석하고 문학사적 의의를 규정했지만, 이상 시에 내재한 비문학적인 요소들을 해명하는 데는 부족했으며 난해함의 원인을 밝히지 못했다. 따라서 이를 효과적으로 설명하고자 하는 방식으로 나타난 것이 후자이다.

후자의 경우, 본격 문학적 분석이 아우르지 못한 비문학적 요소들을 시적 소재로 파악하고 그것을 분석의 도구로 사용함으로써 해석의 폭과 깊이를 더했다는 측면에서 의미가 크다. 그러나 비문학적 요소를 중심으로 이상의 작품을 설명하는 과정에서 문학적·시적 맥락을 놓치는 경우가 있었다.

이상 시에는 여러 예술 사조와 사상, 과학과 수학에 이르기까지 다양하고 폭넓은 분야가 매체로서 응용되어 있다. 이러한 이상의 문학적 경향은 작품의 소재를 선별하는 데에 문학적 소재에만 한정되지 않고 이질적인 매체의 이론과 특성을 광범위하게 다루어 문학적 형상의 질료로 유입했음을 의미한다. 따라서 이상 시를 과학이나 수학 등 문학과 연관성 없는 학문 분야에서 분석하는 경향이 두드러졌다. 이는 이상 시에 덧붙여진 수학 공식과 과학적 시구를 비롯해 조형적 형상들도 수학적이라는 근거에서 이뤄진 것이었으나 시와 연결시키기에는 부족함이 있다. 문학과 연관성 없는 분야의 연구는 형상의 원리와 시구의 의미가 어떤 연관성을 갖고 있는지 꿰뚫어 보는 데 무리가 있었고 결국 시적 의미와 그와 연결된 주제의식을 밝혀내는 단계로 진행되지 못한 아쉬움이 있었다.

제1차 세계대전 후 예술계는 예술 매체의 통합을 추구했다. 위기에 부딪힌 인류는 정신적 공황상태에서 벗어나고자 내면적 성숙에 매진했고 그 과정에서 좀 더 새롭고 혁신적인 표현의 일환으로 매체의 결합이 시도되었다. 이상 시는 그러한 시대적 분위기를 바탕으로 결실을 맺은 창작품이다.

예술 매체 결합을 운용한 창작에서 필수적인 요소는 창작자의 다중적인 재능이다. 그러한 면에서 이상은 가장 적합한 창작자였으며 그의 예술적 성과가 그것을 증명하고 있다. 이상은 여러 예술 분야에서 재능을 발휘한 다중 재능의 소유자였다. 예술적 감각이 뛰어났으며 예술 분야에 대한 지식과 기법을 받아들이는 데도 적극적이었다. 1920~30년대 조선 예술계를 둘러볼 때 근대적 사상을 깨우친 예술인들이 예술 매체의 결합을 적용한 것은 극히 자연스러운 일이었으며 이상의 시가 여러 분야의 장점을 흡수하여 예술 매체로서의 성격을 취한 것은 그가 시류를 앞서가는 선구적 창작을 시도했기 때문이다.

또 매체를 넘나드는 이상의 상상력은 한 분야에 얽매이지 않는 창작의 자유를 획득한 데에서 근거한다. 그러한 창작의 자유는 철학과 과학을 아우른 광범위한 사고 영역에서 비롯되었으며 모든 예술 분야를 종합적으로 바라볼 수 있는 시각을 획득했기 때문에 가능한 것이었다. 종합적 사고를 지닌 이상의 작품은 예술 언어와 자유로운 상상력, 그리고 매체 사이의 경계를 파괴하는 창조정신으로 이루어져 있다. 뿐만 아니라 이상 시의 주제의식은 인간과 자연의 생성과 소멸을 비롯해 시공과 우주에 대한 사고에까지 미쳐 그 철학적 범위가 무한하다.

또한 이상 시는 종전의 선형적인 텍스트 방식에서 벗어나 비선형적인 텍스트 방식으로 이루어졌다. 폭넓은 주제의식을 재현해내는 방식으로 매체 간의 소통을 택했기 때문이다. 한 예술 매체가 재현하는 상상의 세계에는 한계가 있다. 그러나 이상이 선택한 비선형적 창작 형태가 산출해내는 상상의 세계는 무한하다. 왜냐하면 텍스트의 상징이 점과 점 사이를 이은 선의 형태가 아니라 산발적으로 퍼져나가는 산종의 형태이기 때문이다. 그 결과 이상 시의 산종은 다양한 의미와 상징의 수형을 퍼뜨리고 있다. 그동안 이상 시에 대한 다양한 논의가 정리되지 못한 점도 이상 시의 창작 형태가 산종성을 띠고 있기 때문이다.

앞서 2장에서는 이상 시와 조형예술의 매체 결합을 살펴보았다. 또 조형적 사고의 바탕이 된 상대론적 세계관에 대한 이상의 철학적 성찰을 살펴보았다. 이상 시에 응용된 조형 형태는 우주와 시공

등 비가시적인 세계에 대한 탐구가 주를 이루고 있으며 논리적인 사고를 통한 조형화가 시도되었다. 뉴턴 식의 물리학적 가치관을 흔들었던 상대성 이론과 양자역학 등은 지식인들에게 우주와 시공을 새롭게 인식하는 계기를 주었다. 또 바우하우스의 과학적 조형 교육은 이상이 조형적 사고를 형성하는 데 영향을 주었을 것으로 유추된다. 조형예술과 문학의 결합은 시의 내용을 구체적으로 형태화하는 것에 의미가 있다. 이상 시의 조형 이미지는 삽화 형식으로 삽입되어 있으며 시구는 조형 형태와 연계되어 시적 의미를 상호 보완하는 형식으로 결합되어 있다.

3장에서는 이상의 회화적 감각이 시에 적용된 방식을 분석했다. 추상이 주는 공간 확장과 상상력은 시로 구조화되면서 정서적 긴밀성을 확보한다. 또 구상적(具象的) 구조로 전달하지 못하는 대상에 대한 공감각적 감흥을 준다. 추상회화는 서정적 묘사에서 감각적 실재성을 확보한다. 추상회화가 대상의 고유한 감각과 특성을 위주로 구성되기 때문이다. 이상 시의 회화적 특질은 추상적 전경화에 있으며 추상적 상상의 세계와 공감각적 표현이 회화적으로 결합되었다. 회화와의 매체 결합에서는 추상회화의 형상화 방식과 대상화의 특성이 소재가 된다.

4장에서는 표현주의 연극의 주제인 자아 분열과 꿈, 환상을 바탕으로 〈鳥瞰圖〉 연작시의 구조와 내적 의미를 밝히는 데 목적을 두었다. 연구자는 발표 당시부터 혹평과 논란을 낳았던 〈鳥瞰圖〉 연작시의 형식이 표현주의 연극의 기법을 운용했기 때문이라고 보고 정거장식 기법과 극중극 등의 표현주의 기법을 중심으로 〈鳥瞰圖〉

연작시를 분석했다. 이상은 '정신분열'에 비유될 만큼 혹평 받은 기교를 '鐵의 새로운 길'이라고 설명한다. 절망의 도피처를 가상현실로 두고 시와 연극의 매체 결합을 적용해 현실과 비현실의 공간을 묘사한 것은 이상만이 지닌 뛰어난 기법 감각이며 한 번도 텍스트에 적용된 바가 없는 파격적인 스타일이었다.

연극에서의 상호매체성은 전이와 교체의 과정을 거친다. 꿈과 환상은 여러 예술 매체의 재료가 되는데 비현실적 가상공간으로 자리매김할 때 매체적 특성을 지니게 된다. 표현주의 극의 무대그림이나 극중극은 꿈이라는 가상공간을 위주로 구성된 연극 형식이다. 가상현실이 극중에 개입되는 극중극이나 매체의 구분을 두지 않고 현실과 비현실을 표현하는 무대그림 형식은 무대에서 몽타주의 재현을 담당한다. 또 정거장식 연극의 무대그림은 가상현실을 무대에 상연하는 유일한 무대기법이다. 가상현실은 극으로 전이되고 다시 시 형식으로 교체된다.

또 이상이 많은 영향을 받은 것으로 추정되는 바우하우스의 종합예술작품의 기법과 이상 시에 쓰인 종합예술기법을 대입시켜 분석했다. 종합예술작품은 다매체를 통합한다는 측면과 종전에 쓰이지 않은 과학기술의 선진적 사고를 예술에 도입했다는 데 의미가 있다. 이상 시에 쓰인 종합예술작품이론은 주 매체인 연극에서 시로 응용했다는 점에서 바우하우스 예술과 다르다. 연극 매체로 상연되는 종합예술작품이 보여줄 수 있는 수단이 많은 것에 비해 시로 묘사되는 데는 한계가 있기 때문에 더욱 세밀하고 깊이 있는 사고를 시적 묘사로 형용했다.

색이나 도형을 이용한 색 오페라의 내적 필연성을 이용한 독자와의 공감과 기계인형이 주는 물화된 인간의 기계화된 동선은 시대의 가치관 변화에 따라 불가피하게 변형된 인간들의 모습을 보여준다. 또 빛과 시공간 이론을 시각화한 조형예술을 다시 시로 언어화시켜 표현된 이상 시의 우수함은 경이롭게 느껴진다.

5장에서는 이상 시의 영화적 시각의 통찰과 영화 기법 적용을 분석했다. 이상의 영화에 대한 식견은 단순히 영상 기법과 영화 장면 응용을 넘어서 카메라 시각에 대한 통찰에서 시작된다. 이는 문명에 대한 비판과 자각을 근본으로 형성된 것이다. 이상 시에 적용된 영화 기법으로는 파노라마 기법과 몽타주 기법이 있고, 이것들이 분석의 중심이 되었다. 제7의 예술인 영화의 공감각적 요소는 이상 시의 주제의식을 표현하는 데 중요한 요소로 작용했다.

그동안 이상 시 연구는 문학적 텍스트 해석에 집중되었다. 그러나 이 글에서는 당시 유행했던 예술 매체의 종합 예술적 측면을 검토하고 이상 시에 시적 소재와 기법으로 운용되었음을 탐구할 필요가 있다고 보았다. 특히 예술 분야 가운데에서 이상 시와 가장 근접한 매체들을 중심으로 살펴보았다.

이 글은 이상 시의 매체에 대한 통찰과 파격적인 시 기법 형성의 근원이 선구적 창조정신에 있다고 본다. 이상 시는 역사의 흐름과 함께하는 문학의 발전에 따라 텍스트로서의 가치가 더 높아질 것이다. 이상이 말했던 '기교는 절망을 낳고 절망은 또 기교를 낳는다'는 철학적 명제는 결국 암울했던 시대적 상황과 맞닥뜨린 이상 개인의 절망과도 연관된다. 이상의 개인적인 소망은 매체를 넘나드는 표현의 자유에 뿌리박은 창조 정신이 가져다주는 유기적 세계와의 교류였다고 본다. 이상 시는 단순한 파격이 아니라 절망적인 식민 치하에서 형성된 예술적 자유정신의 결정체이다.

　이 글을 통해 이상 시의 예술 매체 적용이 세밀하게 명료화되고 다양한 분야의 매체적 특성과 기법이 적용된 이상 시의 우수성이 더욱 빛날 수 있기를 소망한다.

〈참고문헌〉

1. 기본서

임종국, 《이상전집》, 태성사, 1956.

이승훈, 《이상문학전집》, 문학사상사, 1989.

이어령, 《이상시전작집》, 갑인, 1977.

김종년, 《이상전집》, 가람기획, 2004.

김주현 주해, 《정본 이상문학전집》1, 소명, 2005.

김주현 주해, 《정본 이상문학전집》2, 소명, 2005.

김주현 주해, 《정본 이상문학전집》3, 소명, 2005.

2. 논문

고명수, 〈한국 모더니즘시의 세계인식 연구; 1930년대를 중심으로〉, 동국대 박사, 1994.

고석규, 〈시인의 역설〉, 《문학예술》, 1957. 4~7월.

고위공, 〈표현주의의 인간상과 예술성〉, 《홍대논총》4, 1972.

고위공, 〈초기 표현주의 서정시에 있어서의 「자아분열」과 「병열문체」〉, 《홍대논총》15, 1983.

고위공, 〈복합예술텍스트로서의 구체시-그 미학적 한계와 가능성〉, 《동서문화연구》10, 2002.

고위공, 〈비교문예학과 매체비교학: 비교예술방법론 정립의 시도〉,《미학예술학연구》18, 2003.

고위공, 〈문학과 영화 – '매체교체의 양상'〉,《미학예술학연구》21, 2004.

곽윤향, 〈칸트 입장에서 본 상대론적 시공간〉,《대동철학회지》, 제2집, 1998.

권영민, 〈타이포그래피의 공간과 시적 상상력〉,《세계의 문학》, 민음사, 2008, 4월호.

권중운, 〈영상매체의 시각체제에 대한 인식론적 개관〉,《영화평론》11, 1999.

김광규, 〈표현주의 시의 현대성〉,《민족과 문화》4, 1996.

김구용, 〈레몽에 도달한 길〉,《현대문학》, 1962. 8.

김기림, 〈현대시의 발전〉,《조선일보》, 1934. 7. 19.

김기림, 〈고 이상의 추억〉,《조광》, 1937. 6.

김기림, 〈모더니즘의 역사적 위치〉,《인문평론》, 1939. 10.

김무규, 〈매체와 형식의 역동성 관점에서 살펴본 상호매체성 개념〉,《독일 언어문학》21, 2003.

김병옥 외,《도이치문학 용어사전》, 서울대, 2007.

김승희, 〈이상시 연구 – 말하는 주체와 기호성의 의미작용을 중심으로〉, 서강대 박사, 1992.

김영택, 〈표현주의 문학의 이론〉,《현대사상연구》, 1995.

김옥희, 〈오빠 이상〉,《현대문학》, 1962. 6.

김용섭, 〈이상 시의 건축공간화〉,《이상리뷰》1, 역락, 2001.

김용운, 〈자학이냐, 위장이냐〉, 《문학사상》, 1985. 12.

김용직, 〈극렬 시학의 세계 - 李箱論〉, 《한국현대시사》, 한국문연, 1996.

김우종, 〈이상론〉, 《현대문학》, 1958. 5.

김윤식, 〈유클리트 기하학과 광속의 범주〉, 《문학사상》, 1991. 9.

김유중, 〈이상 시를 바라보는 한 시각; 금기의 인식과 위반의 충동〉, 《한국어문학회》77, 2002. 9.

김원갑, 〈현대 건축디자인에 미친 아방가르드이론과 과학패러다임의 배경에 관한 연구〉, 홍익대 박사, 1991.

김정은, 〈해체와 조합의 시학 - '오감도 시 제5호'〉, 《문학사상》, 1985. 12월호.

김종은, 〈李箱의 理想과 異常-韓國藝術家에 관한 精神醫學的 追跡〉, 《문학사상》, 1973. 9.

김종은, 〈이상의 정신세계〉, 《심상》, 1975. 3.

김종은, 〈李箱 문학의 심층심리학적 분석 - 오감도에 대한 초현실주의적 접근〉, 《문학과 비평》4, 1987. 12.

김주현, 〈이상 시의 상호텍스트적 분석; 특히 '개'의 이미지와 관련된 시를 중심으로〉, 《서울대 관악어문연구》, 1996.

김주현, 〈이상과 건축표지 도안〉, 《이상리뷰》1, 역락, 2001.

김진섭, 〈표현주의문학론〉, 《해외문학》 1, 1927. 1.

김충남, 〈에른스트 톨러의 표현주의 이념극 《변화》연구〉, 《외국문학연구》21, 2005.

김태화, 〈2분법 사고에서 3분법으로〉, 《이상리뷰》1, 역락, 2001.

김해경, 〈現代美術의 搖籃〉, 《매일신보》, 1935. 3. 14~23일자.

남상식, 〈종합예술의 개념과 현대연극운동〉, 《드라마논총》23, 2004. 12.

류광우, 〈이상 문학 텍스트의 구현방식과 의미 연구〉, 충남대 박사, 1993.

문종혁, 〈몇 가지 의의〉, 《문학사상》, 1974.

박교식, 〈프랙탈 도형수에 관한 연구〉, 《과학교육논총》, 2003.

박태원, 〈고 이상의 편모〉, 《조광》, 1937. 6.

박소영, 〈총체예술관점에서 본 바우하우스 미술교육〉, 《조형교육》28, 2006.

박현수, 〈이상 시학과 전원수첩의 수사학〉, 《한국학보》, 2001. 6.

박현수, 〈이상 시의 수사학적 연구〉, 서울대 박사, 2002.

박현수, 〈새로 발견된 이상 작품(삽화, 설명문, 번역동화)〉, 《이상리뷰》1, 역락, 2001.

서병기, 〈일본 디자인그룹 "형이공방"(型而工房)의 활동과 업적에 관한 평가〉, 《디자인학연구》, 2004.

서준섭, 〈1930년대 한국 모더니즘 문학연구〉, 서울대 박사, 1988.

서항석, 〈표현주의 문학연구〉, 《학등》1~8, 1933. 10~1934. 8.

소광섭, 〈상대론적 시공간에 대한 고찰〉, 《과학사상》10, 범양사, 1994.

송남실, 〈바우하우스와 모더니즘 회화정신 - 바우하우스와 현대 추상미술운동〉, 《현대미술연구소논문집》, 2001.

송만용, 〈미적 인간학으로서 독일 표현주의 예술론 연구〉, 《부산

308

대예술논문집》13, 1998.

송전, 〈시니츨러의 희곡세계 연구(1) - 녹색의 앵무새를 중심으로〉,《뷔히너와 현대문학》7, 1994.

신범순, 〈李箱 문학에 있어서의 분열증적 욕망과 우화〉,《국어국문학》, 1990. 5.

신규호, 〈자아부정의 미학 - 이상 시에 나타난 바울적 미존관(美存觀)〉,《성결신학교 논문집》15, 성결신학교, 1986. 12.

신주철, 〈이상 시에 드러난 운명의 아이러니〉,《외대 어문학 연구》16, 2002. 9.

안상수, 〈타이포그라픽적 관점에서 본 이상 시에 대한 연구〉, 한양대 박사, 1995.

안상수, 〈이상 시의 타이포그라피 놀이〉,《이상리뷰》4, 역락, 2005.

안종일, 〈표현주의 서정시와 대도시〉,《경성대논문집》20, 1992.

안창모, 〈건축사 박동진에 관한 연구〉, 서울대 박사, 1997.

양윤옥, 〈자신이 건담가라던 이상〉,《현대문학》, 1962. 12.

양윤옥, 〈슬픈 李箱〉,《슬픈 李箱》, 한겨레, 1985.

엄성원, 〈한국 모더니즘 시의 근대성과 비유연구〉, 서강대 박사, 2002.

오성균, 〈표현주의 예술운동과 문명비판〉,《브레히트와 현대연극》9, 2001.

오정란, 〈「선에관한각서」에 나타난 李箱의 언어 기호관과 그 극복 양상〉,《어문논집》46, 민족어문학회, 2002.

유민영, 〈표현주의극의 한국수용〉,《한국연극학》2, 1985.

이강복, 〈에른스트 톨러의『변화』에 나타난 형식 연구〉,《독일언어문학》9, 2004.

이경훈, 〈해체론으로 무엇을 읽을 것인가; 이상, 정현종, 신동엽, 김수영의 경우〉,《문학과 교육》16, 2001. 6.

이규동, 〈이상의 정신세계와 작품〉,《월간조선》, 1981. 6.

이복숙, 〈이상 시의 모더니티 연구 - 단절성과 추상성을 중심으로〉, 경희대 박사, 1988.

이복숙, 〈우리나라 모더니즘과 서구 모더니즘과의 관련성 연구〉,《건대논문집》13, 1989.

이상금, 〈표현주의의 발생과 개념정의〉,《부산대 사대논문집》19, 1989.

이상호, 〈한국 표현주의극의 수용과 작품 연구〉,《한국문예비평연구》3, 1998.

이성미, 〈새 자료로 본 이상의 생애〉,《문학사상》, 1974. 4.

이승철, 〈이상문학에 나타난 모더니즘 연구〉,《청주대어문론》13, 1997. 12.

이승훈, 〈이상 시 연구 - 자아의 시적 변용〉, 연세대 박사, 1983.

이양헌, 〈독일 표현주의 희곡 연구(1)〉,《독어독문학》22, 1983.

이어령, 〈나르시스의 학살 - 이상의 시와 그 난해성〉,《신세계》, 1956. 10.

이영일, 〈초창기 한국영화의 발전과정〉,《광장》111, 1982.

이윤경, 〈이상시의 변형세계 연구〉, 국민대 박사, 2004.

이재선, 〈이상 문학의 시간의식〉, 《한국현대소설사》, 홍성사, 1979.

임노월, 《춘희(외)》, 박정수 편, 범우사, 2005.

임종국, 〈이상론〉, 《고대문화》1, 1995. 12.

장민용, 〈영화적 시각의 변형에 대한 연구 - 실험영화를 중심으로〉, 《영화연구》24, 2004.

장석원, 〈李箱시의 과학과 多聲性-「선에관한각서」 연작을 중심으로〉, 《이상리뷰》3, 역락, 2004.

전평국, 〈초창기 한국 영화비평에 관한 연구〉, 《한국콘텐츠학회》 제5권 6호, 2005.

정계섭, 〈쿠자누스의 인식세계〉, 《한국과학사학회지》20, 1998.

정계섭, 〈초한수(the transfinite)의 형성과 연속체 가설〉, 《과학철학》, 2003.

정귀영, 〈이상문학의 초의식 심리학〉, 《현대문학》, 1973. 7~9월호.

정귀영, 〈레알리즘과 쉬르레알리즘〉, 《현대문학》, 1975. 5월호.

정덕준, 〈한국 근대소설의 시간구조에 관한 연구〉, 고려대 박사, 1984.

정명환, 〈부정과 생성〉, 《한국인과 문학사상》, 일조각, 1968.

정인택, 〈불상한 이상〉, 《조광》, 1937. 12월호.

조두영, 〈李箱 初期作品의 精神分析 -「12월 12일」을 中心으로 하여〉, 《신경정신의학》38, 1977, 12.

조두영, 〈李箱 初期 詩作品의 精神分析〉, 《신경정신의학》 42,

1978. 2.

조두영, 〈이상 연구 - '봉별기'의 정신분석〉, 《서울의대학술지》, 1978. 9.

조두영, 〈李箱의 人間史와 精神分析 - 초기작품을 중심으로 하여〉, 《문학사상》, 1986. 11.

조연현, 〈근대 정신의 해체〉, 《문예》, 1949. 11.

조영복, 〈이상의 예술체험과 1930년대 예술공동체의 기원 - '제비'의 라보엠적 기원과 르네 끌레르 영화의 수용〉, 《한국현대문학연구》23, 2007.

조영식, 〈해외문학파와 시문학파의 비교연구〉, 경희대 박사, 2002.

조용만, 〈이상 시대, 젊은 예술가의 초상〉, 《문학사상》, 1987. 4~6월.

최학출, 〈1930년대 학국 모더니즘 시의 근대성과 주체의 욕망체계에 대한 연구〉, 서강대 박사, 1994.

최혜실, 〈1930년대 한국 모더니즘 소설 연구〉, 서울대 박사, 1991.

최홍선, 〈표현주의 문학생성의 정신사적 배경 1〉, 《경기대 인문논총》 1, 1990.

하상오, 〈BAUHAUS의 조형교육방법에 관한 연구〉, 《디자인학연구》, 1995.

하상오, 〈BAUHAUS의 타이포그래피 연구〉, 《디자인학 연구》, 1998.

한경희, 〈한국 현대시에 나타난 시적 자아의 내면 연구, 한국학대 박사, 2002.

현동희, 〈기하학적 형태-시각적 효과에 관한 연구〉,《조형연구》 6, 1998.

3. 단행본

고위공,《문학과 미술의 만남》, 미술문화, 2004.

고 은,《이상평전》, 민음사, 1974.

고 은,《이상평전》, 향연, 2004.

권영민 편,《이상 문학 연구 60년》, 문학사상사, 1998.

김동규 외,《문학과 영화이야기》, 학문사, 2002.

김민수,《멀티미디어 인간, 이상은 이렇게 말했다》, 생각의나무, 1999.

김승희,《이상》, 문학세계사, 1993.

김용수,《영화에서의 몽타주 이론》, 열화당, 1996.

김용운,《文化 속의 數學》, 현암사, 1974.

김유중,《한국 모더니즘 문학의 세계관과 역사의식》, 태학사, 1996.

김윤식,《이상연구》, 문학사상사, 1987.

김주현·김유중,《그리운 그 이름, 이상》, 지식산업사, 2004.

김태화, 《수리철학으로 바라보는, 이상의 줌과 이미지》, 교우사, 2002.

남경태, 《한눈에 읽는 현대철학》, 황소걸음, 2001.

도정일 외, 《이미지는 어떻게 살고 있는가》, 생각의나무, 1999.

문병호, 《서정시와 문명비판》, 문학과지성사, 1995.

문홍술, 《모더니즘 문학과 욕망의 언어》, 동인, 1999.

박규현.김정재 편역, 《조형론》, 기문당, 1998.

박성수, 《디지털영화의 미학》, 문화과학사, 2001.

박진환, 《精神分析으로 심층해부한 李箱文學硏究》, 조선문화사, 1998.

박찬기, 《표현주의 문학론》, 민음사, 1990.

박휘락, 《한국 미술교육 100년사》, 1998.

송민호.윤태영 공저 《절망은 기교를 낳고》, 교학사, 1968.

신범순, 《이상의 무한정원 삼차각나비》, 현암사, 2007.

신현숙, 《초현실주의》, 동아출판사, 1992

오광수, 《서양근대회화사》, 일지사, 1980.

오규원 편, 《날자, 한번만 더 날자꾸나》, 문장사, 1981.

오규원 편, 《거울 속의 나는 外出中-李箱詩全集》, 문장사, 1981.

오진현, 《이상의 디지털리즘》, 범우사, 2005.

윤호병, 《네오-헬리콘 시학》, 현대미학사, 2004.

이경훈, 《이상, 철천의 수사학》, 소명출판, 2000.

이규동, 《위대한 콤플렉스》, 대학문화사, 1985.

이보영, 《李箱의 世界》, 금문서적, 1998.

이승훈, 《이상- 식민지 시대의 모더니스트》, 건국대출판부, 1997.

이승훈, 《이상문학전집》, 문학사상사, 1989.

이어령, 《이상시전작집》, 갑인, 1977.

이진경, 《수학의 몽상》, 푸른숲, 2000.

이정우, 《주름, 갈래, 울림》, 거름, 2001.

임종국 편, 《李箱全集》, 문성사, 1966.

장일.김예란, 《시네마 인 & 아웃》, 지식의날개, 2006.

정재형, 《한국 초창기의 영화 이론》, 집문당, 1997.

정끝별, 《패러디 시학》, 문학세계사, 1997.

조두영, 《프로이트와 한국문학》, 일조각, 1999.

조해옥, 《이상 시의 근대성 연구 - 육체의식을 중심으로》, 소명출판, 2001.

브리태니커 편집부, 《브리태니커 20》, 한국브리태니커사, 1993,

4. 번역서

竹內薰, 박정용 옮김, 《시간론》, 전나무숲, 2011.

初田亨, 이태문 옮김, 《백화점》, 논형, 2003.

A.Einstein, 지동섭 옮김, 《물리이야기》, 한울, 1994.

Anna Moszynska, 전혜숙 옮김, 《20세기 추상미술의 역사》, 시공사, 1998.

Frank Whiford, 이대일 옮김, 《바우하우스》, 시공사, 2000.

Gregory L. Ulmer, 이기우 옮김, 《포스트모던 문화》, 신아, 1995.

Hall Foster, 최연희 옮김, 《시각과 시각성》, 경상대, 2004.

Haward Dearstyne, 송율 옮김, 《바우하우스》, 기문당, 1992.

Immanuel Kant, 백종현 옮김, 《윤리형이상학 정초》, 아카넷, 2005.

John A. Walker, 정진국 옮김, 《디자인의 역사》, 까치, 1995.

J. Kristeva, 김인환 옮김, 《시적 언어의 혁명》, 동문선, 2000.

J. L. Styan, 윤광진 옮김, 《표현주의 연극과 서사극 - 현대 연극의 이론과 실제》, 현암사, 1988.

J. W. Goethe, 정경석 옮김, 《파우스트》, 문예출판사, 2003.

Manfred Brauneck, 김미혜, 이경미 옮김, 《20세기 연극 - 선언문, 양식, 개혁모델》, 연극과 인간, 2000.

Michel Faucault, 김현 옮김, 《이것은 파이프가 아니다》, 민음사, 1995.

Norberts Bolz, 윤종석 옮김, 《구텐베르크 - 은하계의 끝에서》, 문학과지성사, 2000.

Paul Klee, 편집부 옮김, 《교육스케치북》, 바우하우스총서2, 과학기술, 1995.

Ralf Schnell, 강호진 외 옮김, 《미디어미학 - 시청각 지각형식들의 역사와 이론에 대하여》, 이론과실천, 2005.

Richardson. Robert. D 이형식 옮김, 《영화와 문학》, 동문선, 2000.

Robert Roller, 박태섭 옮김, 《기하학의 신비》, 안그라픽스, 1997.

R. S. Furness, 김길중 옮김, 《표현주의》, 서울대출판부, 1985.

Susan Sontag, 이재원 옮김, 《사진에 관하여》, 이후, 2005.

Theo Van Doesbufg, 편집부 옮김, 《새로운 조형예술의 기초개념》, 바우하우스 총서6, 과학기술, 1995.

Tony Godfrey, 전혜숙 옮김, 《개념미술》, 한길아트, 2003.

Wasily Kandinsky, 편집부 옮김, 《점과 선에서 면으로》, 바우하우스 총서9, 과학기술, 1997.

Wassily Kandinsky, 권영필 옮김, 《예술에 있어서 정신적인 것에 대하여》, 열화당, 1994.

5. 외서

윤인석, 〈韓國における 近代建築の 受容及び 發展過程に 關る 硏究〉, 동경대, 1990.

Eicher,Th. & Bleckmann,U.(Hg.), Intermedialität, Vom Bild zum Text, Bielefeld, 1994.

Freda Chapple, Chiel Kattenbelt, Intermediality in Theatre and Performance, Utrecht, 2006.

Helbig, J, Intermedialität, Theorie und Praxis eines interdisziplinären Forschungsgebiets, Berlin, 1998.

I. O. Rajewsky, Intermedialität, Tübingen, 2002.

J. Hillis Miller, Illustration, Cambridge Massachusetts: Harverd University Press, 1992.

L. Moholy-nagy, Vision in motion, Faul Theobaid and company, 1969.

M. Foucault, Des espaces autres, Dits et écrits 1954-1988, IV 1980-1988, Gallimard, 1994,

Wasily Kandinsky, 西田秀德.村規夫 옮김,《藝術と藝術家》, 東京, 美術出版社, 1975.

Wasily Kandinsky, Vision in motion, Hillison & ETTON co. chicago, 1965.

Wasily Kandinsky, The New Vision and Abstract of artist, published by wittenborn and co. new york, 1965.

〈찾아보기〉